茅盾研究
八十年書系

唐金海、劉長鼎◎主編

35

錢振綱・鍾桂松◎主編

茅盾年譜（第一冊）

花木蘭文化出版社

國家圖書館出版品預行編目資料

茅盾年譜（第一冊）／唐金海、劉長鼎　主編 —— 初版 —— 新
北市：花木蘭文化出版社，2014〔民 103〕
序 8+ 目 4+214 面；19×26 公分
（茅盾研究八十年書系；第 35 冊）
ISBN：978-986-322-725-0（精裝）
1. 沈德鴻　2. 年譜
820.908　　　　　　　　　　　　　　　　103010449

中國茅盾研究會《茅盾研究八十年書系》編委會

主　編：錢振綱　鍾桂松

副主編：許建輝　王中忱　李　玲

特邀顧問：

邵伯周　孫中田　莊鍾慶　丁爾綱　萬樹玉　李　岫

王嘉良　李廣德　翟德耀　李庶長　高利克　唐金海

ISBN-978-986-322-725-0

9 789863 227250

茅盾研究八十年書系
第三五冊　　　　　　　　　　　　　ISBN：978-986-322-725-0

茅盾年譜（第一冊）

本書據山西高校聯合出版社 1996 年 6 月版重印

編　　者　唐金海　劉長鼎
主　　編　錢振綱　鍾桂松
總 編 輯　杜潔祥
副總編輯　楊嘉樂
編　　輯　許郁翎
出　　版　花木蘭文化出版社
社　　長　高小娟
聯絡地址　235 新北市中和區中安街七二號十三樓
　　　　　電話：02-2923-1455／傳真：02-2923-1452
網　　址　http://www.huamulan.tw 信箱 hml810518@gmail.com
印　　刷　普羅文化出版廣告事業
初　　版　2014 年 7 月
定　　價　60 冊（精裝）新台幣 120,000 元

茅盾年譜（第一冊）

唐金海、劉長鼎　主編

作者簡介

　　唐金海，男，1941 年 10 月生於上海。1965 年畢業於復旦大學中國語言文學系 5 年制本科，留校任教。後任復旦大學中文系教授，中國現當代文學博士生導師。出版的主要著作和主編有《二十世紀中國文學通史》、《獨立寒秋》、《巴金的一個世紀》等，發表論文百餘篇。1997 年至2007 年，先後赴日、韓、新加坡講學或開講博士生課。在上海、日本、韓國等多次開書法展，出版和主編多本石鼓文和隸、行、草等書法集。現任中國新文學學會副會長，中國茅盾研究會顧問，復旦大學中國文人書法研究中心主任，上海書法家教育委員會副主任等。

　　劉長鼎，男，教授，1965 年復旦大學中文系畢業。1984 年起出任山西太原高校黨委書記，後任山西高校出版社社長，曾與陳秀華共同編撰《中國現代文學運動史料編年》、《中國現代文學運動史》等，並與復旦大學中文系博士生導師唐金海教授主編《茅盾年譜》。

提　　要

　　這本 1966 年由山西高校出版社出版的《茅盾年譜》，是一部既有傳統傳記式年譜的基本特點，又有獨具開創性的評傳式年譜的內容。在時間和空間的縱橫坐標上，本譜從譜主出生（1896 年 7 月 4 日）開筆，直至譜主逝世（1981 年 3 月 27 日，享年 85 歲），並將對譜主同一時間文學創作、思想形成和發展相關的社會、文化背景和影響也扼要記敘入譜；在內容上，本譜以譜主的文學創作、評論和翻譯爲主線，並將與譜主相關的社會活動、文化活動也融爲一體，順時展開，同時在時間和空間軸上，本譜另有一條副線，即將同時段學者或批評家對茅盾的文學作品或文學見解，發表的評論研究扼要選入其代表性的觀點；在結構上，全譜嚴格按年、季、月、旬、日依次序列，又以正譜敘述譜主本事，副譜又分「當月」和「本月」兩部分，「當月」精摘對譜主的評論，「本月」精記相關的國內外大事及文化動態。本譜較爲系統、準確、翔實、客觀、全面地反應了譜主的生平、著譯、思想和人格。有知名教授、學者、評論家和史料專家撰文，這本年譜「體例新」、「規模巨大」、「史料詳盡」，具有「主體性」、「拓荒性」和「獨創性」。

精神存在：文學大師茅盾（自序）

唐金海　劉長鼎

　　一般說，每個人的一生都是一部歷史——對大多數人來說，基本上是個人的物質生活史，當然，他們也有輕重各異的精神創造，卻更具有物質性——主要指他們自身的生活和物質創造——必須指出，這種創造是人類社會賴以生存、進化和發展，以及意識形態勞動者從事精神創造的堅實基礎，其中有的也是物質世界的輝煌創造。這是構成人類社會群體的龐大母體。人類世界的另一些創造者，即真正大師級的意識形態和精神領域的耕耘者，如其中一些傑出的哲學家、經濟學家、文學家、科學家等，他們個人的生活史，往在蘊含著、折射著、縮影著時代、歷史、人生以至大自然發展運動軌跡的某些側面，當然，他們也有輕重各異的物質性的創造，但他們的創造卻更具有、更注重精神性，或純粹是精神性創造。他們的終生事業主要就是在精神領域裡游弋、開掘和探索，他們在關心、投入和研究物質世界的同時，創造的成果更具有超越時間和空間的精神價值。他們構成了人類社會群體的精神脊樑。然而，全部問題的關鍵是，上述兩大類群體的結合、矛盾和轉化，才是構成人類社會變化和發展的基本動力。

　　在有文字記載的幾千年人類歷史中，就文學、哲學和藝術領域而言，我們可以開出一長串光輝的大師級姓名：孔子、莊子、亞里斯多德、達‧芬奇、李白、杜甫、黑格爾、莎士比亞、曹雪芹、梵高、八大山人（朱耷）、巴爾扎克、托爾斯泰、陀思妥耶夫斯基、貝多芬、薩特、弗洛伊德、魯迅等等。從某種意義上說，他們的歷史，就是人類特定時代和一定文化領域的思想史、精神史、智慧史的縮影。

　　何謂精神領域的大師級人物？廣義來說，與通常人們常說的文壇巨匠、

巨擘或泰斗等這種對人物作歷史地位評價的用語大體相當。它們的詞義雖有輕重之別，其外延有大小之差，其色彩有濃淡之分，但它們的基本內涵卻是相似的。自然，不必也不能精細地為特定精神領域傑出的耕耘者編排座次，不必也不能精確地為他們丈量高低——這首先是由豐富複雜的精神創造的科學範疇和規律決定的。但歷史和實踐昭示人們，大體的、基本的評價標準還是可以和應該探討的。統而觀之，它們評價標準的特點是模糊中清晰，清晰中模糊。對此，歷代學人，各抒己見，眾說紛紜，但有一點已為千百年的歷史證實：文學大師、巨擘、泰斗等歷史地位的評價，雖然一時代當權者的指派或否認，權威的評定和批判，趕時髦、趕浪潮者的吹捧或貶抑，偏狹、宿怨者的誣陷和攻擊，宣傳媒介的烘炒或冷落，會對人物歷史地位的評價產生很大的影響，甚至產生轟動效應或冰凍效應，——但這裡主要的、長久的、最終的決定因素，永遠是人物自身（作品和著作、思想和人格）——是否經得起歷史江河的長期淘洗？經得起時間熔爐的無情冶煉？經得起生活鐵砧的反覆鍛打？經得起學術和藝術時空的嚴格檢驗？

僅就文學領域而言，世所公認的文學大師，中外文學史對他們都有精闢的論析。毋庸爭議，文學史並不是文學大師史，上了文學史的作家、理論家不一定都是文學大師。有各種各樣的文學史，斷代的、跨代的、民族的、世界的、各別的、綜合的等。一般說，文學史是一門獨立的科學，它研究的是經過文學史家選擇過的、眾多的（不是包羅萬象的大雜燴）作家、評論家及其作品，與文藝思潮和社團流派等的內在聯繫、它們相互影響和發展變化的規律，以及它們受到一定的政治、經濟、科學、哲學等的或隱或顯、或直或曲、或濃或淡，或遠或近等的制約和促進的關係。其中對作家、批評家和文藝思潮作宏觀和微觀的研究——歷史地位的評價、發展規律及其原委的探討等組成了文學史的基本構架。毫無疑問，由於時代、社會、歷史的發展，因政治、經濟中哲學觀因素的干擾，文學史家審美眼光的差異，一些史家的種種偏見，理論修養的高低、資料掌握的多寡，小圈子、小宗派的干擾，以及研究對象的豐富、博大和龐雜，歷來文學史著述總有良莠之別、深淺之分和雷同之誤，總是差強人意。但即使如此，迄今為止，未上各類現當代文學史的文學大師（巨擘、泰斗等）幾乎沒有。即令文學大師錢鍾書及其《圍城》，不僅長期受到文學史家的冷落，而且迭遭曲解和攻訐。到八十年代，錢鍾書及其小說才在中國現代文學史上獲得了應有的歷史地位。相對歷史長河來

說，冷落和曲解總是短暫的，眞金不會因爲長埋地下而變成泥沙，錢鍾書就是錢鍾書，關鍵還是作家自身。相反，那些一度被熱炒得焦燙、紅得發紫的人物，最終也將返回自身。畢竟文學家的歷史地位歸根到底還是由自己的作品、著作和思想、人格，輔之以歷年讀者的接受和評價家的研究而決定的。縱觀中外文壇，某個時代、某個領域的文學大師，總是極少數。如果我們對那些已載入史冊並且舉世公認的文學大師再進行深入的研究，總結和概括，就不難從中發現一些評價文學大師的基本的、主要的理論依據。——儘管在對千姿百態的作家、文藝理論家、文學思潮進行具體評價時，肯定會因人而異、因時代而異、因各種各樣因素而千變萬化，但那些人物自身的鉅著、思想和人格，以及文學史、出版史等告訴我們，在以下幾點上似應達到共識。

他們（文學大師、巨匠、巨擘、泰斗等）的作品和著作是不是展示（揭示）了人性的深層和心理的底蘊？以及人性的眞實性、豐富性、複雜性、多變性？他們的作品和著作是不是某個歷史階段時代精神、時代畫卷等（或某些重要側面）形象的縮影？這種精神的、畫卷式的縮影是不是不僅對同時代人產生過巨大影響，而且對後代人，甚至在世界範圍內，也具有很大的影響？他們開掘、探索和創造的精神和藝術成果，對他們前人來說，有沒有閃光的新的發現和開拓？在人類精神史、思想史、文藝史的發展長河中，是不是具有獨特的、哲學層面的普遍價值？文學理論家有沒有具有深刻性和創造性的專著、有無自己的理論體系（含自己一貫的、基本的理論觀、自己的思想方式、批評方式、寫作方式、話語方式）？作家是不是創作了在「眞、善、美」完整意義上的、具有獨特的藝術構成、又具有史詩性和深刻性的傑作？在文化審美性的意義上，是不是能給予不同地域、不同民族、不同時代的讀者以美的薰陶、美的啓悟和審美時再創造的空間？他們是否在同一範疇的不同領域或品類上，甚至在不同的範疇，都有成就和建樹？

毋庸贅言，以上僅是我們簡要和初步的概括。它們是評價文學大師這一統一體的諸多側面，如僅從單一方面去肯定和否定研究對象，都是不科學的。它們從中外大量作家、理論家的史實中抽象出來，我們再以此進入具體分析和評價時，由於研究對象和研究者的千差萬別，以及其它複雜的外在因素，分歧和爭議是難免的。這正是精神領域中學術研究、理論探討的巨大魅力。精神財富創造者的文學大師們的豐富性、深邃性和複雜性，決定了精神財富探求者們長時期、多方位、多層次研究的必然性和創造性。

在幾千年中國文學史上，二十世紀中國現、當代文學的誕生和發展，具有劃時代意義，並已取得了舉世公認的巨大成就，文學家及其作品燦若群星，但基本上有定評的文學大師卻寥寥無幾——並不是除魯迅之外就沒有了，主要是因爲各種因素的干擾和研究的不充分。近一個世紀來，廣義的中國現當代文學批評和研究，幾乎與中國現當代文學創作的發生和發展是同步的。近百年中，儘管前者對後者有多次粗暴的扼殺和誤導，在總體走向上，兩者還是互有促進、互有啓悟——尤其是二十世紀二、三十年代和八、九十年代。當二十世紀暮鼓快要敲響的時候，中國現當代文學（創作和研究）卻又敲響了承上啓下、震驚中外的晨鐘。創作的豐收自不待說，僅就中國現當代文學批評和研究來看，思想解放，視野開闊，文思活躍，品種繁多，新人輩出，傑作如珠，塡補空白、富有創見、博大精深的論著，工程浩大的鉅著、鉅譯、鉅編也間或問世。雖然出版艱難，淺薄、雷同、錯訛之著也泥沙俱下，里程碑式的史作、史論還罕見，總體上的事實是，八、九十年代的中國現當代文學創作和研究，已呈現出空前的五彩繽紛的輝煌景觀。

其中有宏觀的、綜合性的、兼及中外的對思潮、流派、社團、文體等的研究，也有宏觀和微觀結合的、深入的、兼及中外的對作家、批評家的研究。後者如魯迅研究、胡適研究、周作人研究、冰心研究、郭沫若研究、夏衍研究、茅盾研究、郁達夫研究、巴金研究、老舍研究、沈從文研究、曹禺研究、錢鍾書研究等，就是八、九十年代文學領域一部分取得開拓性研究成果的文壇實績。

任何個人的學術研究總要受到同時代的整體學術研究水平、傾向的制約和影響。八、九十年代包括文學研究在內的對東西方文化研究整體水平的提高，使文學研究置身於文化研究的宏觀視野中，文壇很多現象，包括文學大師的評價，人們就可以看得更爲準確和清晰。上述提到的作家和理論家，除魯迅等少數幾位世所公認的文學大師之外，大部分尚無共識。有一些還有待更深入、更全面的研究，才可望面目清晰，如夏衍、梁實秋、朱光潛、林語堂、艾青、金庸等；有一些研究，如對茅盾、郭沫若、胡適、巴金、老舍、冰心、沈從文、郁達夫、錢鍾書等，少數研究者或因理論偏見，或因趨時媚俗，或因淺薄浮躁，或因審美差別，對茅盾等尚持有異議，但是，視他們爲中國現當代文學大師，中外文壇基本上已有公論。

如前所述，文學大師及其著作，構成了奔流不息的江河，組成了礦藏豐

富的山脈，只有長時期、多方位、多層次地觀察和挖掘，才能漸趨底蘊。我們編著的《茅盾年譜》，一九八五年前後正式開筆，在重讀了茅盾一千餘萬字著譯的基礎上，又查閱了茅盾同時代人的有關著述，如多種年譜、傳記，還有社團、思潮史料，以及近百種大小報刊，編著過程中又研讀了茅盾研究史中具有奠基性、開拓性、創見性、基礎性的論文、論著和匯編。論文如賀玉波的《茅盾創作的考察》、錢杏邨的《茅盾與現實》、朱佩弦的《子夜》、王瑤的《茅盾對中國現代文學的歷史貢獻》、戈寶權的《茅盾對世界文學所作的貢獻》、葉子銘的《茅盾研究的歷史和現狀》和《茅盾六十餘年文學活動的基本特點》、孫中田的《茅盾早期文藝思想脞談》、邵伯周的《茅盾與中外文化交流》、樂黛雲的《茅盾早期思想研究》、李岫的《茅盾——中國比較文學的開拓者》、唐金海的《論茅盾的文學批評》、王中忱的《論茅盾現實主義文學觀的基本特徵》、陳銳鋒的《新文學文藝批評的開創者》、田本相的《試論茅盾對現代話劇發展之貢獻》等。論著、編著和匯編如《茅盾論》（黃人影編）、《論茅盾的生活與創作》（孫中田著）、《論茅盾四十年的文學道路》（葉子銘著）、《茅盾的創作歷程》（莊鍾慶著）、《茅盾研究資料》（孫中田、查國華編）、《茅盾評傳》（邵伯周著）、《茅盾比較研究論稿》（李岫著）、《黎明的文學——中國現實主義作家茅盾》（日本松井博光著）等。

由於茅盾及其著述自身的博大精深，以及中外眾多研究者精闢的見解和深入的開掘，茅盾作為文學大師的形象已相當清晰。從縱橫雙向考察，茅盾在中國現當代文學史、報刊史、翻譯史、社團史、文化史、思想史、革命史上的建樹是相當突出的。他是中國現代大作家中最早參加中國共產黨建黨活動和革命鬥爭的作家，他與鄭振鐸等發起成立了中國新文學史上影響深遠的第一個大社團文學研究會，他接手主編並全面革新的《小說月報》對新文學運動起了巨大的推動，他繼魯迅之後翻譯了二、三十個國家和民族的五、六十位作家的戲劇和小說，他是中外神話研究領域的拓荒者之一，他的鉅著《子夜》是新文學史上長篇小說創作中屈指可數的奠基性的傑作，他從法、英文學中引進、並與巴金等首創了中國長篇小說「三部曲」的構架，他是新文學批評史上操作社會學批評方法最系統、最老的文學批評家，他開創了「作家論」和綜合性的「評述」的評論文體，他同時涉足文學的譯介、創作、評論、編輯四大領域，縱橫馳騁，融匯貫通，其譯介之早和廣，創作之多和博、評論之精和新、編輯之膽和識，在中國現當代文學史上也是少數名列前茅者之

一。如此等等，以上大多具有奠基性、拓荒性、創造性、獨特性，已具蔚然一代文學大師之風貌。另有任多種刊物的主編、培養新秀、授課講演、社會活動及作品、文藝思想、人格等對同代和後代的影響等，也已蔚爲文壇壯觀。本譜力求取精用弘、主次分明，以譜主大量的文學業績和文學活動爲中心軸，貫穿輻射全貌。

年譜屬人物傳記，但又不同於傳記文學。後者在某些無關弘旨的細節上、人物內心活動上、語言對話上等，在尊重傳主的總體性格、總體思想傾向等的前提下，允許作者作適當的、合情合理的加工，而年譜卻必須完全按譜主的生活軌跡，如實地記載，譜主的一言一行、一舉一動都查有出處，作者只可據實取捨，絕對不可加工和想像。作者功力學養的厚和薄，文風的嚴謹和虛浮，膽識的獨特和媚俗，是年譜優劣和成敗的關鍵。本譜以茅盾史實爲第一依據，走訪譜主生前親友，大量參閱公開出版發行的書、報、刊，同時反覆分析、比較後再加取捨。如茅盾與郭沫若等創造社成員的爭論、自云未署名於魯迅祝賀紅軍長征勝利電報的史實、以及一九四九年後在多次以整人爲中心的政治運動、文藝運動中一些推波助瀾的發言、演講，對胡風等上綱上線的批判，對「大躍進」文學的鼓吹，對劉紹棠的批判等，凡史有這方面記載的茅盾著述和言行，我們均詳略不等錄原文予以記述，這樣，不僅無損於茅盾，而且我們從茅盾寫文章的角度、重心和用語、篇幅、語氣及發表的時間等，又可以揣摩到譜主當時複雜、微妙的多種心理活動，我們更可以見到一個活生生的茅盾，主體的茅盾，時代的茅盾，文學大師的茅盾。「不虛美，不溢惡」，不爲賢者諱，不因美文諱，不作媚俗語，不隨權勢轉，尊重史實，深入研究，堅持己見，言必有據——這是編著年譜必備的文品和人品。所幸已有學術先賢爲楷模，我輩當仰首以觀，謹遵前教。

本譜與唐金海和張曉雲主編的《巴金年譜》一樣，將對茅盾的訪問記、對茅盾思想和作品進行評論研究的論文、編著、論著、文學史等，按寫作、發表、出版的時間順序列入，並選擇在茅盾研究史上有重要價值的論文論著予以摘介和略加評述。我們查閱了一九八九年《巴金年譜》出版前大量的近、現代年譜編著，沒有發現一部將對譜主評論作爲一條線完整列入的年譜。我們的想法是，文學作品是一個多層面的、開放式的語言圖式結構，作家的創造性勞動是構成它的基礎，同時它的固有價值的體現和完成，還有賴於讀者的共同創造，所以，從某種意義上說，讀者（包括鑒賞家、批評家、文學史

家）也是作家；又由於每個時代讀者的千差萬別，千變萬化，它們對作品的接受、創造也會有差別和變化。如果作品本文是母體，則讀者的再創造或應是隸屬於這一母體的子體性的創造，或應是發掘本文新意的對母體本身的再創造。那種脫離本文固有內容和形式的牽強附會、隨意發揮，純屬臆想，非嚴肅的批評家所為。——史實證明，只有優秀的作品，才能經受得起歷代和眾多讀者的接受和創造，而經受不起讀者的接受和創造的，就逐漸被淘汰，經受得起不同時代、不同地域、不同讀者淘洗、篩選、檢驗、再創造的作品，才具有超時空的審美價值——才能進入人類最高的、傳世的審美境界。因此，文學大師的桂冠，及其部分作品的傳世價值，理應是作家和讀者共同創造的。文學大師的年譜，譜主為主線，同時也就理應將對文學大師作品的鑒賞、改編、批評和研究等，作為與譜主及其作品相輔相成的整體相應列入。

　　茅盾的生活軌跡已成為歷史，——他確乎已離我們而去，但他彷彿依然活著，——作品和人格確乎活著。消解和淡化這種「距離」的魅力，也許來自「一種不可解釋的、非常的、連科學也難以明辨的精神現象」。（巴爾扎克《〈驢皮記〉初版序言》）——其實那是茅盾的全部作品、全人格、全思想長期鎔鑄凝結而成的，是一代代讀者篩選、開掘、鍛造而成的。有「法國社會歷史」「書記」之美譽的文學大師巴爾扎克曾說過，「許多傑出人物都有天賦的敏銳觀察才能，卻不善於用生動的形式體現自己的思想；另一些作家詞句優美，卻缺乏洞察力和孜孜好求的精神，以便發現和記住一切」，並進而認為「兼有這兩種力量」的人才能「成為大才」。從文學角度說，茅盾確乎是「兼有兩種力量」的「天才」。——我們編著完《茅盾年譜》，深感茅盾和其他中外文學大師相似，他近百年的生活經歷和千餘萬字的文學作品，已烙印於大時代，已匯流入人類歷史，已凝聚成一種精神，已載入史冊。後來者可以和能夠超越他，卻永不能無視和繞過他，因為在世界、特別是在中國現當代文學、文化不斷鋪展延伸的精神道路上，茅盾已留下了堅厚的精神基石。——茅盾是超越時空的精神存在。

1994 年秋月——1996 年夏月於上海——太原

目

次

茅盾八十歲壽辰（一九七六年七月四日攝於北京寓所大院，韋韜提供）

茅盾在書房（一九七九年攝，韋韜提供）

茅盾和孔德沚（一九四九年攝，韋韜提供）

青年茅盾（一九一四年攝於北京）

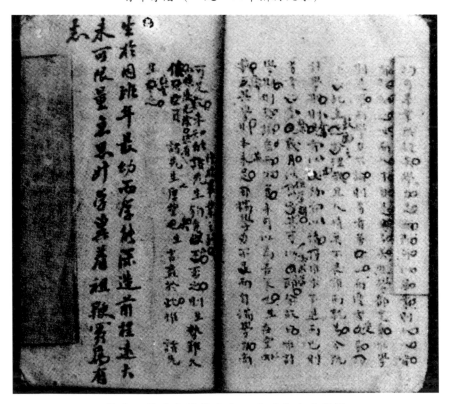

茅盾小學時代的作文本、手跡和先生評語

茅盾小學時代的作文本、手跡和先生評語

《子夜》各種海外版本

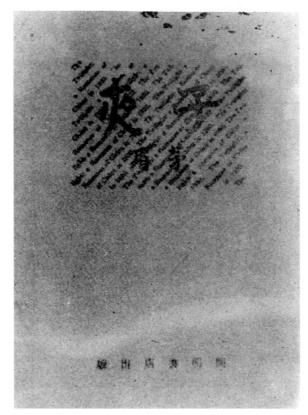

《子夜》初版封面

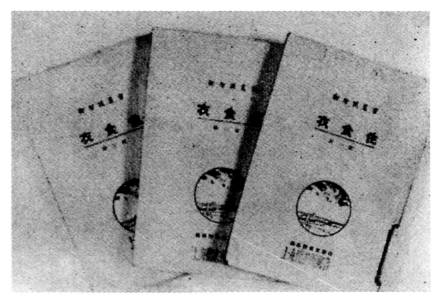

《衣食住》初版封面

一九二一年三月與葉聖陶、鄭振鐸、沈澤民（右第一人為作者，攝於上海半淞園）

在重慶文化界慶祝茅盾五十壽辰紀念會上

茅盾在上海商務印書館　　　　　　　　　茅盾在上海
（一九二四年攝於上海）　　　　　　（一九一八年攝，韋韜提供）

茅盾一家在香港（前排孔德沚、後排右起茅盾、沈霜、沈霞），一九三八年攝於香港

茅盾夫婦與柳亞子夫婦

茅盾一九四六年與著名作家合影（左起：郭沫若、茅盾、葉聖陶，韋韜提供）

茅盾與毛澤東、朱德、周恩來、沈鈞儒、郭沫若等合影
（一九四九年攝於北京，韋韜提供）

茅盾與巴金、胡風等合影
（一九四九年攝於北京）

茅盾與郭沫若合影
（一九四七年攝於北京，韋韜提供）

茅盾與巴西、古巴、印度等作家和詩人合影
（一九五四年攝於布拉格）

茅盾在寫作（一九四六年攝於上海寓所，韋韜提供）

茅盾在寫作（一九六三年攝，韋韜提供）

茅盾在抓緊時間撰寫回憶錄（一九八〇秋攝於北京寓所，韋韜提供）

茅盾手跡，茅盾一九六四年給小學
教師陸嘯林寫的信

茅盾手跡，茅盾一九六〇年給巴金寫的信

茅盾與夏衍（一九七八年文聯擴大會議上攝於北京，韋韜提供）

茅盾與丁玲（一九七九年攝於北京，韋韜提供）

茅盾與周揚、巴金、夏衍
（一九七八年全國第四次文代會攝於北京，韋韜提供）

茅盾在宴會上，左為葉聖陶，右為夏衍（一九七九年攝於北京）

茅盾在寓所後院（一九七九年攝，韋韜提供）

茅盾（一九八〇年攝於北京，韋韜提供）

茅盾在起居室（一九七九年攝於北京寓所，韋韜提供）

茅盾晚年開懷暢談（一）（一九八一年二月七日攝，韋韜提供）

茅盾晚年開懷暢談（二）（一九八一年二月七日攝，韋韜提供）

茅盾晚年開懷暢談（三）（一九八一年二月七日攝，韋韜提供）

茅盾晚年開懷暢談（四）（一九八一年二月七日攝，韋韜提供）

茅盾晚年開懷暢談（五）（一九八一年二月七日攝，韋韜提供）

茅盾晚年開懷暢談（六）（一九八一年二月七日攝，韋韜提供）

例　言

唐金海　劉長鼎　張曉雲

一、茅盾是中國新文學史上傑出的小說家、散文家、翻譯家、文論家、詩人、
　　出版家、書法家和思想家、革命家，是中國現代社會革命和新文學運動
　　的創始人和先驅者之一。從一九一七年十二月發表第一篇社會論文《學
　　生與社會》至今，寫作歷程六十餘年，著譯一千三、四百萬言，創作了
　　《子夜》、《蝕》、《春蠶》、《林家舖子》、《清明前後》以及《魯迅論》、《冰
　　心論》、《徐志摩論》等舉世公認的優秀作品和文論。在以魯迅爲旗幟的
　　五四新文化運動發展史上，他是卓越的領導者和奠基人之一。本譜以其
　　豐富的文學活動、社會活動爲主線，力求全面系統、客觀準確地反映他
　　的生平、著譯、思想和人格。
二、作譜落筆，旨在眞實。一切從實際出發，凡事作忠實的歷史記錄；廣集
　　資料，審愼擇取；查證辨析，棄僞存眞。
三、本譜分正譜和副譜兩部分。正譜爲主流，敍述譜主本事。副譜爲分支，
　　分別爲「當月」和「本月」。「當月」摘要介紹對譜主的評論以及有關評
　　論和著作的主要內容；「本月」摘要記述國內外大事和文化動態；「當月」
　　和「本月」所記均以正譜爲主體、爲中心，以加強、充實譜主本事的整
　　體觀和立體感。
四、本譜嚴格按年、季、月、旬、日順序編列，無日可考者爲旬，無旬可考
　　者爲月，無月可考者爲季，無季可考者爲年；時日難定者爲月初、月底、
　　約同日、約同旬、約同月、約同年。譜主著譯、活動等日期和書刊報章
　　卷期，一律用漢字標記；正譜和副譜括號內和注釋中的數字一律用阿拉
　　伯字標記。

五、凡譜主初版的著譯，除長篇小說和中、短篇小說集以及重要論著具體篇名外，其它一般從略。

六、凡譜主生平、思想、著譯及社會活動所標注的時間係同日、同月、同年，則日、月、年從略；引文出自譜主作品，原則上注明初版篇名，作者略去；引文非出自譜主作品，原則上也注明初版篇名、作者、發表時間和報刊；內容取自報刊消息，則注明揭載初版報刊和時間；揭載報刊不常見或易混淆，則標明出版地點；資料來源係據筆者從多篇文章或多篇訪問記、消息、論文辨析、綜合、考證而得，或據譜主信件、對譜主親友的調查材料而得，則一般不注明出處。

七、本譜將至今可確定的茅盾著譯全部列目。（按：截止本譜交稿付印時，人民文學出版社出版的《茅盾全集》已出版到第 22 卷）著譯以譜主寫作完畢日期序列編排，寫作日期不明者，再按發表日期序列編排。文章篇名後依次爲文體、署名、發表報刊期卷、初收（或曾收）、現收；原文發表時凡署茅盾者，本譜一律將署名略去，其餘署名，一律標明；凡譯作，在文體前標明原作者及其國籍，一般不標初收和現收。著作之文學作品部分，一般略述內容提要、揭示主旨，擇其要者概述寫作過程、主要藝術特色、在文學史上的地位；著作之議論文部分，一般簡述全文大意、擇要摘引主要論點；譯作部分，僅擇與譜主思想形成和變化、創作風格的形成和演變關係密切者作簡要介紹，一般僅存目；注釋部分，一九四九年前，注釋內容簡單者，筆者加按語說明，一般擇有助於瞭解譜主的思想、文學活動的人或事或刊物另行簡注；一九四九年後，僅行文時在括號內用按語略加說明，一般不另加注。

八、對譜主改題、改寫、改譯、重譯或轉載和重新發表的文章及再版的著作，本譜爲盡量清晰簡括，一般僅記初載、初版、初收和現收，或擇其要者簡介，不詳述。

九、副譜評論文章和論著部分，按發表或出版日期序列編排，並擇其或有開拓性、或有創見、或有很大影響、或有某種代表性的文章和論著，略加介紹，摘引其主要觀點，並簡評其在茅盾研究中的價值；副譜時勢和文壇背景部分，擇記大事或有助於瞭解譜主作品、思想、活動者入列。

唐金海　劉長鼎　張曉雲

1986 年－1995 年，於上海——太原

上 卷
（一八九六年～一九四九年）

　　沈雁冰（茅盾）是「中國文壇……一顆巨星。我國現代進步文化的先驅者、偉大的革命文學家和中國共產黨最早的黨員之一」,「在國內外享有崇高聲望」。——胡耀邦

　　「幼年稟承慈訓,謹言慎行。青年時甫出學校,即進商務印書館編譯所,四年後主編並改革《小説月報》,可謂一帆風順。……中年稍經憂患,雖有抱負,早成泡影。不得已而舞文弄墨,當年又有『避席畏聞文字獄,著書都為稻粱謀』之情勢,其不足觀,自不待言。」

　　「為了共產主義的理想我追求和奮鬥了一生」。——茅盾

第 一 編
（一八九六年～一九二六年）

靈臺無計逃神矢，風雨如磐暗故園。寄意寒星荃不察，我以我血薦軒轅。——魯迅

我眞誠地自白：我對於文學並不是那樣的忠心不貳。那時候，我的職業使我接近文學，而我的内心的趣味和別的許多朋友——祝福這些朋友的靈魂——則引我接近社會運動。

我是眞實地去生活，經驗了動亂中國的最複雜的人生的一幕，……想要以我的生命力的餘燼從別方面在這迷亂灰色的人生内發一星微光，於是我就開始創作了。——茅盾

一八九六年（一歲）（清光緒二十二年，丙申）

七月

　　四日　誕生於浙江桐鄉縣青鎮一個四世同堂的大家庭中。「故鄉，在清末為青鎮（本來是烏、青兩鎮，隔河為界），屬桐鄉縣，解放後兩鎮合併，名烏鎮。」（《致葉子銘（1978 年 1 月 17 日）》）「我生的時候，曾祖父還在梧州稅關上，家裡給他打了電報，因為我是長房長曾孫，他來信給我取個小名叫燕昌，大名叫德鴻。按沈家排行……我這一輩是德字排行，下面一個字用水旁（按照五行，金下應是水）所以我的名字叫德鴻。小名為什麼取燕昌呢？因為這一年梧州稅關來的燕子特別多，迷信認為這是祥兆，就取了這個小名。但是我這個小名從來沒有用過，家中人同祖父母以下都不叫我小名，而叫我德鴻。」（《茅盾回憶錄·我的家庭與親人》）字雁賓，取自「鴻雁來賓，雀入大水為蛤」（《禮記·月令》），後改為雁冰。

　　曾祖父沈煥，字雲卿。「幼時念過幾年私塾，以後經商時也抽空讀書，漸通文墨，他希望兒子們能從科舉中發跡，正式做個紳縉。」他精明能幹，三十歲左右，還單身前往上海闖出新路子，「由一個普通伙計成為專管進貨和決定營業方針的大伙計」。後到漢口「獨自經營，魄力更大，手腕更靈活」，（《我的家庭與親人》）繼而出任廣州梧州稅關代理監督。

　　曾祖母王氏，「知書識字，性格剛強，不苟言笑，但待人極和氣。她執行曾祖父的囑託，督促長子與次子學舉業，拜他的哥哥（秀才，以訓蒙為業）為師」。（《我的家庭與親人》）

　　祖父沈恩培，字硯耕。秀才，屢考鄉試，「雖沒中舉，但也練習寫朝考卷，書法工整圓潤」，常為鄰舍親友寫堂、樓、館名，寫招牌、門聯、匾額等，生活閒適而有規律，每日上午「飲茶」或「到西園聽拍曲」，午睡後以八圈麻將為娛樂；對兒子「從來不管教」，認為「兒孫自有兒孫福，不替兒孫做牛馬」，曾在私塾執教。（《我的家庭與親人》）

　　祖母高氏，是離烏鎮有百里之遠的高家橋「大地主的女兒」，到晚年「對農村生活的懷念仍然很強烈」，自己率家人和僕人養蠶、養豬。（《我的家庭與親人》）

外祖父陳我如，「是江浙一帶有名的中醫」，「性格嚴肅、鯁直，爲人治病很認眞。」熱衷於「正途出身」，故「五十以前，每逢鄉試，必然去考，平時也用功闈墨」。生活上「自奉儉樸，一點嗜好也沒有。教門生很認眞，晚年名聲更大。」（《我的家庭與親人》）

外祖母錢氏，「能幹」、「達觀」、「但也是個不幸的人」。（《我的家庭與親人》）

父親沈永錫，字伯蕃（小名景松），一八七二年生，「十六歲中秀才」，但「訂了婚以後，卻想到丈人那裡學醫」，想有「一技之長」。「喜買書，求新知識」，「買了一些聲、光、化、電的書，也買了一些介紹歐美各國政治、經濟制度的新書，還買了介紹歐洲西醫西藥的書。」特別「喜好數學」，曾自修微積分。（《我的家庭與親人》）

母親陳愛珠，一八七五年生，自幼「讀書識字」，「讀過四書五經，《唐詩三百首》、《古文觀止》、《列女傳》、《幼學瓊林》、《楚辭集注》、朱熹、《史鑒節要》等」，「能寫會算」、「能幹」，十四歲起在娘家開始當家理財，頗有治家處世才能。（《我的家庭與親人》）

本年

八月　維新派在上海創辦《時務報》，梁啓超主編。

一八九七年〔二歲〕

夏

因外祖父患病，與父、母親長住外祖父家。

秋

外祖父病逝，目睹母親料理喪事，處理、安排家政。

約年底　曾祖父辭職返鄉。

本年

二月　商務印書館創設於上海。

十月　中國近代史上第一個較爲系統地介紹和傳播西方科學及思想的嚴復，在天津創辦《國聞報》，宣傳變法。

一八九八年（三歲）

春

與料理完外祖父喪事的母親回到青鎮。

夏

光緒帝頒佈《明定國是詔》，廢除八股，設立學堂，實行變法。父親是維新派，「計劃到杭州進新立的高等學堂，然後再考取到日本留學的官費」，母親忙於打點父親應考諸事。（《我的家庭與親人》）

秋

變法失敗，父親的計劃因而「落空」。

本年

　　戊戌變法。戊戌維新運動發生及失敗。

　　安徽渦陽農民暴動。

一八九九年（四歲）

深得祖父喜愛，常常被抱著到鎮上去玩，聽祖父吹簫，看祖父寫字，跟祖父上「訪盧閣」飲茶。（孔海珠、王爾齡《茅盾的早年生活》）

本年

三月　山東義和團朱紅燈部起義。

冬　章太炎所著《訄書》木刻本問世。

一九〇〇年（五歲）

春

清明前後「一年有一度，我可以到鄉下去一趟：這就是清明上墳」，「我那時並不喜歡鄉下」，「鄉下確比鎮上單調多了」。（《我怎樣寫春蠶》）而清明過後，「我們鎮上照例有所謂『香市』，首尾大約半個月」。「主要的節目無非是『吃』和『玩』」，「臨時的茶棚、戲法場，弄缸弄罈、走繩索、三上吊的武技班，老虎、矮子、提線戲、髦兒戲、西洋鏡」，「熱鬧」極了；在「香市」中，「不但賞鑒了所謂『國技』，我還認識了老虎、豹、猴、穿山甲。所以『香市』也是兒童的狂歡節。」（《香市》）

夏

胞弟沈澤民生。

秋

曾祖父去世，由曾祖母處理遺產分割事宜。分家後，祖父一房十二口，靠分得的泰興昌紙行的營業收入生活。

約同年　某晚，「同鄰居的老頭子在街上玩」，發現「我們走」，「月亮也跟著走」，隨後，各人說出月亮的大小。「我」「定住了眼睛看」、「站在凳子上看」、「騎在他的肩頭看」，「月亮只有飯碗口大」，而老頭卻笑嘻嘻地說月亮有「洗臉盆」那樣大。遂請祖父評判，「我的祖父摸著鬍子笑著說：「就跟我的臉盆差不多」，而祖父的臉盆在家中「是頂大的。」「於是我相信我自己是完全失敗了。在許多事情上都被家裡人用一句『你還小呢』來剝奪了權利的我」，「感到月亮也那麼『欺小』」，於是「對月亮無愛也無憎的我」，開始對月亮「不信任了」。（《談月亮》）

同年　因祖父與孔繁林先生是知己，遂與孔老先生帶去的長孫女結識。祖父和父親均同意沈、孔兩家聯姻。於是五歲的德鴻與四歲的孔家小姐訂了婚。「定親」後，「父親就請媒人」——錢隆盛南貨店的店主錢春江「告之孔家，不要纏足，要教女孩識字。」（《我走過的道路·我的婚姻》）

本年

山東興起義和團運動，以「扶清滅洋」爲口號，直搗天津、北京，與八國聯軍血戰。八月中旬，慈禧太后挾持光緒皇帝逃離北京。九月上旬，清政府又勾結八國聯軍「助剿」義和團。

德國哲學家尼采逝世，終年五十六歲。

一九〇一年（六歲）

春

　　開始學習。母親擬安排進家塾讀書，但父親不同意。因為「他有些新的教材要我學習」，但此時在家塾執教的祖父仍然教《三字經》，「不肯教這些新東西的」。於是，則由「母親在我們的臥室裡教我」。課本是澄衷學堂的《字課圖識》，以及父親讓母親從《正蒙必讀》中親自抄下來的《天文歌略》和《地理歌略》，還有母親按父親的要求，從《史鑒節要》中編選出來的淺近文言的歷史課本。「為什麼父親自己不教我，而要母親教我呢？因為一則此時祖母當家，母親吃現成飯，有空閒；二則，——也是主要的，是父親忙於他主要的事，也可以說是他做學問的計劃。」（《我的家庭與親人（下）》）

同年

曾祖母逝世。

本年

　　九月　清政府與德、美、英、法、俄等十一國簽訂《辛丑條約》，割地賠款，中國完全淪為半殖民地半封建國家。

　　十一月　李鴻章去世，袁世凱接任直隸總督及北洋大臣。

　　八股被廢除，並改全國書院為學堂。

一九〇二年（七歲）

春

進家塾，由父親執教。因爲祖父嫌教書是個負擔，所以「我七歲那年，他就把這教家塾的擔子推給了我父親。父親對我十分嚴格」，每天從《天文歌略》等課本中「親自節錄四句，要我讀熟」，並希望逐日增至十句，「我卻慢慢地縮下來」。產生對「新學」「既害怕又憎惡」的心理，「惹起父親煩惱」（《我的小學時代》），而這些被稱爲「洋書」的「新書」，「給我幼小的腦筋以許多痛苦，想來不下於我的叔叔們所讀的《大學》、《中庸》」。（《我的小傳》）

初夏

見母親忙於準備父親赴杭州參加鄉試。等父親離家後，遂與弟弟跟母親前往外祖母家「歇夏」。舅舅長壽患病，見母親協助和指點年輕的舅母料理外祖母家的家務和找醫生爲舅舅治病。

秋

父親回家。因在杭州患瘧疾，鄉試未果。看到父親在上海拍的六寸照片，以及爲母親買的《西遊記》、《封神榜》、《三國演義》、《東周列國誌》和其它許多書。

冬

舅舅長壽終因肺癆而病逝，見母親代外祖母和舅母處理喪事，及安排過繼、分割遺產等事，更敬重母親的才幹和爲人。外祖母處理遺產時，堅持分給女兒一千兩銀子，因爲她「多年管家，……她從沒留一錢私房」。（《我的家庭與親人》）

本年

二月　梁啓超在日本創辦《新民叢報》和《新小說》。

三月二十四日　魯迅赴日留學。

清政府簽訂《中英續議通商行船條約》，擴大其在中國投資及新的侵略權利。

法國作家左拉逝世，終年五十七歲。

一九〇三年（八歲）

秋冬

進立志國民初等男學讀書。據《烏青鎮誌》，由立志書院改設的立志完全女學，是年改爲立志國民初等男學。「開辦那年，我就進去了」。（《致翟同泰》）當時嘉湖地區，還到處是私塾，「而我進的小學竟是破天荒第一座。」（《致荒蕪同志（1977 年 8 月 28 日）》）「表叔盧鑒泉擔任校長」，「我被分配到乙班，但上課不到十天，兩班學生根據實際水平又互有調換，我調到了甲班」，「同班同學中我的年齡最小」。「父親的好朋友沈聽蕉教國文，兼教修身和歷史」，國文課本是《速通虛字法》和《論說入門》，「《速通虛字法》幫助我造句，也幫助我能夠讀淺近的文言」，「尤其是《速通虛字法》的插圖使我大大地愛好」。「每星期一篇作文，題目老是史論」，因爲年齡小「實在沒有論古道今的知識和見解」，於是「硬地掘鱔」，「弄出一套公式」：「第一，將題中的人和事敘述幾句，第二，論斷帶感慨，……第三……就常用一句公式的話來收梢。」這樣學習的結果，也獲得了「好處」，即能「弄熟了一點史實」，「做史論」則養成了「留心國家大事」的習慣。（《我的小學時代》）

甲班的算學老師「新學確有根基」，「算學好」。「我的父親是酷嗜算學的」，「他見我轉進了甲班，很高興。」「但我倒擔心，我對於算學已是驚弓之鳥」，但老師「能用粉筆將復位乘法的過程在黑板上演出來，並且教的又慢」，所以對算學從「不近」到「近」起來。總之「課程都比《天文歌略》容易記，也有興味」，「對所進的小學發生好感」。（《我的小學時代》）

同年

借助《速通虛字法》開始看「閒書」，被父親知道後，「就叫母親把一部石印的《後西遊記》給我看。」「父親的用意」「爲了使國文得長進，小孩子想看『閒書』也在所不禁」，是年「國文」確有長進，「每月有月考」，「暑假年假大考」，均得「前幾名，還有獎賞」，常常得到「鉛筆」、「教科書」之類的獎勵，有一次得到了「兩本童話，《無貓國》與《大姆指》」。（《我的小學時代》）

　　因祖母喜歡養蠶、養豬，到年底還雇人殺豬，故「我童年時最有興趣的事」「就是養蠶」；「看殺豬是我童年又一感興趣的事」。(《我的家庭與親人》)

　　常去老屋對面一家水果店後面的「空地」上玩，有時聽水果店裡的老婆婆講「長毛」的故事，有時到她家屋裡，看她的兒子阿三「畫關帝，畫曹操，畫奎星」，「塑菩薩」。後來阿三離家出走了，賣水果的阿四「結婚」後不久「瘋了」，以後「新娘子」被賣到鄉下，阿四也離家出走。老婆婆的女兒阿綉「咭咭刮刮」的，雖然「能幹」，但三十歲還「待字閨中」。這一切給「七八歲」的「我」留下許多可愛的回憶和不解的謎。」(《瘋子》)

本年

　　鄒容（1885～1965）在上海發表《革命軍》一文，提出建立「中華共和國」的口號。

　　李伯元等在上海創辦《繡像小說》。

　　冬，蔡元培、章太炎在滬成立光復會。

一九〇四年（九歲）

父親終因久病而臥床不起，母親日夜守候父親，「弟弟住到外祖母家，我每天到隔壁的立志小學去讀書。」放學以後替母親「執著書，豎立在父親胸前讓他看」。有一次，父親讓取刀削指甲，事後，從母親處獲悉，「父親叫我拿刀給他，他想自殺。」經母親婉勸，父親才絕了自殺的念頭。「但是母親仍不放心，切實叮囑我：以後把刀子藏好，剪子也要藏好，都不許再給父親了。」（《我的家庭與親人‧父親的三年之病》）為了幫助母親照顧父親，放學就回家。「有時乾脆請假不去了，母親怕我拉下的功課太多，就自己教我，很快我就把《論語》讀完了。」（《我的小學時代‧我的小學》）

父親病日重，母親暗中託外祖母從離家三十里外的南潯鎮請來一位西醫，是日本人，因出診往返費用昂貴，經母親、舅母等反覆勸說，父親才同意看病。診病的結論是「骨癆」。母親把這結論「簡短說了一說」，「父親想了半天」，「心氣平靜」地解釋：「骨癆」，「中國醫書上沒有這個病名」，估計是結核菌「移動到骨髓裡去了。這病是沒法活了，東洋醫生給的藥，吃也無用。」「如今知道了是不治之症，我倒安心了。但不知還能活幾天？我有許多事要預先安排好。」（《我的家庭與親人‧父親的三年之病》）

八月

二十五日　（即陰曆七月十五）因祖母見兒子延醫無效，遂不顧兒、媳反對，「就到城隍廟裡去許了願」，讓長孫德鴻在「陰曆十五城隍『出會』時扮一次『犯人』」。這是烏鎮當時的民俗：家中有病人而藥物不靈時，迷信的人就去向城隍許願，在城隍「出會」時派家中一兒童扮作「犯人」，隨出會隊伍繞市一周，代替患病的親人「贖罪」。「祖母讓我扮『犯人』的那一年，我九歲，正是愛玩耍的年齡，對於能夠親自參加出城隍會，自然十分高興，隨隊伍繞著四柵走了十多里路，竟一點不感到累。」但是「我雖然當了一次『犯人』，父親的病卻未見有一絲的好轉。」（《我走過的道路》；孔海珠、王爾齡《茅盾的早年生活》）

此後，父親不再看書了。卻和母親低聲商量什麼。一、二天後，父親親口說，母親筆錄。「我在旁雖然聽得，卻不解其意義」。事後，見母親請祖父

上樓，重新抄寫，聽到「沈伯藩口述，父硯耕筆錄」二句，才知道這是父親在立遺囑了。遺囑的「要點」後來才明白，父親認爲「中國的大勢不是維新變法，就是被列強瓜分」，而兩者都必然要振興實業，需要理工人才；如果不願在國內做亡國奴，有了理工這個本領，國外到處可以謀生。遺囑上還囑咐我和弟弟「不要誤解自由、平等的意義」。父親立完遺囑，就忙著「安排」他的大事：把「醫學書都送給別人，小說留著。卻指著一本譚嗣同的《仁學》對我說：『這是一大奇書，你現在看不懂，將來一定看得懂』」。以後，父親「天天議論國家大事」，「常常勉勵我：『大丈夫要以天下爲己任』，並反覆說明這句話的意義。母親要我做個有志氣的人」，並要擔起「長兄如父」的重擔。(《我的家庭與親人‧父親的三年之病》)

　　同年　弟澤民患重病，母親親自去請名醫，「決斷」地採用新處方，救治了弟弟。

　　約同年　鎮上由富紳徐冠南辦了私立敦本女塾，「父親知道後，又請媒人告訴孔家」要讓已定親的孔小姐「進敦本女塾，並且還對女家說，將來妝奩可以隨便些，此時一定化點錢讓女孩子上學。女家仍然不理。」(《我走過的道路‧我的婚姻》)

　　本年

　　　　《東方雜誌》在上海創刊。

　　　　俄國作家契訶夫逝世，終年四十四歲。

一九〇五年（十歲）

夏

天氣奇熱，由母親安排，不按慣例去外祖母家「歇夏」，隨病重的父親移居樓下居住。

夏末秋初

父親終於去世。當時，「我和弟弟正在寫字，聽得母親一聲裂帛似的號，急忙奔去，卻見母親正在給父親換衣服，我和弟弟都哭了。」（《我的家庭與親人‧父親的三年之病》）看著父親「肌肉落盡」「像乾了膏油的一盞燈，奄奄長眠了。」（《我的小學時代》）

「因爲天熱，第二天就殮了」，遂隨母攜弟爲父親守靈，靈堂設在「父親逝世的屋內」，父親照片兩邊掛著母親恭楷寫的輓聯：「幼誦孔孟之言，長學聲光化電，憂國憂家，斯人斯疾，奈何長才未展，死不瞑目；良人亦即良師，十年互勉互勵，雹碎春紅，百身莫贖，從今誓守遺言，管教雙雛。」

同年

父親去世後，母親管教極嚴；遂牢記「長兄如父」的教導，一放學就回家。某日，因「教算學的老師病了，我急要回家」，卻被一年齡大五、六歲的同學纏著去玩。「我不肯，他在後面追」，他「跌了一跤」，並拉我到家中向母親告狀，母親「安慰」對方，並「給了他十個制錢」。但因受二姑母「諷刺」，母親則「突然大怒，拉我上樓」，拿起「硬木大戒尺，便要打我，我怕極了」，「快步」跑下樓。後來請國文教師沈聽蕉先生向母親說明被那個大同學「反誣」的眞相，沈先生又對母親曉以「孝子事親，小杖則受，大杖則走」的道理。我遂被祖母拉回房中「跪在母親膝前」，母親「淚如雨下」拉起兒子。從此越發體諒母親年輕守寡，「管教雙雛」的艱難，決心做弟弟的「榜樣」，「從此以後，母親不大打我了。」（《我的小學時代》）

本年

同盟會在東京成立，推孫中山爲總理。該會還創辦了機關報《民報》。孫中山在發刊中提出「民族」、「民權」、「民生」的三民主義。

一九〇六年（十一歲）

冬

從立志小學畢業。

本年

清政府頒詔準備立憲。

《時報》在上海創刊。

吳趼人等在上海創刊《月月小說》。

挪威作家易卜生逝世，終年七十八歲。

一九〇七年（十二歲）

春

進烏青鎮高等小學。該校前身是中西學堂，曾因規模相當完備，程度相當精深，學生受到嚴格訓練而被當地人，特別是小學生們「羨慕」。「十一歲進高小，也是三年畢業」，「在『高小』可能是三年半，因爲在『高小』畢業時改爲秋季始業，而進去的時候還是春季始業。」〔《致翟同泰》（1962.1）‧附錄（《答徐恭時問》）〕（按：該校 1912 年改名爲植材小學）。當時是祖母當家，實際上是二姑媽作主，家中伙食費偏緊。爲了「使我營養好一點」，母親頂住祖母和二姑母的「壓力」，自己支付每月四元的「膳食費」，讓「我在植材」「寄宿」，「和教師同桌吃飯，看饌比較好」。（《我的小學時代》）

「高等小學的圍牆外就有一片桑林，我到外祖父家去，就必須走過一段兩旁全是桑林的街道。」（《我怎樣寫春蠶》）校址從鎮郊外一、二里的孔家花園「遷移到鎮內，並且新建了三排洋房，地址在道教供奉太上老君的所謂『北宮』」，其中「六間教室和一間儲存物理、化學教學用的藥品和器具的小房」，建在被「太平軍與清軍作戰時」炸毀的廢墟上，「教員和學生的宿舍卻在剩下的原北宮」。（《我的小學》）

高等小學課程有英文、國文、算學（幾何、代數）、物理、化學、圖畫、體操。徐承煥先生教英文《納氏文法》、音樂和體操；徐承奎先生教《形學備旨》（幾何）；王彥臣先生教《禮記》；張濟川先生教《易經》、物理、化學；周秀才教《孟子》；一位鎮上「畫尊容」的畫師教繪畫。在高等小學期間，曾經「最喜歡繪畫」，「買了一部石印的《芥子園畫譜》」，按老師指定的畫臨摹。但「個把月後」，「把畫譜看厭了」，而老師還指定幾幅讓「再臨」時，就「感到異常乏味。」（《我的小學》）「對於音樂，我是喜歡的」，特別喜歡「一首曲調悲壯的《黃河》，」直到晚年寫回憶錄時，還清晰地記得《黃河》第一段的歌詞：「黃河，黃河，出自昆崙山，遠從蒙古地，流入長城關，古來多少聖賢，生此河幹。長城外，河套邊，黃沙白草無人煙，安得十萬兵，長驅西北邊，飲馬烏梁海，策馬烏拉山。」

在高等小學時，與志堅同學「夜間同室溫習睡覺」，「一起切磋琢磨，久

相與處，意氣復投，遂訂爲昆弟之交」。據志堅後來回憶，譜主當時「國文成績，已成爲學校冠軍」，當聽到張之琴說：「你將來是個了不得的文學家」時，益加奮勉，對志堅云：「我能著作一種偉大的小說，成一名家於願足矣」，遂與志堅「以閱讀新舊小說爲樂」。（志堅：《懷茅盾》，載楊之華編《文壇史料》，中華月報社 1944 年 1 月 1 日出版）

本年

《小說林》在上海創刊。

徐錫麟、秋瑾先後被捕遇難。

一九〇八年（十三歲）

　　上半年　參加了由校長盧鑒泉表叔主持的「會考」，試題是「試論富國強兵之道」。「我把父親與母親議論國家大事的那些話湊成四百多字，而終之以父親生前曾反覆解釋的『大丈夫當以天下爲己任』」，「盧表叔對這句加了密圈，並作批語：『十二歲小兒，能作此語，莫謂祖國無人矣』」。盧表叔還特地「把這卷子給祖父看，又對祖母讚揚我」。（《我的小學》）

　　約同年　喜讀「閒書」，並模仿書中俠士自製「袖箭」。讀《七俠五義》一類的書後，買了銅絲，自製彈簧；再用竹筷「改造」成「箭」；又物色到一根小竹管，仿做書中俠客用的「袖箭」，「效果並不好」，遂改進材料及製作方法，「很費了一番心血」，但「袖箭」「終於沒有成功」。（《談我的研究》）

　　冬　曾患過一次夢遊症。中午迷迷糊糊地從寄宿的學校走回家，「這一切」「我自己都不知道」，家中人按烏鎮土語稱「活走屍」。但母親認爲「夢遊是睡眠不足之故，從此不許我熬夜，睡覺時間限在晚上九點。」（《我的小學》）

　　約同年　繼續在高等小學求學。「因爲讀了一些偵探小說」，對「化學」有興趣，想製造書中「犯人和偵探」都慣用的「奇怪的毒藥」，但「只能紙上談兵」，僅從《西藥大全》和別的「新法」的書中得到滿足。但「不久也就丟開了」。（《談我的研究》）

　　本年

　　　　清光緒皇帝十一月十四日去世，溥儀接位，改年號宣統。

　　　　慈禧太后十一月十五日去世。

小學文課（小學階段）

　　作《武侯治蜀王猛治秦論》（小學文課），現收《茅盾全集》第十四卷。云：「蜀有武侯而盛，秦得王猛而活，二公固濟世之才也」。雖然，猛「反身事符堅」，但因「猛存則秦盛，猛歿則秦衰」，所以認爲「猛亦人傑也哉」。

　　老師評語：「堂堂正正……確是史論正格」。

　　作《宋太祖杯酒釋兵權論》（小學文課），現收《茅盾全集》第十四卷。對「宋太祖於杯酒釋兵權」的歷史事件，作了詳盡分析後，指出「人皆嘉其

智，余未敢信也」，認爲宋太祖此舉實「爲功臣計矣。而非爲子孫計矣」。

老師評語：「好筆力。好見地。讀史有眼。立論有識。小子可造。勉成大器。」

作《學堂衛生策》（小學文課），現收《茅盾全集》第十四卷。對「生死有命」的傳統觀念提出不同看法，認爲學校是「文明之地」，非「智識未開之處」，提出「人人知衛生」，改變學校不衛生的環境，才不至「疫病傳染」、「夭亡短折」。

老師評語：「確是學堂至要至緊。」

作《祖逖聞雞起舞論》（小學文課），現收《茅盾全集》第十四卷。認爲「非常之人」，必須具有「可乘」之「時事」；必須有「重權」，才能「展其雄才大略……得建非常之功；而「觀晉元帝時之祖逖」，雖是「非常之人」，終因「不得重權，以遂己志」、「鬱鬱憤死」。文中抒發了對祖逖的惋惜和悲憤之情。

老師評語：「確有見地。行文之勢，尤蓬蓬勃勃。眞如釜上之氣。」

作《蘇季子不禮於其嫂論》（小學文課），現收《茅盾全集》第十四卷。從蘇秦等歷史人物貧困和發達時，家人對他鄙視和奉迎的截然不同態度，悟出「世情之反覆」。遂呼籲「吾黨少年，宜刻自奮勉」、「發憤有爲。不負父母，斯則一生不虛矣。」

老師評語：「摹寫世情。頗能入理。」

作《青鎮茶室因捐罷市平議》（小學文課），現收《茅盾全集》第十四卷。針對青鎮茶室因「茶捐」之「苛」而罷市事件，指出警察不應與小民纏擾」，稅務要讓「大商富家」承擔。

老師評語：「至論至論」。

作《馬援不列雲台功臣論》（小學文課），現收《茅盾全集》第十四卷。認爲人君者應該「知有功必賞，有罪必罰。勿以親戚私之，行則大公不私矣」。

老師評語：能在「前人之論」中「翻進一層立說，足見深人無淺語」。

作《燕太子丹使荊軻刺秦王論》（小學文課），現收《茅盾全集》第十四卷。對「燕太子丹使荊軻刺秦王」的悲壯史實，提出新論。認爲「太子丹……不思求良將，修兵繕甲」，終因「復仇心切」而「思奏效於刺客之身」是一大失策；而刺客荊軻又是「一魯莽草民」，無「智」，無「能」，「刺而又不中」，

造成秦王怒而滅燕的結局，是又一失策。文末感嘆：「丹亦人傑也哉，特未遇輔命立功之臣」。

老師評語：「有精錬語。有深沉語。」

作《山中之木以不材得終天年，主人之雁以不材而死試申論之》（小學文課），現收《茅盾全集》第十四卷。通過山中之木因不材而得終天年，主人之雁因不材而被殺而烹之的事例，說明「不材之人」應「隱居」才能「不毀」的道理。

老師評：「此題重在說理，作者尚能說得明白」。

作《管子稱天下才而孔譏器小孟斥功卑試論其故》（小學文課），現收《茅盾全集》第十四卷。詳細評析了管仲被孔子「譏其器小」；被孟子斥爲「功卑」的歷史和時代的原因，認爲管仲應爲「人傑」，因爲他「能助桓公霸天下」和「振興王紀」。

作《趙高指鹿爲馬論》（小學文課），現收《茅盾全集》第十四卷。通過秦始皇重用趙高，使其專權，敢「指鹿爲馬」的史實，論證了「始皇之智」，實爲「始皇之愚」，造成趙高「蠹秦」的觀點。

老師評語：「責備始皇，痛言閹禍。至斥趙高罪狀，悚然可警」。

作《選舉投票放假紀念──4月15日浙江諮議局初選舉投票日期》（小學文課），現收《茅盾全集》第十四卷。敘述了放假選舉投票之日的見聞，表達了紳士、市民的欣喜和學生們富於幻想的天真。

老師評語：「以詼諧之筆作記事文，最爲靈捷。」

作《崔寔謂文帝以嚴致平非以寬治平論》（小學文課），現收《茅盾全集》第十四卷。認爲「治天下者」，執法的「寬」和「嚴」必須「審時事」而定，做到「寬猛相濟」才是「聖人豪傑治國之常道」。

老師評語：「氣清而肅，筆秀以達。」

作《有不虞之譽有求全之毀論》（小學文課），現收《茅盾全集》第十四卷。用辯證的觀點，對孟子的「譽毀」論，提出了獨特的見解。認爲「君子」和「小人」有不同的「毀」、「譽」觀，但「善者譽，惡者毀」是「天下之公理」，所以「直道在人，是非昭著」，「君子」應「修己自盡」。

老師評語：「掃盡陳言，力關新穎。說理論情，兩者皆到。」

作《富弼使契丹論》（小學文課），現收《茅盾全集》第十四卷。讚揚了

富弼「上不辱命。下不失節」出使契丹，「挽時艱」、「振國威」的燦然功績；但也為富弼身處「奸臣當權」，一旦「變機」而後果不堪設想的險境而擔憂。

老師評語：「簡則簡矣，而警策語尚少。」

作《西人有黃禍之說試論其然否》（小學文課），現收《茅盾全集》第十四卷。針對「西人」雖「堅持甚固」尚「不敢稍怠」，而以「黃禍」之說以「自戒」的觀點，提出了獨特的見解。認為「立憲思想，於今日發之」，必有「自由之精神」，這是中國「睡獅既醒，群龍勢危」的大好時機，必須「毋生怠心」、「矯心」，將「西人黃禍之言」來激勵國民，成為「中國發祥之識」。

老師評語：「篇中論到中國人不可因此而生矯心，而生怠心，是自警也，是自惕也。果人人能有此志，終當達其目的。」

作《張良賈誼合論》（小學文課），現收《茅盾全集》第十四卷。認為張良能「創偉大之事業」在於他審時度勢，「惟其能忍之故」；認為賈誼「才大量小，至悲忿夭絕」，所以觀其一生「始則哀之悲之」，繼而又因其「無人以誨之」而感到「惜也」。

老師評語：「人物合論，不可竟重一面，使旗鼓不能相當。論賈生甚詳，論留候則略」。

作《學部定章》（小學文課），現收《茅盾全集》第十四卷。針對學校公佈的有關畢業的若干規定，提出自己的看法。認為學生能否畢業應以「學力」為標準，這樣才能「鼓勵」學生；若按學習時間長短為標準，則會造成「奮者以沮、勤者以惰」、「曠費光陰」。

老師評語：「生於同班最幼，而學能深造。前程遠大，未可限量。急思升學，冀著祖鞭，實屬有志」。

作《言寡尤行寡悔釋義》（小學文課），現收《茅盾全集》第十四卷。認為君子必「三思」而後言行，才能做到「言」不「招怨」，「行」不「自悔」，惟如此才能使人「敬我尊我」。

老師評語：「文既入殼，便無難題。所謂一法通，則萬法通」。

作《漢武帝殺鈎弋夫人論》（小學文課），現收《茅盾全集》第十四卷。責備漢武帝殺鈎弋夫人是「剛愎少恩」之舉。

老師評語：「詞嚴意正，筆意超然」。

作《悲秋》（小學文課），現收《茅盾全集》第十四卷。抒發了在「肅殺

之氣」彌漫天地，「陽氣日衰」的秋天引起的「傷懷」之情，表達了「人生過客」的傷感。

老師評語：「注意於悲，言多寄慨。」

作《家人利女貞說》（小學文課），現收《茅盾全集》第十四卷。針對「家道之正在乎男」的觀點，提出「齊家之必先女正」，而「男女正而家道正」的觀點。

老師評語：「氣順言宜」。

作《吳蜀論》（小學文課），現收《茅盾全集》第十四卷。用三國史實，論證了「立國於大地」必須「詳知天下之大事，敵人之強弱，亦必須顧大局。不貪尺寸之利，然後可以競存」的論點。

老師評語：「……是篇三國時局瞭然明白，故揚揚數百言，自得行文之樂。」

作《文不愛錢武不惜死論》（小學文課），現收《茅盾全集》第十四卷。痛斥官場中「愛錢」、「惜死」的腐敗現象，呼籲重權者須「文不愛錢，武不惜死」方可「天下太平」。

老師評語：「氣勢雄偉，筆鋒銳利。正有王郎拔劍砍地之慨。」

作《信陵君之於魏可謂拂臣論》（小學文課），現收《茅盾全集》第十四卷。指出信陵君盜符救趙是「拂臣」的「安國之危，除君之辱」的壯舉；繼而指出信陵君盜符救趙的動機不足取，僅僅是爲了親戚的「私」情。

老師評語：「筆意得宋唐文胎息，詞旨近蘇歐兩家。非致力於古文辭者不辦。」

作《陸靜山蹈海事》（小學文課），現收《茅盾全集》第十四卷。悲悼陸靜山蹈海之舉，認爲「大丈夫抱濟世之材」「豈宜長老林泉」，「又豈宜悲忿自戕」；希望陸「捐身以警事」的「良苦」用心，能「使睡獅驚醒，忿逐番奴」，而不致於「波濤徒爲君吊」。

老師評語：「有血性語，有悲悼語，有期望語。表揚中兼寓惋惜」。

作《楊氏爲我墨氏兼愛說》（小學文課），現收《茅盾全集》第十四卷。認爲「向使楊墨二學，能混合之、擴充之，則天下治。」

老師評語：「精細熨貼，毫無滯機。」

作《翌日月蝕文武官員例行救護說》（小學文課），現收《茅盾全集》第十四卷。闡明了月蝕的成因，譴責了當局不信科學，崇尚迷信，企圖「鳴炮以警其蝕」，實爲「民智不開之舉。」

老師評語：「筆亦開拓，文氣暢流。」

作《秦始皇漢高祖隋文帝論》（小學文課），現收《茅盾全集》第十四卷。評述了秦、漢、隋的興衰，論證了「天下之亂，不亂於盜賊蜂起，而亂於奸臣竊柄」的觀點。

老師評語：「筆銳似劍。國文至此，亦可告無罪矣」。

作《漢明帝好佛論》（小學文課），現收《茅盾全集》第十四卷。認爲漢明帝雖「當時爲明主」，但終因「好佛求福」，「在後世爲昏君」。

作《善不積不足以成名惡不積不足以滅身義》（小學文課），現收《茅盾全集》第十四卷。認爲：「爲善是福，爲惡是禍」，這是「一生之大事」，「不可不謹小愼微，審察之而嚴其棄取。」

作《書經二典三謨典謨二字何解其皆稱曰虞書何歟》（小學文課），現收《茅盾全集》第十四卷。認爲《書經》中「謨」爲「臣下所陳之謀猷」，應爲「虞朝史官所記爲是」。

作《湯伐夏曰湯誓武王伐紂一則曰泰誓再則爲牧誓何辭之費歟》（小學文課），現收《茅盾全集》第十四卷。認爲湯伐夏誓於亳都，「一論而民心歸」，而武王伐紂時卻一誓於泰，再誓於牧，實爲「民未歸心之故」。

作《禮器言禮者體也祭義言禮者屨也同一禮也而彼此異解何歟》（小學文課），現收《茅盾全集》第十四卷。認爲「禮不全」，好似「百體不全」「不成人」，故「莫得大道」。

作《郊特性八蠟之義若何》（小學文課），現收《茅盾全集》第十四卷。

作《君子之於損益二卦其對己之道若何》（小學文課），現收《茅盾全集》第十四卷。認爲「對己之道」，應「遷善」和「改過」。

作《蹇卦惟二五不言往蹇試申其說》（小學文課），現收《茅盾全集》第十四卷。從《易經》蹇卦，聯想到「君與宰」如「不因險而退」，則「險而能治」。

（按：現收《茅盾全集》十四卷的《小學文課》，分別見於譜主現存《文課》兩冊，第一冊爲 1908 年下半年作；第二冊爲 1909 年上半年作）

一九〇九年（十四歲）

夏　從高等小學畢業。母親頂住了家人讓到紙店當學徒的壓力，「準備讓我進中學」。「有人勸母親讓我考」「一所初級師範」，可以「不收食宿學費，一年還發兩套制服，但畢業以後必得當教員」。母親認爲父親遺囑「要我和弟弟搞實業，當教員與此不符」，「最後決定讓我考湖州中學」。（《茅盾回憶錄・我的學生時代・中學時代》）

秋　考取了湖州中學，開學時，與一姓費的同住烏鎮的湖州中學學生同乘小火輪前往湖州。「這是我第一次離開烏鎮，又是到百里之遠的湖州，所以母親特別不放心」。「到了湖州中學，原想插三年級，但因算術題目完全答錯了，只能插二年級。」（《中學時代》）

「湖州中學的校舍是愛山書院的舊址加建洋式教室。校後有高數丈的土阜，上有敞廳三間，名爲愛山堂，據說與蘇東坡有關。」（《我走過的道路》上）

湖州中學「創辦在民國紀元前十一年，是年辛丑，我國爲德日等八國所屈辱之和約告成，袁世凱、張之洞先後奏請：廢科舉、設學堂、培植人材，蔚爲國用。並提議：每省設大學一所，每府設中學一所，每縣設小學一所。舊湖屬人士，遂合力創辦湖州府中學堂，以愛山書院爲院址，愛山書院房屋爲校舍，此爲湖屬有學堂之始。」（浙江省立第三中學 1931 年 5 月編印之《新三中》）

校長沈譜琴，加入過同盟會。科舉出身，卻有革命思想。力大藝精，頗有愛國主義思想及俠義之氣。善寫小品，書法、篆刻俱佳。受其影響，開始學習篆刻：「篆刻……這玩藝兒功夫深淺大有講究，不容易盡善盡美。我在中學時玩過這東西。當時中學裡有這門課。」「篆刻也有派別」，「中學時教我們篆刻的是鄧派（鄧石如，著有《藝舟雙楫》）。（《致臧克家（1975 年 8 月 13 日）》）

在湖州中學讀書時，常與喜歡篆刻的同學一起，「學會了如何用兩根不太粗也不太細的銅絲，相絞成麻繩一般，用竹皮繃成弓形鋸子，像鋸木板一樣把石章剖開的方法」。這年暑期，他自做一把刻刀，「從破舊陽傘上拆下一段傘骨，請紙店學徒幫助磨成鋒利的刻刀」。「母親又把他父親留下來的石章，全部給了他」。（鮑復興《茅盾與篆刻》，載《桐鄉文藝》，1985 年 7 月浙江省

桐鄉縣文聯、文化館合編）

　　在各門功課中，覺得「地理是一門枯燥無味的功課，但這位老師卻能夠形象地講解重要的山山水水及其古蹟——歷史上有名的人物及古戰場等等，同學們對此都很感興趣」。（《我走過的道路》上）

　　教國文的老師「姓楊名笏齋。他教我們古詩十九首……這比我在植材時所讀的《易經》要有味得多」，「在植材時，我只知有《孟子》」，現在則「第一次聽說先秦時代有那麼多『子』」，「他以《莊子》作爲最好的古文來教我們」。（《我走過的道路》上）

　　體育課上「走天橋」、「翻鐵杠」，「翻鐵杠」終於沒學會。還扛上眞槍列隊操練，以後因年齡小，身材不高而免修了這門課，改爲參加「遠足」活動，每學期一次，均「欣然參加」這樣的「急行軍」。（《我走過的道路》上）

六月

　　約月初　與湖州府中二百多名學生同乘學校包租的內河輪船「由湖州經江蘇吳江縣平望鎮折入運河，溯運河北上，到無錫換乘火車」抵南京，參觀五日開幕的「南洋勸業會」，「主辦者要招徠東南亞僑胞投資和傳授工業管理經驗和技術，吸引他們轉銷江南土特產」，（孔海珠、王爾齡《茅盾的早年生活》）在南京逗留了三天半，收穫很大：看到了浙江館及四川、廣東等省的產品，「這才知道我國地大物博，發展工業前途無限。」（《我走過的道路》上）

　　上旬　與同學們從南京參觀勸業會剛回來，就參加學校召集的全校師生員工大會。獲悉離任歸國的中國駐荷蘭、意大利公使錢恂將代理湖州中學校長職務，這是校長沈譜琴「以晚輩之禮懇請」的結果，錢恂在代理校長的一個月中「提出應興應革的方略」（孔海珠、王爾齡：《茅盾的早年生活》）。「這天晚上，全校就議論紛紛，說錢老先生聽遍了各教師的講課」並指出教師優缺點。

　　同月　英文老師因發音不好也受批評，擬「鼓動罷教」，錢老先生遂找從日本回來的小錢先生代替。上課時，看到了「在黑板上畫」的「口腔發音位置的橫剖圖」，上國文課，則聽錢玄同（錢老先生之弟）先生「灌輸反清思想」和看到他「注意發揮學生創造精神的教學特點」。（《我走過的道路》上）

　　同月　作作文《志在鴻鵠》，「全文以四字句爲多，有點像駢體。是『模

仿』《莊子‧寓言》」，「大體是鴻鵠高飛，嘲笑下邊的仰著臉看的獵人。這像寓言。但因我名德鴻，也可說是借鴻鵠自訴抱負。」全文「五、六百字」，錢玄同先生親自「密圈」、「密點」及評語：「是將來能爲文者。」（《我走過的道路》上）

　　同月　在錢玄同先生代替楊笏齋先生執教國文的一個月中，學習了史可法的《答清攝政王書》、不題撰人的《太平天國檄文》、黃遵憲的《臺灣行》、梁啓超的《橫渡太平洋長歌》。這些課文中充滿了「新鮮」感，爲「書不讀秦漢以下」的學生們灌輸了反清的思想和瞭解了「當時的新文體」。（孔海珠、王爾齡：《茅盾的早年生活》）

七月

　　錢玄同先生離開了湖州中學，仍由楊先生上國文課。曾要求楊先生講些和時事有關的文章。「楊先生忽然大笑，說：『錢先生教你們讀史可法答攝政王書，眞有意義。現在也是攝政王臨朝。不過現在的攝政王比起史可法那時的攝政王有天壤之別。』」（《我走過的道路》上）聽後，從楊先生的話中深受啓發。以後又從楊先生教的國文課中學習了文天祥的《正氣歌》，張溥《漢魏六朝百三家集》中的幾篇題辭。獲得了許多文學史知識：「單從題辭的講解中，我們知有陸機、陸雲兩弟兄，知有稽康、傅玄、鮑照（明遠）、庾信（子山）、江淹（文通）、丘遲（希範）」。（《我走過的道路》上；孔海珠、王爾齡：《茅盾的早年生活》）

　　同月　作作文《記夢》，係用「楊先生……教我們學作駢體文」寫的，《記夢》得「楊先生的批語大意是構思新穎，文字不俗」。（《我走過的道路》）

本年

　　八月　魯迅從日本回國。

　　十一月　柳亞子等人發起成立中國近代最有影響之一的文學團體「南社」。

　　魯迅、周作人翻譯的《域外小說集》（兩冊）出版。

一九一〇年（十五歲）

繼續在湖州中學學習。

同年 在湖州府中學堂就讀時，喜看小說。國文教師楊笏齋還建議多看莊子和韓愈，這使茅盾受益匪淺。（周文毅《茅盾在湖州的中學生活》，載《中國青年報》1981 年 9 月 27 日）

本年

上海商務印書館《小說月報》創刊。

日本吞併朝鮮。

俄國作家列夫・托爾斯泰逝世，終年八十二歲。

一九一一年（十六歲）

約年初

寒假期間回家，從曾祖父「逝世後留下的雜亂的書堆中找到了」《昭明文選》，遂「專讀《文選》」，又與四叔祖吉甫的兒子凱叔交談，獲悉凱叔求學的嘉興府中學堂的英文老師是從上海聖約翰大學畢業的，「一定比湖州中學的英文教師強得多了」。更重要的是，後又從凱叔處獲悉「嘉興中學教員與學生平等，師生宛如朋友」，不似湖州府中學堂有「專制」的學監。遂有了「轉學到嘉興中學的念頭，但沒有對母親說」。（《我的學生時代・中學時代》）

上半年

學校盛行剪辮子風，和同學們一樣「對於辮子的感情」「不好」，「知道這是『做奴隸的標幟』」，並目睹兩、三對同學互相「挑戰」，雙雙剪去辮子。（《回憶是辛酸的罷，然而只有激起我們的奮發之心》）

「放暑假以前，不知從那裡傳來的剪辮運動也波及到這個中學校。同學之中剪去了兩三對辮子」。譜主未徹底剪去，也對辮子作了一番「改造」，「辮髮截短了一半，末梢蓬鬆，頗像現在小姑娘的有些辮梢，而辮頂又留得極小，只有手掌似的一塊，四周便是極長的『劉海』」。（王國柱、戈錚《茅盾在浙江求學過的三所中學》，載《杭州大學學報》1981 年第 2 期）

學校盛行剪辮之風後，和同學們一樣對「時局」十分感興趣，也自發地出現了一些不同的觀點和派別。有一次，一些「紈絝子弟」組織一次會議，用自印的門票限制進步學生參加。「多才多藝的茅盾想出了一個辦法，仿照他們的門票刻了枚簡易圖章，印出不少票。由於他從小學起就愛好繪畫和雕刻，竟刻得維妙維肖同真的一樣」，他們持票「闖入了會場展開鬥爭，終於把那次會攪散了。」（孫中田、張立國：《茅盾的中學時代》，載《東北師大學報》1980 年第 1 期）

與凱叔交談，獲悉嘉興府中學的「革命黨很多，校長方青箱是革命黨，教員大部分也是革命黨，學生剪辮子的很多，凱叔自己也已剪去。」（《中學時代》）越發增添了轉學到嘉興府中學的動力。

小學時代的摯友志堅，也正在嘉興府中學堂求學，兩人素來「意氣相投」、「交誼甚篤」，遂在志堅「慫恿」下，更想轉到嘉興府中學，「以同學一校為樂」。（志堅：《懷茅盾》，載楊之華編《文壇史料》，中華月報社 1944 年 1 月 1 日出版）

轉學的另一個原因「是為了很不相干的可笑而稚氣的事」，「為的要避開一個古怪的同學」。（《我的小傳》）這個同學姓張，「嗓門尖，像女人」，但「身材高大」、「力大」，同學們疑他是「半雌雄」，姓張的同學，「喜歡和年齡比他小的同學玩耍，而我也是其中的一個。這引起一些頑皮的同學盯著說些不堪入耳的話，這使我很氣惱，也不能專心於功課了。」（《中學時代》）

遂下決心向母親提出轉入嘉興府中學的要求，經母親「請凱叔來詳細詢問，知道嘉興府中學的數學教員學問好」，念及父親的「遺囑」，「總想讓我將來能入理工科」，加上「轉學不難」，母親就同意了。（《中學時代》）

秋

轉入嘉興府中學堂讀三年級。「校長方青箱裝上一條假辮，據說因為他常要去見官府，不得不裝假辮。」該校「半數以上教師是革命黨，校長方青箱就是個光頭革命黨，雖然也留有一條假辮，那是為到官府應酬時用的，在校內則經常是光頭」。校長、教師如方青箱、計仰先等都曾帶領師生組織「拒委會」、「宣傳鴉片之害國」；還「帶領部分武裝起來的高年級學生，同杭州革命黨一起攻打撫台衙門」。（孫中田、張立國：《茅盾的中學時代——調查報告》，載《東北師大學報》1981 年第 1 期；王國柱、戈錚《茅盾在浙江求學過的三所中學》，載《杭州大學學報》1981 年第 2 期）

嘉興中學是當時有名的中學，聘了不少名教師。國文教員有四位，三位是革命黨。「但他們讀的是古書」，「總而言之，這些革命老師是真人不露相」。（《中學時代》）這四位國文教師是「朱希祖、馬裕藻、朱蓬仙、朱仲璋」。（《我走過的道路》）「國文教師稱讚我的文思開展，但又不滿意地說：『有點小說調子，應該力戒！』……『看看小說，原也使得，小說中也有好文章，不過總得等到你的文章立定了格局，然後再看小說，就沒有流弊了』。」（《我曾經穿過怎樣的緊鞋子》）對朱希祖先生教的《周官考工記》、《阮元車制考》「實在感到頭痛」；對幼漁先生教的《左氏春秋傳》「也不太起勁」。（《回憶是辛

酸的罷，然而只有激起我們的奮發之心！》）「只有朱蓬仙先生教《修身》」，感到「似乎寓有深意」。更重要的是「嘉興中學的數學程度特別高，比湖州中學高了一年多」，教算學的「教師又頗頂正」，教幾何的計仰先先生常在教室裡，當著眾同學的面提及：「幾何（或代數）不好弄吧。不要怕，不難。算學頂容易學的。不過中間脫了一節或是前面的沒有弄熟，那就是神仙也學不會。」計先生還叮囑班裡的「算學大家」幫助譜主，這更激發了譜主的奮發、好強之心，幾乎是「全身心浸在算學裡了」。「最初的一個多月」，「簡直除了算學以外，不知有何物」，也「不知人間何世」了。（《回憶辛亥》）對英文教員「失望」，他是「半個洋人」，中文「只有小學程度」，對讀本中的漢字「反要我們查字典幫助他」，教體育的老師，「乾脆剃個和尚頭」，以革命黨自居。

進嘉興府中學一個多月後，算學趕上來了，就「忙著看小說」。

中秋節的晚上，按嘉興府中學師生之間「平等民主」的「校風」，與同學們買了月餅、水果、醬雞、燻魚，請相熟的三位教師一同「喝酒」、「賞月」。「那晚大家……談的痛快，吃喝的痛快」，並從體育老師的興奮狀態中，感到革命「快了，快了」。（《中學時代》）

十月

約中旬　經「偶然到校外去買東西回來的一位四年級同學」「宣布」，獲悉「武昌起義」爆發的消息。（《回憶辛亥》）和同學們「興奮得不得了」，因為「目擊身受清政府政治的腐敗，民眾生活的痛苦」，故「無條件地擁護革命」，「相信革命一定會馬上成功」。遂「用競賽的精神」，「選派」同學「到東門火車站從上海來的旅客手裡買當天的上海報，帶回貼在牆上」，「革命軍勝利的消息，我們無條件相信；革命軍挫敗的消息，我們說一定是造謠」，「幾何、代數、《考工記》、《左氏春秋傳》，都沒有心思讀了。成天忙的是等報來，看報。」（《回憶是辛酸的罷，然而只有激起我們的奮發之心》）老師們也十分興奮，「喜歡說笑話的代數教員」「指著自修室裡幾位未剪辮的學生（我也在內）」說：「這幾根辮子，今年不要過年了」；幾何教員在教室裡說：「假辮子用不著了」，這「給大家一次興奮」，於是自修室裡議論最多的就是「剪辮子」。（《回憶辛亥》）

本月

十日　孫中山領導的武昌起義爆發。史稱「辛亥革命」。

十一月

武昌起義後，師生處於興奮狀態，但不久，全校的「光頭」「都裝上了假辮子」。後來「學校裡的空氣緊張起來，不爲別的，卻爲了領不到款，有斷炊之慮」，於是提前放「臨時假」。約十五日，回家的那天早晨，「聽說杭州也光復了」，（《回憶辛亥》）與幾個同鄉的學生，在家鄉「以深通當前革命情勢的恣態，逢人亂吹，做起革命黨的義務宣傳來了。」（《回憶是辛酸的罷，然而只有激起我們的奮發之心》）在家鄉，因「商會」「出了錢」，於是老百姓「平安無事」，大家忙著剪辮子：或「先剪一半」，或「四邊剪去，中間留一把」，或「爽爽快快地變成和尚頭」。「我」也「剪了辮子」。（《回憶辛亥》）

本月

清政府「任命」袁世凱爲内閣總理大臣。

十二月

約中旬　辛亥革命「大局已定」，接學校通知「重復開學」。到校後，一些革命黨的老師已另有高就。卻換了一位「專制」的新學監陳鳳章。爲表示不滿，遂「搗亂」，「大考前」把一隻「死老鼠送給學監，並且還在紅封套上題了幾句《莊子》」，加上別的同學的「搗亂」，學監給這些不服管的學生們「記過」。

本月

革命軍攻南京，宣布獨立的各省派代表在南京集會。孫中山回國，被選爲臨時大總統。

一九一二年（十七歲）

一月

約同月 大考結束後，與凱叔和別的同學遊了南湖，並在煙雨樓中喝了酒。言談中對新學監陳鳳章記過的懲處不服。回校後，找陳「評理」，有的同學還「打碎了布告牌」。

放寒假回家後約半個月，雖不曾喝酒，也不曾打碎布告牌，卻得到了學校寄來的「除名」通知及成績單。母親「十分生氣」，後來看到凱叔也得了「除名」通知，知道是「反對學監的專制而被除名就不生氣了」。按母命，準備報考新學校，要求是「只是年份上不能虧，得考上四年級下學期的插班生」。（《中學時代》）

經母親安排，隻身前往杭州，住在和祖父的泰興昌紙行有業務聯繫的一家紙行中，從報上找尋報考的學校，最後決定報考私立安定中學。很快就被錄取，「插四年級下學期」。西湖風景雖美，但「歸心似箭，急著把這好消息告訴母親」。（《中學時代》）

回家後，專心讀《昭明文選》，等待開學。

本月

孫中山就任臨時大總統，宣告中華民國政府成立，定是年為民國元年，改用陽曆。

春

前往杭州私立安定中學求學。因校長王堯「想與杭州中學比賽」，故「凡是杭州的好教員都千方設法聘進來。」素稱「浙江才子」的張相（獻之）上國文課，「教我們作詩、填詞，但學作對子是作詩詞的基本工夫，所以他先教我們作對子。他常常寫了上聯，叫同學們做下聯，做後，他當場就改。」「另一國文教員姓楊，他的教法也使我始而驚異，始終很感興趣。」楊先生教中國文學發展變遷的歷史，「在黑板上只寫了人名、書名」，內容則由學生自己記。「我」「則靠一時強記，下課後再默寫出來。果然能把楊先生講的記下十之八、九」。安定中學的「歷史地理教員都不錯」，「教物理、化學都是日本留

學生」，只是「教數學的不及嘉興中學」。(《中學時代》) 自此，在安定中學度
過了中學的最後階段。

本年

　　三月　袁世凱在北京繼任臨時大總統，辛亥革命成果從此落入北洋
軍閥手中。中國開始進入北洋軍閥統治時期。

一九一三年（十八歲）

夏

從杭州私立安定中學畢業。母親根據家中財力，認為「當然要考大學」。從母親處獲悉：「將外祖母給她的一千兩，從父親逝世後存在本鎮錢莊上，至此時連本帶息共約七千元之數。母親把七千元分作兩股，我和弟弟澤民各得其半，即三千五百元。因此，她認為我還可以再讀書三年。」遂從母親訂閱的《申報》上尋找招生廣告。恰逢當時「京師大學改名為北京大學」，在上海「第一次招收預科生」，另外，盧鑒泉表叔「此時正在北京財政部工作」，母親考慮「我若到北京，盧表叔會照顧我，因此她就決定我去北京大學求學」。（《我的學生時代·北京大學預科第一類的三年》）

七月

同月　到上海，「住在堂房祖父開的山貨行中」準備迎考。此時才知道；「北京大學預科分第一類和第二類。第一類將來進本科的文、法、商三科；第二類將來進本科的理工科。報第一類的只考國文與英文。我自知數學不行，就選擇了第一類」。（《我的學生時代·北京大學預科第一類的三年》）

考試結束後，堂叔祖派人「陪我遊了上海的邑廟」。（《我的學生時代·北京大學預科第一類的三年》）

回鄉後向母親說明沒有報考理工科，而選擇了報考文科的原因。「這時我的不能遵照父親遺囑立身，就是母親也很明白曉得的了。但她也默認了，大概她那時也覺得學工業未必有飯吃，……還有一層，父親的遺囑上，……預言十年之內，中國大亂，後將為列強瓜分，所以不學『西藝』，恐無以糊口；可是父親死後不到十年，中國就起了革命，……而『瓜分』一事，也似乎未必竟有，所以我的母親也就不很拘於那張遺囑了」。（《我的小傳》）

本月

孫中山仍在南方發動「二次革命」，舉兵討袁。

八月

　　約中旬　從上海返鄉後，「等了一個月」，終於從《申報》的錄取名單上，找到了「沈德鳴」，家中猜想「鳴」係「鴻」之誤。「幸而不久，學校來了通知……考上了北京大學預科第一類」。不久，接四叔祖來信介紹，獲悉上海學生謝硯谷「也考取了北京大學預科」，而「姓謝的父親也和曾祖父同在梧州做官」。經母親同意，覆函，決定到上海與謝同行，「乘輪船到天津再轉火車到北京」。

　　約下旬　辭別母親到上海，與謝硯谷見面，「熱鬧地過了二、三天」，「我跑遍了上海各書坊，無意中買到一部石印的《漢魏六朝百三家集》」。在離滬赴津的「三日三夜的海程中」，「成了我和謝互相補課的機會」，因為「他是未嘗讀秦漢以上的書，我是未嘗讀元、明以後的書」。

　　船到天津，雙方都有人來接。住了一、二天，「遊玩」和看「夜戲」，隨後乘火車到崇文門車站下車，經盧表叔的兒子率聽差來接站，遂順利地抵達北京大學譯學館。

　　譯學館是「兩層樓洋房，是預科新生的宿舍」，結識了新同學浙江人毛子水和寧波人胡哲謀。（以上見《我的學生時代·北京大學預科第一類的三年》）

秋

　　開學，開始了為期三年的北京大學預科的學習生活。

　　自云，對幾位老師印象比較深。預科主任沈步洲是「武進人，亦是留美的」；陳漢章先生教授《中國歷史》，他「自編講義，從先秦諸子講起」；沈尹默先生教授國文，「沒有講義，他只指示研究學術的門徑，如何博覽，在我們自己。他教我們讀莊子的《天下》篇，荀子的《非十二子》篇，韓非子的《顯學》篇；沈堅士先生教授文字學，「教我們讀魏文帝《典論論文》、陸機《文賦》、劉勰《文心雕龍》……章實齋的《文史通義》……劉知幾《史通》」，沈先生還建議懂一點佛教思想，不妨看看《弘明集》和《廣弘明集》，然後看《大乘起信論》，「我那時好奇心很強，曾讀過這三本書，結果是似懂非懂」；外國文學則讀原版「司各特的《艾凡赫》和狄福的《魯賓遜漂流記》」，以及第二外語法文，還學《中國地理》、《世界通史》等。（《北京大學預科第一類的三年》）

在預科時「教員中間，教外國歷史、英國文學史、第二外國語法文的，全是洋人；笑話很多……」(《也算紀念》)「教法文的人不懂英語，照著課本從字母到單字，他念，我們跟著學；」「幸而那課本是法國小學用的，單字附圖，我們賴此知道字是指什麼東西。聽說這法國人是退伍的兵，是法國駐華使館硬薦給預科主任沈步洲的」；教外國文學的老師，「試用他所學來的北京話，弄得大家都莫名其妙，請他還是用英語解釋，我們倒容易聽懂。」後來，法文課是一位波蘭籍老師，兼教法文和德文，「在……教法文時，有時忽然講起德語來」；教世界史的老師是英國人，但教的「實際上是歐州史」的內容，因爲那時國際上流行歐州中心論。(《我走過的道路》上) 後來，在外籍教師中「最使我高興的是新來的美籍教師。他教我們莎士比亞戲曲……一學期後，他就要我們作英文的論文。」他不按照一般的英文教法，先得學習敘述、描寫、辯論等的死板規定，而是出個題目，「讓我們自己發揮，第二天交卷。」卷子發下來後，看了老師批改結果，知道自己「出手雖快，卻常有小的錯誤」。(《我走過的道路》上) 由於掌握了外語，所以「外國文學，我也是涉獵得相當廣，除英國文學外，其它各國文學我讀的大半是英文譯本。」(《我閱讀的中外文學作品》) 當時「並無可靠的譯本，參考書籍在當時又只有外文的……所以若不精通外文就寸步難行」。(《爲介紹及研究外國文學進一解》)

開學後，約兩個星期，好友謝硯谷又去考了南開大學，「從此我和他就分手了」。(《北京大學預科第一類的三年》)

某日，上完陳漢章先生的中國歷史課，有同學對陳先生自編講義中「從先秦諸子的作品中搜羅片斷，證明歐洲近代科學所謂聲光化電，都是我國古已有之」的觀點指出質疑，「我」亦覺得陳先生「牽強附會」，遂插了一句：「陳先生是發思古之幽情，光大漢之天聲！」「這句話可作讚詞，亦可作諷刺」。是日晚，陳先生叫「我」去談談，「猜想」「他會教訓我這黃毛小子」，「但還是去了」。結果陳先生「並不生氣」，承認講義有「牽強附會」之處，但確實是爲了「光大漢之天聲」。另外，陳先生還覺得鴉片戰爭後，「士林」中崇洋，「中國人見洋人奴顏婢膝，實在可恥」。「要打破這風氣，所以編了那樣的講義，聊當針砭」。聽後，「我當時覺得陳先生雖迂而倔強，心裡肅然起敬」。(《也算紀念》)

約年底 放寒假前，「母親早有信來，寒假不必回家」。盧鑒泉表叔「邀請我到他家去住，但我還是婉謝了，我只向盧表叔借了他的竹簡齋本二十四

史的《史記》……從此每逢寒假，我就借盧表叔的二十四史來讀」。「在二十四史中，遼、金、宋、明等史，我都不感興趣」，「當時除前四史是精讀，其餘各史不過流覽一遍而已。」但「相信」盧表叔說的「二十四史是中國的百科全書」。（《北京大學預科第一類的三年》）

本年

六月　袁世凱通令「尊崇孔聖」，「舉行祝孔典禮」，爲復辟帝制製造輿論。

九月　孫中山討袁失敗，流亡日本。

十月十日　袁世凱宣布就任正式大總統。

一九一四年（十九歲）

春

預科第一年下學期開學，師資「有了較大變動」：《艾凡赫》與《魯賓遜飄流記》都由中國人教了，法文老師換了一位波蘭籍老師。「最使我高興的，是新來的美籍教師」，「年紀不過三十歲。他的教學方法好」，教了莎士比亞的《麥克白》、《威尼斯商人》以及英文作文。

這一學期中，因「英文程度好」，曾代同班同學徐佐作英文作文，「因與我友好」，「我先給他作了，然後作自己的。」（《北京大學預科第一類的三年》）

冬

經盧桂芳表弟邀請，參加國內公債抽籤還本的公開搖獎大會，大會由任公債司司長的盧鑒泉表叔主持。第一次看到舞臺上供搖獎抽籤用的大、小銅球，「使我驚奇」。聆聽了盧表叔「慷慨激昂」的「短短的演講」，盧表示絕不對民眾「失信」。（《北京大學預科第一類的三年》）

本年

一月　章士釗在日本東京創辦《甲寅》月刊。

三月　徐枕亞所作《玉梨魂》出版，該書爲鴛鴦蝴蝶派的代表作。徐五月在上海創辦《小說叢報》。

七月　孫中山在日本東京改組國民黨爲中華革命黨，並被推選爲總裁。

八月　第一次世界大戰爆發。

九月　袁世凱親率百官舉行祀孔典禮。

一九一五年（二十歲）

二月

中旬 新年團拜時，經盧表叔介紹，與桂芳表弟向一長者「叩頭」，又見盧表叔對長者「執禮甚恭，自稱晚輩」，事後知「長者」「即爲沈鈞儒」。（《北京大學預科第一類的三年》）

某日，從盧桂芳表弟處獲悉，商務印書館北京分館的孫伯恆經理最近對盧表叔很「巴結」，「希望承印政府所發大量公債票」，「我」當時「漫然聽之」，「眞是做夢也沒想到這件事和我後來進商務印書館大有關係」。（《北京大學預科第一類的三年》）

春

約四月間 從「京中盛傳」的小道消息中，獲悉「日本帝國主義提出苛刻的意在置中國於被保護國地位的二十一條」，以及袁世凱準備「背水一戰」等消息。同學中也「人心不定」了，有人要離京去「投奔」親友。遂「心神不寧」，前往盧公館，請教盧表叔。經盧表叔指點，「恍然大悟」，所謂「背水一戰」之說，是「袁世凱用的」「將要與之，必先取之」的方法，「故意使其親信散佈『不惜背水一戰』的消息」。回到宿舍，想告訴摯友胡哲謀，卻不料胡已倉促離京，到天津「租界」親戚家去避難了。從桌上發現胡撕碎的紙片，拼湊後一看，原來是胡的刻苦攻讀以後著書立說成一家言的「遠大計劃」，遂「把拼湊好的紙片收藏好」。（《北京大學預科第一類的三年》）

五月

約上旬 獲悉袁世凱全部接受日本帝國主義提出的「二十一條」，「隨即各報也刊登了」。京中及全國各地人民激憤，見學生散發傳單，工商業者抵制日貨，報上刊登工人罷工等消息。不久，摯友胡哲謀返校，見面後「遂把拼湊好的紙片還給他」，並云「當時你以爲兵火連天，沒完沒了，你的讀書、立身、著書計劃將不能實現了。現在，我祝你的計劃將會成功。」（《北京大學預科第一類的三年》）

夏

見到抵京的凱叔，獲悉他經盧表叔舉薦，已在銀行當練習生。

本年

鴛鴦蝴蝶派的雜誌《小說海》、《小說新報》在上海相繼創刊。

陳獨秀主編《青年雜誌》創刊於上海，第二卷起，改名爲《新青年》。

十二月　袁世凱公然宣布推翻民國，創立帝制。

一九一六年（二十一歲）

三月

下旬　在京欣聞袁世凱被迫取消帝制，和許多同學翻越宿舍圍牆，前往社稷壇，觀看焰火。這批煙火原來是爲慶祝袁世凱登上皇帝寶座而準備的。「這是我第一次看到有這樣在半空中以火花組成文字的廣東焰火。那夜看到的火花組成的文字是『天下太平』」。（《我走過的道路・學生時代》）

本月

二十二日　在全國人民的聲討下，袁世凱被迫取消帝制。

七月

畢業於北京大學預科。與凱叔和同學們遊頤和園。然後返回故鄉。

月底　自京抵家鄉，獲悉母親已託盧表叔找職業事。

八月

月初　接盧表叔信，囑咐快去上海商務印書館找張元濟（菊生）總經理。

初旬　到上海，住小客棧，然後到河南路商務印書館發行所，持盧表叔託北京公館經理孫伯恆寫的介紹信，請見張總經理。被安排在該館編譯所英文部搞編譯。隨之去寶山路編譯所，會見英文部主任鄺富灼。被分派到該部新近設立的「英文函授學校」，擔任修改學生課卷工作。月薪二十四元。

在英文部，與年齡相仿的胡雄才最親密，從胡的口中得知：「編譯所中有好多人月薪百元，但長年既不編，亦不譯……這些人都有特別的後台，特殊的社會背景，商務老闆豢養這些人，是有特殊用心的。」據自述：「這些內幕情況，使我不勝感慨；我的母親寫了極誠懇的信，請盧表叔不要把我弄到官場去，眞料不到這個『知識之府』的編譯所也是個變相的官場。」（《我走過的道路・商務印書館編譯所生活》）

本月

《晨鐘》在北京創刊，後改名爲《晨報》。

九月

寫一封二百餘字文言文短信給總經理張菊生，對正在發行的《辭源》提出修改建議，頗受重視。旋即被介紹到編譯所，所長高夢旦找談話，安排與一老先生孫毓修合作譯書。

本月

《青年雜誌》改名《新青年》。

十月

與孫毓修合譯《人如何得衣》之後，又編譯《人如何得住》、《人如何得食》，此均為「科學性的通俗讀物」。「內容是自古以來，世界各地各民族之衣、食、住即穿衣、吃飯、住房之原料、製作方法與風俗習慣等」。是依美國長本脫的原著編譯的。〔《茅盾同志的二十四封信》，《1979 年 10 月 5 日信》（致葉子銘），見《中國現代文學研究叢刊》1981 年第 4 期〕

本月

胡適在《新青年》2 卷 2 號發表《與陳獨秀書》，提出文學改良「八事」。

十二月

年底　接會計通知，自下年正月起月薪增至三十元，同事為之不平。據自述：「在此，不為利不為名，只貪圖涵芬樓（按：係編譯所的圖書館）藏書豐富，中外古今齊全，藉此可讀點書而已。這是我當時的心願，真想不到後來卻在這個編譯所中呆了九年。這九年中，世界的變化，中國的變化，我個人的變化，在 1916 年尾我的頭腦裡當真沒有一絲一毫的預感。」

年底　致母親信。告之「加薪六元的事，又說……進館不到半年即加薪，雖只六元，已是破格優待」，「又談到涵芬樓藏書豐富，藉此研究點學問」，但「不耐煩」長期在此工作，認為商務印書館有些「怪」：「一方面搜羅人才，多出有用的書籍，而另一方面卻是個變相的官場……『幫派』壁壘森嚴」。

約年底　得母親回信。「大意都贊成我的看法」，囑「安心做學問」。

約年底　按母親囑咐，致函盧表叔，「報告進商務印書館以後的事情」，

並得盧表叔覆函。大意是「只要有學問，何愁不立事業；藉此研究學問是正辦」。（以上均見《我走過的道路·商務印書館編譯所生活》）

本年

一月　邵力子，葉楚傖在上海創辦《民國日報》。（後改爲國民黨機關報）

六月六日　袁世凱死，黎元洪繼任大總統，段祺瑞任國務總理。馮國璋、張作霖、閻錫山、張勳等各系軍閥爭權奪利，在帝國主義操縱下，中國開始陷入軍閥割據和混戰的局面。

十二月　蔡元培接任北京大學校長。

十二月　日本作家夏目漱石逝世。

一九一七年（二十二歲）

一月

五日　從英文雜誌上選譯科幻小說《三百年後孵化之卵》，署名雁冰。載《學生雜誌》正月號。此爲在報刊上發表的第一篇譯作。

約同月　回家過春節。從母親處獲悉孔家又來催促完婚之事。母親既擔心「一個不識字的老婆」與將來「大概一帆風順，還要做許多事」的兒子「不相稱」，又擔心「退婚」「說不定要打官司」。譜主因「那時全神貫注在我『事業』上，老婆識字問題，覺得無所謂」，並表示婚後，可請母親教她識字讀書。母親「決定第二年春節辦我的喜事。」（《我走過的道路·我的婚姻》）

本月

胡適在《新青年》二卷五號上發表《文學改良芻議》。

春

與孫毓修合編《中國寓言初編》，十月由商務印書館初版發行。

七月

回烏鎮探親。與母商量，決定偕弟澤民投考河海工程專門學校。數日後，與澤民同返上海，後送澤民去南京應考。

八月

澤民接錄取通知。接母親信回烏鎮。之後，與母親、澤民同遊上海、南京，闔家心情愉快，母頗多感觸，爲兒子的「有出息」而欣慰。（《我走過的道路·商務印書館編譯所生活》）

秋

助編《學生雜誌》，陸續編寫童話。

十二月

五日　發表《學生與社會》（社論），署名雁冰。載《學生雜誌》第四卷十二號，現收《茅盾全集》第十二卷。據自述，「這篇文章可以算得是我第一篇論文。當時年輕膽大，藉著這個題目對二千年封建主義的治學思想發了一通議論。」文章結尾，概括全文，對當時的學生提出總要求：「學生時代，精神當活潑，而處事不可不愼。處世宜樂觀，而於一己品行學問，不可自滿。有擔當宇宙之志，而不可先事驕矜，蔑視他人，尤須有自主心，以造成高尚之人格，切用之學問。有奮鬥力以戰勝惡運，以建設新業。」（按：標點爲後加）（《我走過的道路・商務印書館編譯所生活》）

月底　回家過春節。

同年

初識了張聞天，因爲他與弟沈澤民同在南京河海工程專門學校讀書。（程中原《九重泉路盡交期——茅盾與張聞天交誼述略》，載《茅盾研究》第 1 輯）

本年

二月　陳獨秀在《新青年》二卷六號上發表《文學革命論》，提出「文學革命」的口號。

七月　胡適從美國回國，到北京大學任教。

七月　張勳擁溥儀復辟，十一天即被撲滅。

九月　非常國會在廣州召開，推孫中山爲大元帥。

十一月七日　俄國爆發十月革命。

一九一八年（二十三歲）

一月

五日　發表《一九一八年之學生》（社論），署名雁冰。載《學生雜誌》第五卷第一號，現收《茅盾全集》第十四卷。云「歐戰局勢多變」，而中國「則自鼎革以還，忽焉六載，根本大法，至今未決，海內蝃蝀，迄無寧晷，虛度歲月，暗損利權」。大聲呼籲學生「翻然覺悟，革新洗腸，投袂以起」。並對學生提出「革新思想」、「創造文明」、「奮鬥主義」三點希望。（《我走過的道路‧商務印書館編譯所生活之二》）

同日　發表與澤民合作的譯作《兩月中之建築譚》（科學小說）（美國洛賽爾‧彭特 Russell Bond 著）。載《學生雜誌》五卷一號。此文按照《學生雜誌》等刊物的編輯朱元善的意見，用駢體文翻譯，供中學生閱讀。在《學生雜誌》連載八期。（《我走過的道路‧商務印書館編譯所生活之二》）

本月

李大釗任北京大學圖書館主任。

二月

十一日　歡度春節，準備完婚。

約中旬　春節後，與祖父生前好友孔繁林之孫女（德沚）舉行婚禮。沈孔兩家原是世交，親事為茅盾五歲時雙方祖父包辦。「新婚之夕，鬧新房的都是三家女客」。婚後第三日，「三朝回門」，照例正式會見岳父孔祥生、岳母及妻弟令俊、令傑。旋即雙雙回家。見「新娘子」因從小不讀書，到孔家後形同「鄉下人」而哭泣，遂安慰之。母待新娘子如「女兒」，答應教她讀書，識字。（《我走過的道路‧我的婚姻》）後與母為新娘取名「德沚」。

四月

五日　發表譯作《履人傳》（傳記），署名雁冰。載《學生雜誌》第五卷第四號，現收《茅盾全集》第十四卷。該傳是「寫製鞋出身而成名的人。」（《我走過的道路‧商務印書館編譯所生活之二》）

同日　發表《〈履人傳·喬治·福克思〉論》（序跋），署名雁冰。載《學生雜誌》五卷四號，現收《茅盾全集》第十四卷。認爲喬治·福克思因「飲酒上壽」爲破清教徒的戒律而棄家出走，和托爾斯泰「出身貴族」而堅持社會黨之均產之說」，晚年「與家人牴牾而逃亡」，都是偉人對自己的嚴格自律精神。

同日　回上海，臨行前與岳父辭行。

本月

李大釗、魯迅等參加《新青年》編輯工作。

六月

五日　發表《〈履人傳·克羅斯來·蕭物爾〉論》（短論），署名雁冰。載《學生雜誌》五卷六期，現收《茅盾全集》第十四卷。爲蕭物爾的「眞將才」而稱頌不已。云有三感：一，「蕭氏之處卑不忘高遠」；二「勇而能謙」；三、「心地光明」。

同日　發表《〈履人傳·約翰·邦特〉論》（短論），署名雁冰。載《學生雜誌》五卷六期。現收《茅盾全集》第十四卷。深感約翰同中國的武訓均是「貧而樂善」之人，精神可嘉。

編著童話《大槐國》，署名沈德鴻。收入商務印書館出版的《童話》第一集第六十九編。現收《茅盾全集》第十卷。

同月　母來信告知，德沚到石門灣進小學。這小學名爲振華女校，由豐子愷先生的長姐開辦。

本月

《新青年》四卷六號出版《易卜生專號》，刊劇本《娜拉》等。

七月

五日　編譯《二十世紀之南極》（科普讀物），載《學生雜誌》第五卷第七號。

同月　編著童話《負骨報恩》，署名沈德鴻。由商務印書館出版，現收《茅盾全集》第十卷。

同月　趁暑假回家，知德沚讀書「果然專心，大有進步，能看淺近文言」。

後返回上海。

　　同月　把「用小說形式，敘述科學知識」的小冊子《理工學生在校記》交給「從南京來上海」過暑假的澤民翻譯。「這也是我與澤民合譯的。實際上是他一人譯，我只在文字上稍加修飾」，後來按朱元善意見，署名與澤民合譯」。（《我走過的道路・商務印書館編譯所生活之二》）

八月

　　編譯童話《獅螺訪豬》、《獅受蚊欺》、《傲狐辱蟹》、《學由瓜得》、《風雪雲》、《千匹絹》，署名沈德鴻。收入由商務印書館出版的《童話》第一集第七十四編，以《獅螺訪豬》作書名，現收《茅盾全集》第十卷。

九月

　　五日　發表編譯的《縫工傳》，署名沈德鴻。載《學生雜誌》第五卷第九、十號，現收《茅盾全集》第十四卷。《縫工傳》和《履人傳》材料來源兩本舊英文雜誌《我的雜誌》、《兒童百科全書》。據自述：「《履人傳》和《縫工傳》都是讚美大丈夫貴自立，這與《1918 年之學生》論文所提倡的革新思想、奮鬥自立的精神是呼應的。」（《我走過的道路・商務印書館編譯所生活之二》）

　　同日　發表《〈縫工傳〉前言》（序跋），署名雁冰。載《學生雜誌》五卷九期。現收《茅盾全集》第十四卷。（按：此標題係筆者所加）效法歐陽修為亂世之「忠義之士」作《縫工傳》，「取材西史，擷其一行之長者而述之」。

　　同日　發表《〈縫工傳・約翰・百特培〉傳者曰》（短論），署名雁冰。載《學生雜誌》五卷九期。現收《茅盾全集》第十四卷。鼓勵讀者從傳中有所感悟，做到「發其天良」「以死國事，而勿為利欲意氣所蔽，則頹風可挽，而國亦可救矣」。

　　同日　發表《〈縫工傳・喬治・裘安斯〉傳者曰》（短論），署名雁冰。載《學生雜誌》五卷九期，現收《茅盾全集》第十四卷。讚揚了喬治「除專制而立憲政」的功績，以及「見事明，處世斷」的「非常人」的品格。

　　同月　編著童話《平和會議》（含《平和會議》、《蜂蝸之爭》、《雞鱉之爭》、《金盞花與松樹》、《以鏡為鑒》），收入由商務印書館出版的《童話》第一集第七十五編，以《平和會議》作書名。現收《茅盾全集》第十卷。

十月

五日　發表《求幸福》（雜文），署名雁冰。載《學生雜誌》第五卷第十期，該刊十一期續完。

同日　發表《〈縫工傳·約翰·胡耳門、喬治·湯姆生〉傳者曰》，署名雁冰。載《學生雜誌》五卷十期，現收《茅盾全集》第十四卷。讚頌縫工胡耳門和鞋匠喬治「同一仁愛爲懷，同一濟物爲心」的品格，他們的成功在於「不屈於艱苦，不污於世俗」。

同日　發表《〈縫工傳·安迪里·約翰生〉傳者曰》（雜感），署名雁冰。載《學生雜誌》五卷十期，現收《茅盾全集》第十四卷。讚揚約翰生「制平操行之貞，公忠爲國之誠，早見信於人」，而後，雖有「其短」，亦能取得諒解。對勉「並世之士」，對「小德」之不可「無忌」。

本月

北京大學「新潮社」成立。

十一月

創作童話《尋快樂》、編著童話《驢大哥》，署名沈德鴻。收入由商務印書館出版的《童話》第一集第七十六編，現收《茅盾全集》第十卷。

本月

第一次世界大戰以德國失敗而告終。

李大釗在《新青年》五卷五號發表《庶民的勝利》和《布爾什維克主義的勝利》。

本年

三月　《新青年》四卷三號故意發表「雙簧信」，即由錢玄同化名王敬軒寫《文學革命之反響》，劉半農《覆王敬軒書》。

五月　魯迅在《新青年》四卷五號上發表《狂人日記》，此爲我國現代文學史上的第一篇白話小說。

十二月　李大釗、陳獨秀創辦《每週評論》，以「主持公理，反對強權」爲宗旨。

周作人《人的文學》，發表於《新青年》第五卷第六號。

一九一九年（二十四歲）

一月

五日　發表《福熙將軍》（傳記），署名雁冰。載《學生雜誌》六卷一號，現收《茅盾全集》第十四卷。

同月　編著《蛙公主》、《兔娶婦》（童話），署名沈德鴻。（含《鼠擇婿》、《狐兔入井》、《怪花園》等）分別收入商務印書館出版的《童話》第一集第八十編、八十一編。現收《茅盾全集》第十卷。

同日　發表《〈福熙將軍〉論》（雜感），署名雁冰。載《學生雜誌》六卷一期，現收《茅盾全集》第十四卷。讚揚了「手扶結圍、載造和平之大英雄」福熙將軍飛蝶南的赫赫戰功，卻又「共傷兵跪地而禱」的平易、眞誠和善良。

十五日　發表《〈地獄之對譚〉前言》（序跋），載《學生雜誌》六卷二號。

約同月　讀了《新青年》，受「啓示」，「我開始注意俄國文學，搜求這方面的書」，從美國人開的「伊文思圖書公司」，「又從日本東京丸善書店西書部」「購書或訂購」「歐美出版的新書」；從《萬人叢書》中得「托爾斯泰等人的英譯本」。（《我走過的道路‧商務印書館編譯所生活》）

本月

一日　傅斯年、羅家倫、周作人在北京大學創辦《新潮》月刊。

十八日　巴黎和會開幕，英、美、法、意、日等國否決中國提出的取消「二十一條」以及列強在華特權的要求。

二月

五日　發表《蕭伯納》（傳記），署名雁冰。載《學生雜誌》第六卷第二號，至三號刊完。

本月

林紓（琴南）在《新申報》發表文言小說《荊生》、《妖夢》，影射攻擊新文化運動代表人物。

三月

中旬　作《書呆子》（童話），署名沈德鴻。由商務印書館出版，現收《茅盾全集》第十卷。

同月　託同宿舍的福生找住房。後將所中「小坡」修整一新，有了安靜的環境，每晚工作至深夜。

本月

二日　列寧主持的國際共產主義第一次代表大會在莫斯科舉行，宣布成立第三國際。

同月　世界各國共產黨第一次代表大會在莫斯科召開。

四月

五日　發表《托爾斯泰與今日之俄羅斯》（文論），署名雁冰。連載於《學生雜誌》第六卷第四號，五號。據自述云「這是《新青年》給我的啓示」，「是我關心俄國文學後寫的一篇評論文章」。「1919 年 5 月，《新青年》上公開宣傳馬克思主義學說，並且發表了李大釗的《我的馬克思主義觀》」。「對於俄國革命的『動力』和『遠因』，是當時有志之士們『常常議論和探究的』。李文「是試圖從文學對社會思潮所起的影響的角度來探討這個問題的一點嘗試。」（《我走過的道路·商務印書館編譯所生活》）

同月　編著《樹中蛾》、《牧羊郎官》（童話），署名沈德鴻。收入由商務印書館出版的《童話》第一集第八十五編，現收《茅盾全集》第十卷。

本月

《每週評論》刊載節譯的《共產黨宣言》。

《晨報》連載《馬克思傳》。

五月

月初　編著《一段麻》（童話），署名沈德鴻。收入由商務印書館出版的《童話》第一集第八十四編，現收《茅盾全集》第十卷。

同月　「五四」運動爆發。據自述：「這個後來被稱爲新文化運動的『五四』運動，當時編譯所中一般人認爲這是政治事件，與文化無關。……然而隔了半個月光景，聽說北京學生聯合會的代表已經到了上海，將在其處講

演，我這個素來不大喜歡走動的人，也抱著一股勁頭去聽學生代表的演講了。」（《我走過的道路・革新〈小說月報〉前後》）

本月

四日　北京大學校長蔡元培宣布辭職離京。北京專科以上各學校學生三千餘人，集合在天安門前，舉行遊行示威，要求反動北洋軍閥政府拒絕在巴黎和會上簽訂賣國條約，並懲辦賣國賊。反動軍閥政府出動大批警察，施行武力鎮壓，學生被捕數十人。北京學生這一正義行動，迅速傳播各地，發展成爲聲勢浩大的反帝反封建革命運動，是爲「五四運動」。

美國實用主義哲學家杜威訪華，胡適做翻譯和嚮導。

李大釗協助《晨鐘》開闢《馬克思研究專欄》。《新青年》第五卷第六號《馬克思主義研究》出版。李大釗在本期發表《我的馬克思主義觀》。

《新青年》刊登《巴枯寧傳略》。

七月

陸續發表《近代戲劇家傳》（傳記），署名雁冰。載《學生雜誌》六卷七號至十二號。云：「近代文學是現世人生的反映，而戲劇又是近代文學的中心點」，「此篇是戲劇家自傳，不是戲劇史」；又簡述了戲劇的「傳奇主義」、「寫實主義」，概述了「知慧派戲劇」、「唯美的戲劇」、「問題戲」、「心理派戲劇」等。全文介紹了挪威的勃爾生、瑞典的斯脫林褒格、俄羅斯的高爾談、乞戈夫、法國的海爾文、白利歐、意大利的唐南瞿歐、西班牙的衣九加萊、德國的蘇特曼、英國的伊利莎伯拜格、美國的托米斯等三十四個作家。

二十五日　發表《對於黃藹女士討論小組織問題一文的意見》（隨感），署名冰。載《時事新報》副刊《學燈》，現收《茅盾全集》第十四卷。

同月　編著《海斯交運》（童話），署名沈德鴻。收入由商務印書館出版的《童話》第一集第八十七編，現收《茅盾全集》第十卷。

本月

毛澤東在長沙創辦《湘江評論》。

胡適在《每週評論》第三十一期發表《多研究些問題，少談些主義》。此後李大釗等對此文開展批評，形成了「問題與主義」的論戰。

七月、八月間

商務印書館決定影印《四部備要》善本，派孫毓修專程去南京圖書館瞭解所藏「善本」情況，孫點名要譜主隨同。即與孫於七、八月間到南京。住半月左右，每日抄清單、注版本，「因為事情清閒」，把帶出的英文書看完，並翻譯若干篇。

其間，同弟澤民見面兩次。據自述：「我提醒他，母親的願望是要他學好水利工程，因為父親的遺願我已經不能完成，只有靠他了。因此不要讓愛好政治和文學的興趣超越了學校的課程。他也表示同意。可是不久，他就與同學張聞天等發起成立了少年中國學會的南京分會。」（《我走過的道路·革新〈小說月報〉前後》）

八月

二十日 發表譯作《在家裡》（〔俄〕契訶夫著），署名冰。載《時事新報》副刊《學燈》二十日至二十二日。這是第一篇用白話文翻譯的短篇小說。據自述，在「五四」運動影響下，「翻譯和介紹了大量的外國文學作品。《學生雜誌》不適合刊登的，我就投稿給上海《時事新報》的副刊《學燈》……契訶夫的短篇小說《在家裡》就是我第一次用白話翻譯的小說，而且盡可能忠實於原作。」（《我走過的道路·商務印書館編譯所生活》）

二十八日 發表譯作《界石》（〔奧地利〕A·希尼茨勞）署名冰。載《時事新報》副刊《學燈》，至三十日載完。現收《茅盾譯文選集》。

同日 發表《〈界石〉小記》（序跋），署名冰。載《時事新報·學燈》。

八月、九月間

受到北京學生運動的影響，與夫人孔德沚、弟弟沈澤民以及同鄉蕭覺先、王會先（字敏台、李達妻兄）、程志和、嚴家淦等，發起組織「桐鄉青年社」，還出版了不定期刊物《新鄉人》（油印）和《新桐鄉》（鉛印）。（翟同泰《茅盾在大革命前的社會和革命活動述略》，載《茅盾研究》第三輯；翟同泰《茅盾早期研究資料的一項發現——介紹《新鄉人》第二期》，載《新文學史料》1985 年第 4 期）。

九月

一日　發表《我們為什麼讀書》（雜文），署名雁冰。載《新鄉人》第二期，現收《茅盾全集》第十四卷。云「我們讀書是欲求學問，求學問是欲盡『人』的責分去謀人類的共同幸福。」

同日　發表《驕傲》（雜文），署名雁冰。載《新鄉人》第二期，現收《茅盾全集》第十四卷。指出「明白人，決不驕傲；驕傲的決不是真明白人。」

十八日　發表譯作《他的僕》（Strindberg 著），署名冰。載《時事新報・學燈》。

同日　發表《〈他的僕〉譯後記》（序跋），署名冰。載《時事新報・學燈》。現收《茅盾序跋集》。

三十日　發表譯作《夜》（Elizabeth J・Gootsworth 著），署名冰。載《時事新報・學燈》。

同日　發表譯作《日落》（Erelynwell 著），署名冰。載《時事新報・學燈》。

同月　相繼譯了法國莫泊桑的小說《一段弦線》和俄國契訶夫的小說《賣誹謗的》（按：即《專事誹謗的人》），把這兩篇「事實彷彿，對象也是一個」，但「總覺得有大不同」的作品「一起譯出來」的目的是，讓讀者對這兩位作家的創作特點進行比較。（《〈一段弦線〉譯者前言》）

十月

開始擔任商務印書館《四部叢刊》善本攝印底片的總校對。（《我走過的道路・革新〈小說月報〉前後》）

七日　發表譯作《一段弦線》（法國，莫泊桑著），署名冰。載七日至十一日《時事新報・學燈》。

同日　發表《〈一段弦線〉譯者前言》（序跋），署名冰。載《時事新報・學燈》，現收《茅盾序跋集》。分析了法國莫泊桑和俄國契訶夫在創作上的不同特點。認為「法國文學家的冷風吹到俄國，俄國文學家添上了『人類同情』（human sympathy）的熱氣，便變成了俄國的文學；我以為法俄文學的分別，大概如此了」。

十一日　發表譯作《賣誹謗的》（〔俄〕契訶夫著），署名冰。載十一日至十四日《時事新報・學燈》。

十五日　發表譯作《丁泰琪之死》（劇本），（〔比利時〕梅特林克著），載《解放與改造》第一卷第四期，現收《茅盾譯文選集》。譜主當時認爲「要借鑒於西洋，就必須窮本溯源」，「對十九世紀以前的歐州文學作一番系統的研究」，「才能取精用宏，……創造劃時代的新文學」，遂譯介了「象徵主義作家中」「最重要」的梅特林克。（《我走過的道路・商務印書館編譯所》）

同日　作《〈情人〉前記》（序跋），署名冰。載《時事新報・學燈》，現收《茅盾序跋集》。比較了俄國高爾基和英國迭更斯不同的創作傾向。認爲同樣「描寫下流社會的苦況」，高爾基「本來也是個平民」，所以作品「是眞從社會下層喊出來的血淚聲」；而迭更斯的作品「顯然以上流人道下流人的苦味，卻不是『個中人語』」。又云：「高爾基文學在俄國勢力很利害，是這次革命的動力」；但這篇譯作《情人》「在他的著作中算是少見的」，並非反映「苦生活」的作品。

二十五日　發表譯作《情人》（〔俄〕M.Gorky 著），署名冰。載二十五日至二十八日《時事新報・學燈》。

三十日　發表《「一個問題」的商榷》（論文），署名雁冰。載三十日至十一月一日《時事新報・學燈》。現收《茅盾全集》第十四卷。該文由戀愛婚姻的問題，談到「中國婦女解放問題。」

同月　編纂《金龜》（童話），署名沈德鴻。初收商務印書館出版的《童話》第一集第八十八編，現收《茅盾全集》第十卷。

本月

　　孫中山在上海宣布中華革命黨爲中國國民黨。

十一月

月初　由於商務印書館「上面」的「決定」，「身兼《小說月報》與《婦女雜誌》主編的王蒓農忽然找我，說是《小說月報》明年起將用三分之一的篇幅提倡新文學，擬名爲：『小說新潮』欄，請我主持這一欄的實際編輯事務。」「摸清」了王蒓農的來意是「小說新潮欄專登翻譯的西洋小說和劇本」，而不讓「過問」創作。遂用「手裡事太多」而推託，但王蒓農告之，「我可以不管《四部叢刊》的事了」。事後與孫毓修、朱元善商量，遂答應接編「半革新」的《小說月報》新闢的「小說新潮」欄。花兩個星期，寫出《小說新潮欄宣言》和《新舊文學平議之評議》。（《革新〈小說月報〉的前後》）

約上旬　經王蒓農約請，「我爲他兼主編的《婦女雜誌》寫文章」，表示「也要談談婦女解放等問題」，遂「寫了和譯了」《婦女解放問題的建設方面》等八篇。(《革新〈小說月報〉的前後》)

十五日　發表《解放的婦女與婦女的解放》(政論)，署名佩韋。載《婦女雜誌》第五卷第十一號，現收《茅盾全集》第十四卷。指出婦女解放的要求，是「根據人類平等的思想來的。」

同日　發表《〈解放的婦女與婦女的解放〉附白》(注釋)，署名佩韋，載《婦女雜誌》第五卷第十一號。云：「這篇做得不很透澈痛快……關於婦女解放連帶的教育職業諸大端，都沒有說到。」

同日　發表譯作《新偶像》(〔德〕尼采著)，署名雁冰譯。載《解放與改造》一卷六號。

同日　發表《〈新偶像（部分章節）〉譯者前言》(序跋)，署名雁冰。載《解放與改造》一卷六號，現收《茅盾序跋集》。認爲「說尼采是思想界的無政府黨，哲學上一切學說，他都破壞」這句話還算「公平」，不同意「苛責」他「主張強權」；另外，認爲「尼采是大文豪，他的筆是鋒快的、駭人的」，他的《查拉圖什特拉如是說》一書「可稱是文學中少有的書」，用「詩體做的」，所以「抽譯幾章。」

十六日　作《婦女解放問題的建設方面》(論文)，署名佩韋。載一九二○年一月一日《婦女雜誌》第六卷第一號。現收《茅盾全集》第十四卷。針對婦女解放問題，主張「劈頭有兩件事，第一是公廚，第二是兒童公育」，旨在「解除婦女身上的種種束縛」；二是教育方面，認爲提倡女子教育改革的目的，不僅是「教成個好女兒」、「好妻」，而是要爲社會教出個「好人」，主張：一是鼓吹實行男女同校；二是急設婦人補習學校；三是職業方面，「使女子得生活獨立」。文末呼籲「提高女子的人格和能力」。

十八日、十九日　發表《致虞裳》(書信)，署名沈雁冰。載《時事新報‧學燈》。

二十九日　作《〈誘惑〉譯後記》(序跋)，署名雁冰。載十二月十八日《時事新報‧學燈》，現收《茅盾序跋集》。覺得此篇「有些意思」，認爲「修道的少年」由於「和自然美接觸」和「外界的誘惑」，發現了「本有的情感」，於是「把一切虛文做作和迷信拋得精光」。

同月　發表《蕭伯納的〈華倫夫人之職業〉》（文論），署名雁冰。載《時事新報‧學燈》。

本月

北洋軍閥政府教育部正式頒佈注音字母。

國際青年組織第一次國際代表大會在柏林舉行。

十二月

一日　發表《羅塞爾〈到自由的幾條擬徑〉》（論文），署名雁冰。載《解放與改造》第一卷第七號，現收《茅盾全集》第十四卷。云這篇文章的「小題目是無政府主義，社會主義、工團主義」。「那時已是一九一九年尾，我已開始接觸馬克思主義，我覺得看看這些書也好了，知道社會主義還有些什麼學派。」（《我走過的道路‧商務印書館編譯所生活》）

同日　發表譯作《市場之蠅》（〔德〕尼采原著），署名沈雁冰譯。載《解放與改造》一卷七號。

五日　發表《探「極」的潛艇》（散文），署名雁冰。載《學生雜誌》六卷十二號。這些文章的材料均取自外國刊物。現收《茅盾全集》第十四卷。

同日　發表《〈探「極」的潛艇〉前言》（序跋），署名雁冰。載《學生雜誌》六卷十二號，現收《茅盾全集》第十四卷。認爲「經西門拉克的努力，潛航艇也變成了文明利器，用潛艇探『極』的大事業將來也要實現」。讚揚了「潛艇發明史中」的「開路先鋒」西門拉克的創造精神。

同日　發表《第一次飛渡大西洋的 R34 號》（散文），署名雁冰。載《學生雜誌》六卷十二號，現收《茅盾全集》第十四卷。

八日　發表《文學家的托爾斯泰》（評論），署名雁冰。載《時事新報‧學燈》。

十五日　發表譯作《社會主義下的科學與藝術》（羅塞爾著），署名雁冰。載《解放與改造》第一卷第八號。

十八日　發表譯作《誘惑》（〔波蘭〕什羅姆斯基著），署名雁冰。載《時事新報‧學燈》，現收《茅盾譯文選集》。

二十四日　發表譯作《萬卡》（〔俄〕契訶夫著），署名冰。載二十四日至二十五日《時事新報‧學燈》。

二十五日　發表《「小說新潮」欄預告》（題辭），未署名。載《小說月報》第十卷（按：《茅盾全集》誤植爲十四卷）第十二號，現收《茅盾全集》第十八卷。提出，「本月刊的宗旨只有一句話，就是：要使東西洋文學行個結婚禮，產生一種東洋的新文藝來！」

二十七日　發表譯作《一個農夫養兩個官》，署名冰。載二十七日至二十九日《時事新報・學燈》。

同日　發表《〈一個農夫養兩個官〉前記》（序跋），署名冰。載二十七日《時事新報・學燈》。

同年

發表《誠實》（雜文），署名雁冰。載《新鄉人》第一期。

發表《本鎮開辦電燈廠的問題》（雜感），署名雁冰。載《新鄉人》第三期。

發表《人到底是什麼》（雜文），署名佩韋。載《新鄉人》第三期。

發表《神奴兒》，署名雁冰。載《新鄉人》第三期。（以上見翟同泰《茅盾早期研究資料的一項新發現》，載《新文學史料》1985 年第 4 期）

下半年　經郭紹虞介紹，結識了鄭振鐸、葉聖陶。「其時振鐸、聖陶與雁冰尚不相識，是我做的媒介，使我們大家結合在一起」。（郭紹虞《憶茅公》，載《文藝報》1981 年第 8 期）

同年　岳母病逝，前往烏鎮「奔喪」。喪事既畢，德沚卻因課程荒廢太多，不願返回振華女校。遂同意德沚在家自學，陪伴母親。

本年

六月三日　北京大批愛國學生被捕，激起全國各界的更大憤怒，工人階級開始作爲獨立的政治力量登上歷史舞臺。

六月十六日　上海《民國日報》的綜合性副刊《覺悟》創刊。

一九二〇年（二十五歲）

一月

一日　發表《我對於介紹西洋文學的意見》（論文），署名冰。載《時事新報·學燈》，現收《茅盾全集》第十八卷。認爲，「西洋古典主義的文學到盧騷方才打破，浪漫主義到易卜生告終，自然主義從左拉起，新表象主義是梅德林開起頭來。（易卜生亦有表象之作，詳見拙作表象主義篇）一直到現在的新浪漫派；先是局促於前人的範圍內，後來解放。」「我們中國現在的文學，只好說尚徘徊於『古典』『浪漫』的中間」。「所以現在爲著要人人能領會打算，爲將來自己創造先做系統的研究打算，卻該盡量把寫實派自然派的文藝先行介紹……」

五日　發表譯作《現在婦女所要求的是什麼》（M. L.戴維斯著），署名四珍。載《婦女雜誌》第六卷第一號。

同日　發表《讀〈少年中國〉婦女號》（評論），署名雁冰。載《婦女雜誌》第六卷第一號，現收《茅盾全集》第十四卷。

同日　發表譯作《歷史上的婦人》（Lester. F. ward 著），署名雁冰。載《婦女雜誌》第六卷第一號。

同日　發表《〈歷史上的婦人〉譯者按》（序跋），署名雁冰。載《婦女雜誌》第六卷第一號，現收《茅盾全集》第十四卷。認爲「男女『性差』」問題在《歷史上的婦人》一文中說得太「約略」，遂進而說明，男女性差有生理原因，但某些「人造」的「女子是天生無能力者」論是錯的。例如尼采就是把女人當作「貓」、「鳥」，認爲女人「不知旁的，只知愛」的觀點是看低了、「看輕了」婦女。

同日　發表譯作《小兒心病治療法》（據 8 月 28 日倫敦太晤士教育週刊譯出），署名佩韋。載《婦女雜誌》第六卷第一號。

同日　發表《家庭與科學》（散文），署名佩韋。載《婦女雜誌》第六卷第一號。現收《茅盾全集》十四卷。

同日　發表《〈強迫的婚姻〉附記》（序跋），署名冰。載《婦女雜誌》六

卷一號。

同日　發表譯作《強迫的婚姻》（A・Strindberg 著），署名冰。載《婦女雜誌》第六卷第一號。

同日　發表《歸矣》（散文），署名冰。載《婦女雜誌》第六卷第一號。

同日　發表《世界婦女消息》（散文），署名佩韋。載《婦女雜誌》第六卷第一號。

（按：上述關於婦女解放的文論及譯作，均是應王蒓農的約請爲《婦女雜誌》撰寫的。「這意味著有五年之久的提倡賢妻良母主義的《婦女雜誌》在時代洪流的衝擊下，也不得不改弦易轍了。以後《婦女雜誌》每期都有我寫的或譯的文章。」茅盾在這些及此後一系列文章中，從社會解放的角度提出婦女解放的問題，指出婦女受「肉體上的束縛和精神上的束縛」，根源在於舊的社會制度，而提出婦女解放問題「全爲的要全世界進步的緣故。」（《我走過的道路・革新〈小說月報〉前後》）

同日　發表《沉船？寶藏？探「寶」潛艇！》（科普讀物），署名佩韋。載《學生雜誌》第七卷一號，現收《茅盾全集》第十四卷。

同日　發表譯作《活屍》（劇本）（〔俄〕托爾斯泰著），署名雁冰。載《學生雜誌》第七卷第一至第六號。

同日　發表《〈活屍〉譯者前言》（序跋），署名雁冰。載《學生雜誌》第七卷第六號，現收《茅盾序跋集》。認爲作者「托爾斯泰是天生的文學家」，他的戲劇不多，「但是篇篇都很好」。指出《活屍》在戲中藉人物的命運，「發表」了他的三大主義：「勞動主義」、「愛他主義」和把愛情「看得最眞切」、「神聖非凡」、「高貴」和「眞摯」的見解。

同日　發表《尼采的學說》（論文），署名雁冰。載《學生雜誌》第七卷一至四號。據茅盾自述，他當時是在「求眞理欲的驅使下」介紹尼采學說的。認爲「跟了尼采走的人是完全錯了；避了尼采不肯見面，或不肯和他一談的，也不見得完全不錯！」「尼采誠然是人類中的惡魔，最恐怖的人物」，「但我們卻也不忘卻他對於精神方面的見識很超特，多少含有幾分眞理。」「我那時所以對尼采有興趣，是因爲尼采用猛烈的筆觸攻擊傳統思想，而當時我們正要攻擊傳統思想，要求思想解放。」（《我走過的道路・商務印書館編譯所》）

　　十日　發表《現在文學家的責任是什麼?》(論文),署名佩韋。載《東方雜誌》第十七卷第一號,現收《茅盾全集》第十八卷。此為茅盾第一篇文學論文。文章論述了「新思想」與文學密切關係,指出「文學是為表現人生而作的」觀點。認為「自來一種新思想發生,一定先靠文學家做先鋒隊,藉文學的描寫手段和批評手段去『發聾振聵』。」「中國現在正是新思潮勃發的時候,中國文學家應當有傳播新思想的志願,有表現正確的人生觀在著作中的手段。」「文學是為表現人生而作的。文學家所欲表現的人生,決不是一人一家的人生,乃是一社會一民族的人生。」現在文學家的責任「是欲把德謨克拉西充滿在文學界,使文學成為社會化,掃蕩貴族文學的面目,放出平民文學的精神。」並呼籲文學應是用「血」與「淚」寫成的。

　　同日　發表譯作《巴苦寧和無強權主義》(巴塞爾著),署名雁冰。載《東方雜誌》第十七卷第一、二號。

　　同日　發表《〈巴苦寧和無強權主義〉譯者按》(序跋),署名雁冰。載《東方雜誌》第十七卷第一號。現收《茅盾全集》第十四卷。說明此篇所譯,是羅塞爾原著的第二章。是講從巴苦寧以來無強權主義和羅氏自己對於這種學說指駁訂正的地方。「我譯出這篇來也無非想把無強權主義的真面目,介紹給大家看看曉得這是什麼一種東西;主張的人所持的理由是什麼?他的缺點是什麼,當然不是替無強權主義打邊鼓。」

　　十二日　發表翻譯波蘭作家什羅姆斯基的小說《墓》,載《時事新報‧學燈》,現收《茅盾譯文選集》。

　　同日　發表《〈墓〉後記》(序跋),載《時事新報‧學燈》。

　　二十五日　發表《新舊文學平議之評議》(論文),署名冰。載《小說月報》第十一卷第一號,初收《茅盾文藝雜論集》,現收《茅盾全集》第十八卷。指出「新文學就是進化的文學,進化的文學有三件要素:一是普遍的性質;二是表現人生,指導人生的能力;三是為平民的非為一般特殊階級的人的。」拿這三件要素去評價文學作品,便能區別出何謂新舊文學。並指出「所謂新舊在性質,不在形式」。

　　同日　發表《俄國近代文學雜談(上)》(評論)、《安德列夫死耗》(消息),署名冰。均載《小說月報》第十一卷第一號。

　　同日　發表《小說新潮欄宣言》為《小說月報》部分改革而作。首先闡

述介紹「新派小說」的必要性和迫切性，指出：西洋的小說已經由浪漫主義而為寫實主義、表象主義、新浪漫主義，我國卻還是停留在寫實之前，這顯然是步人後塵。「所以新派小說的介紹，於今實在是很急切的了。」接著，說明作者自己對文學的「美」與「好」的理解以及介紹新派小說的最終目的。「最新的不就是最美的、最好的……『美』『好』是眞實（Reality）。眞實的價值不因時代而改變……我們相信現在創造中國的新文藝時，西洋文學和中國的舊文學都有幾分的幫助。我們並不想僅求保守舊的而不求進步，我們是想把舊的做研究的材料，提出他的特質，和西洋文學的特質結合，另創一種自有的新文學出來。」宣言提出一個計劃和研究新文學者討論，準備在一年內先行介紹「寫實派」「自然派」文藝，「待這些階段都已走完，然後我們創造自己的新文藝有了基礎。」晚年茅盾回憶說：「我在兩星期內寫出兩篇文章，一篇題名為《小說新潮欄宣言》，署名記者，此文提出急須翻譯的外國文學名著共二十位作家的作品四十三部，分為第一部與第二部，略表循序漸進之意。這四十三部作品都是長篇。另一篇題名《新舊文學平議之評議》，署名『冰』，這篇文章提出了文學應當『表現人生並指導人生』，『重思想內容，不重形式等論點』。後來又加兩篇介紹性質的文章，一是《俄國近代文學雜談（上）》，一是《安德列夫死耗》。」又說：「《小說月報》的半革新從一九二〇年一月出版那期開始，亦即《小說月報》第十一卷開始。這說明：十年之久的一個頑固派堡壘終於打開缺口而決定了它的最終結局，即第十二卷起的全部革新。」「我偶然地被選為打開缺口的人，又偶然地被選為進行全部革新的人，然而因此同頑固派結成不解的深仇。這頑固派就是當時以小型刊物《禮拜六》為代表的所謂鴛鴦蝴蝶派文人。」（《我走過的道路·革新〈小說月報〉前後》）

同日　發表《佩服與崇拜》（雜感），署名雁冰。載《時事新報·學燈》，現收《茅盾全集》第十四卷。指出「崇拜的心理，易使行為入於盲從」，因而主張：「我們不論對於古人或今人，只有佩服沒有崇拜」；「佩服的是眞理，不是其人」，「佩服」一定要先「瞭解」，再經過「自己理性的審考」，要「實在打中了我的心坎」的觀點。

同日　發表譯作《髑髏》（〔印度〕泰戈爾原著）及《〈髑髏〉小記》（序跋），署名雁冰。載《東方雜誌》第十七卷二號，現收《茅盾譯文選集》。

同日　發表譯作《一椿小事》（〔俄〕迦爾洵著）；發表《巴苦寧和無強權主義（續完）》。以上均載《東方雜誌》第十七卷第一、二號。

同月　據自述：「大概是一九二〇年年初，陳獨秀到了上海，住在法租界環龍路漁陽里二號。爲了籌備在上海出版《新青年》，他約陳望道、李漢俊、李達、我，在漁陽里二號談話。這是我第一次會見陳獨秀。」（《我走過的道路‧複雜而緊張的生活和鬥爭》）

本月

　　李大釗《什麼是文學》在成都《星期日》週刊上發表。

　　周建人介紹達爾文主義的文章刊於《新青年》第八卷五號。

二月

三日　發表《一個禮拜日》（雜文），署名玄。載《時事新報‧學燈》。

四日　發表《對於系統的經濟的介紹西洋文學底意見》（文論），署名沈雁冰。載《時事新報‧學燈》。初收《茅盾文藝雜論集》，現收《茅盾全集》第十八卷。繼續提倡對西洋文學的介紹，指出，對於西洋文學的介紹「在切要二字之外，還要注意一個系統字。」並提出對文學作品及作者的介紹最好附個「小引」。同時「以爲在系統之外，還有一個合於我們社會與否的問題，也很重要。」「以爲創作文藝，有三種功夫，似乎是必不可少的：（一）是觀察，（二）是藝術，（三）是哲理」。

五日　發表《男女社交公開問題管見》（論文），署名雁冰。載《婦女雜誌》第六卷第二號，現收《茅盾全集》第十四卷。堅決反對「女子天生不如男子」的觀點，著重批判了「男女社交公開，是使國民墮落」的觀點。認爲「男女社交公開是和道德問題無涉的」；簡明了「男女社交公開」的目的「無非是想把反常的狀態回到合理的狀態」，因爲「男女既然同是人，便該同做人類的事」；「男女社交公開的目的」，「是把變態的社交回復爲自然的社交」，要達此目的，必須樹立「新道德」，「男子對於女子心理的改變！這是社交公開的先路！」最後指出「提倡男女社交公開」的幾點「準備」：「創造合理的……兩性間的新道德」、「增進女子教育」等。

同日　發表《評〈新婦女〉》（評論），署名佩韋。載《婦女雜誌》第六卷第二號，現收《茅盾全集》第十四卷。認爲「廁身著作界的人，無論主張是新是舊」，要「不可忘記」「我們的發言是確有主張」，要做到「既不爲勢所屈，亦不爲利所誘，亦並不想出風頭」。進而引用《新婦女》雜誌刊出的某些作品，

進行嚴肅的批評，指出這些作品，「實現」或「指導」人生都「膚淺無意」，有些文章只是說了些「人人知道」的話，對此感到「失望」。文末有小注，在獲悉《新婦女》雜誌是出自「幾位女教員」的手筆，則善良地奉勸她們「讀好了書再發表意見」，因爲「新文化運動的出版物不求分量的多，應該求程度的高啊！」

同日　發表《將來的育兒問題》（雜文），署名佩韋。載《婦女雜誌》第六卷第二號。

同日　發表《生物界之奇談》（科普讀物），署名佩韋。載《婦女雜誌》第六卷第二號，現收《茅盾全集》第十四卷。

同日　發表譯作《歐洲婦女的結合》（恩叔南著），署名雁冰。載《婦女雜誌》第六卷第二號。

同日　發表譯作《結婚日的早晨》（劇本）（〔奧〕Authur Schnit zler 著），署名冰。載《婦女雜誌》第六卷第二號。

同日　發表《〈結婚日的早晨〉譯者前言》（序跋），署名冰。載《婦女雜誌》六卷二號，現收《茅盾序跋集》。

同日　發表《談天──新發見的星》（科普散文），署名雁冰。載《學生雜誌》第七卷第二號，現收《茅盾全集》第十四卷。

同日　發表《腦相學的新說明》（科普散文），署名佩韋。載《學生雜誌》第七卷第二號，現收《茅盾全集》第十四卷。

十日　發表譯作《俄國人民及蘇維埃政府》（Jerome Davis 著），署名雁冰。載《東方雜誌》第十七卷第三號。

同日　發表譯作《聖誕節的客人》（小說，〔瑞典〕羅格洛孚著），署名沈雁冰譯。載《東方雜誌》第十七卷第三號。

同日　作《〈聖誕節的客人〉譯者識》（序跋），署名雁冰。載《東方雜誌》十七卷三號，現收《茅盾序跋集》。云作者羅格洛孚是瑞典女作家，曾獲諾貝爾文學獎，這一篇作品是「理想派」的「好例子」，所以譯介到中國來。

同日　發表《世界兩大系的婦人運動和中國的婦人運動》（論文），署名佩韋。載《東方雜誌》第十七卷第三號，現收《茅盾全集》第十四卷。

十三日　張聞天來浙江烏鎭，與茅盾兄弟一起過春節。（《聞天致東蓀》，

載 1920 年 2 月 13 日《時事新報‧學燈》；亦見於程中原《九重泉路盡交期——茅盾與張聞天交誼述略》，載《茅盾研究》第 1 輯）

十五日 發表《評女子參政運動》（論文）。署名雁冰。載《解放與改造》第二卷第四號，現收《茅盾全集》第十四卷。

二十五日 發表《我們現在可以提倡表象主義的文學麼？》（文論），署名雁冰。載《小說月報》第十一卷第二號，現收《茅盾全集》第十八卷。針對新文學界的現狀，認為中國文學最終要走新浪漫主義的路，而表象主義（象徵主義）則是通向這條路的「一個過程」。「寫實文學的缺點，使人心灰，使人失望，而且太刺戟人的感情，精神上太無調劑，我們提倡表象，便是想得到調劑的緣故，況且新浪漫派的聲勢日盛，他們的確有可以指人到正路，使人不失望的能力。我們定要走這條路的。但要走這條路先要預備，我們該預備了。表象主義是承接寫實之後，到新浪漫的一個過程，所以我們不得不先提倡。」

同日 發表《俄國近代文學雜談》（下）（評論），署名冰，載《小說月報》第十一卷第二號。

同日 作《〈女子的覺悟〉譯者按》（序跋），署名雁冰。載四月五日《婦女雜誌》第六卷第四號。現收《茅盾全集》第十四卷。說明此篇據：「曾經在英美的女子運動中出過風頭」的海爾夫人的《婦女要的是什麼》一書第三版第一部中「揀幾章譯出」。

同月 回烏鎮老家過春節，小住三週後返滬。

三月

五日 發表《我們該怎樣預備了去談婦女解放問題》（社論），署名雁冰。載《婦女雜誌》第六卷第三號，現收《茅盾全集》第十四卷。

同日 發表譯作《愛情與結婚》（愛倫凱著），署名四珍。載《婦女雜誌》第六卷第三號。

同日 發表《〈愛情與結婚〉譯者按》（序跋），署名四珍。載《婦女雜誌》第六卷第三號。現收《茅盾全集》第十四卷。說明《愛情與結婚》一書的作者愛倫凱女士「是北歐女子的先覺」，她的此書「風行全球」，而「國內女子

運動大興，而於女子的學說卻尚沒人介紹」，遂採取「提譯」的方式，「提取原書中討論結婚的目的，愛情本質諸段連綴而成」。

同日　發表《關於味覺的新發現》（科普散文），署名佩韋。載《學生雜誌》第六卷第三號，現收《茅盾全集》第十四卷。

二十五日　發表譯作《沙漏》（劇本）（〔愛爾蘭〕夏脫著），署名雁冰。載《東方雜誌》第十七卷第六號，現收《茅盾譯文選集》。

同日　發表《〈沙漏〉譯者前記》（序跋），署名雁冰。載《東方雜誌》第十七卷第六號。現收《茅盾序跋集》。介紹了原著作者夏脫（現譯葉芝）「是愛爾蘭文學獨立的始祖」，此劇本是「表象主義的劇本」，譯介目的「不是鼓吹夏脫主義」，而是「增加國人對於西洋文學研究的資料和常識」。

同月　發表《近代文學的反流——愛爾蘭的新文學》（文論），載《東方雜誌》第十七卷第六、第七號。

約同月　接母親信，獲悉德沚受鄰居王會悟影響，擬到湖州女塾求學。因瞭解此校係教會所辦，以英文爲主，遂覆函母親勸阻德沚。不久，接母親信，知德沚「年輕心活，又固執」，遂不再阻止。（《我走過的道路‧我的婚姻》）

本月

我國第一本白話新詩集、胡適的《嘗試集》由東亞圖書館出版。

在李大釗的指導下，由北京大學學生鄧中夏、高尚德、黃日葵、羅章龍等十九人發起成立北京馬克思學說研究會。

四月

五日　發表譯作《情敵》（劇本）（〔瑞典〕斯特林堡著），署名雁冰。載《婦女雜誌》第六卷第四號，現收《茅盾譯文選集》。

同日　發表《〈情敵〉譯者前記》（序跋），署名雁冰。載《婦女雜誌》第六卷第四號，現收《茅盾序跋集》。

同日　發表譯作《女子的覺悟》（海爾夫人著）及《〈女子的覺悟〉前記》（序跋），署名雁冰。載《婦女雜誌》第六卷第四號。

同日　發表《人工降雨》（科普散文），署名佩韋。載《學生雜誌》第七卷第四號，現收《茅盾全集》第十四卷。

二十五日　發表《答黃君厚生〈讀小說新潮欄宣言的感想〉》（雜文），署名雁冰。載《小說月報》第十一卷第四號，現收《茅盾全集》第十八卷。該文對黃厚生的觀點，提出了自己的不同看法，認為中國文學在現階段向西洋文學的借鑒和學習是必要的，並指出「凡是思潮等等，有時間上的關係，沒有空間上的分別」。

三十日　發表《致宗白華》（書信），署名沈雁冰。載《時事新報·學燈》，收入文化藝術出版社版《茅盾書信集》。談對翻譯的看法，認為「直譯」並非一定比「意譯」好，指出：「……於該項學問素無研究而貿然直譯，其害處比意譯更欲大些。」對宗白華的「譯而不譯」表示讚同。

同月　發表《IWW 研究》（隨筆），及《作者附誌》（鄧跋），署名冰。載《解放與改造》二卷七、八、九號。（按：「IWW」為「世界工業勞動者同盟」簡稱。）

同月　發表譯作《托爾斯泰與文學》，載《改造》三卷四號。

同月　發表《〈托爾斯泰與文學〉前記》（序跋），載《改造》三卷四號。

當月

二十五日　黃厚生發表《讀〈小說新潮欄宣言〉的感想》，載《小說月報》第十一卷第四期。黃文中提出了五點意見。他反對以小說為消遣品，而認為「小說是改良社會，振興國家，在教育上所佔的位置，在文學上所佔的價值，均能算刮刮叫的第一等。」

本月

共產國際代表魏金斯基來華，先後與李大釗、陳獨秀會晤，商討建黨問題。

馬克思、恩格斯《共產黨宣言》全譯本由陳望道翻譯，上海社會主義研究社出版。

五月

三日　發表《非殺論的文學家》（論文），署名冰。載《時事新報·學燈》。

五日　發表《怎樣縮減生活費呢？》（科普論文），署名佩韋。載《學生雜誌》第七卷第五號。現收《茅盾全集》第十四卷。

同日　發表《家庭服務與經濟獨立》（論文），署名爲 Y.P。載《學生雜誌》第七卷第五號，現收《茅盾全集》第十四卷。

七日　發表《科學方法論》（論文），署名明心。載《時事新報‧學燈》。

十日　發表譯作《未來社會之家庭》，署名雁冰。載《東方雜誌》第十七卷第九號。亦見於六月二十二日《民國日報‧覺悟》。

二十五日　發表《〈蘭沙勒同〉的附識》（序跋），署名雁冰。載《東方雜誌》第十七卷第十號。

同日　發表譯作《安德烈夫》，署名雁冰譯。載《東方雜誌》第十七卷第九號。

同日　發表《〈安德列夫〉附錄》（序跋），署名雁冰。載《東方雜誌》第十七卷第九號。

本月

《新青年》移滬後出版第一期（即八卷一號）。

陳獨秀和李漢俊、陳望道等討論發起成立上海共產主義小組問題。

六月

一日　發表《組織勞動運動團體的我見》（論文），署名雁冰。載《解放與改造》第二卷十一號，現收《茅盾全集》第十四卷。

五日　發表《怎樣方能使婦女運動有實力》（論文），署名雁冰。載《婦女雜誌》第六卷第六號，現收《茅盾全集》第十四卷。

同日　發表《恩特列夫的文學思想概論（續）》（論文），署名明心。載《學生雜誌》第七卷第六號。

十九日　發表《〈室內〉譯者附識》（序跋），署名雁冰。載八月五日《學生雜誌》第七卷第八號。現收《茅盾序跋集》。

二十五日　發表譯作《爲母的》（〔法〕巴比塞著），署名雁冰。載《東方雜誌》第十七卷第十二號。

同日　發表《〈爲母的〉譯著前記》（序跋），署名雁冰。載《東方雜誌》第十七卷第十二號。現收《茅盾序跋集》。

同月　從《小說月報》主編王蒓農居然同意發表了佩之撰寫的《〈紅樓

夢〉新評》，看出「《小說月報》也在不知不覺發生變化」，因爲這篇文章「對《紅樓夢》的分析，簡明扼要，精闢新穎，在當時可說是空前的」，「這篇論文的立場、觀點，與『禮拜六派』完全相反。」（《革新〈小說月報〉前後》）

約同月　從母親來信中獲悉妻德沚已從湖郡女塾輟學回烏鎮。離滬返回老家後，獲悉德沚「知難而退了」，「我覺得德沚還是有點『收穫』，就是她從王會悟那裡學到了一些新名詞」；又經母親建議，免得德沚寂寞，擬遷居上海。（《我走過的道路·我的婚姻》）

本月

　　　　毛澤東在長沙創辦文化書社。

七月

一日　發表《巴比塞的小說〈名譽十字架〉》（評論），署名雁冰。載《解放與改造》第二卷第十三號。

五日　發表譯作《時間空間的新概念》（科普讀物）（Laude Bragdon 著），署名雁冰。載《學生雜誌》第七卷第七號。

同日　發表《天河與人類的關係》（科普論文），署名雁冰。載《學生雜誌》第七卷第七號。現收《茅盾全集》第十四卷。

同日　發表《〈天河與人類的關係〉附白》（序跋），署名雁冰。載《學生雜誌》第七卷第七號。說明《天河與人類的關係》一文中的科普材料大半「取之於 Wallace A·R 所著《人在宇宙間的位置》」。

同日　發表《無抵抗主義與「愛」》（雜文），署名冰，載《民國日報·覺悟》，現收《茅盾全集》第十四卷。該文是對張聞天《無抵抗主義底我見》一文的商榷，認爲無抵抗主義在中國行不通，文章說：「在行慣了吃人禮教的中國，對虎狼去行無抵抗主義，那還能成麼？」同時指出：「『愛』只是一個抽象的名詞，可以轉移人的觀念、感化人的氣質，未必就能改造社會的組織和經濟制度」。

同日　發表與弟澤民合作的譯作《理工學生在校記》（科普讀物），載《學生雜誌》第七卷第七號至十二號、八卷二號至三號。「是有意譯出來，給那時中學生一點實用科學的知識。」（見《茅盾同志的二十四封信》，1959 年 7 月 5 日致葉子銘的信，載《中國現代文學叢刊》1981 年第 4 期）

同日　發表譯文《兩性間的道德關係》，及《〈兩性間的道德關係〉前記》署名佩韋。載《婦女雜誌》六卷七號。

十五日　發表《巴比塞的小說〈復仇〉》（評論），署名雁冰。載《解放與改造》第二卷第十四號。

二十五日　發表譯作《和平會議》（〔美〕佩克著），署名雁冰。載《東方雜誌》第十七卷第十四號。

三十日　發表譯作《錯》（〔法〕巴比塞著）和《〈錯〉前記》（序跋），署名雁冰。載《學藝雜誌》第二卷第四號。

同月　陳獨秀邀請茅盾參加剛成立不久的共產黨小組。（翟同泰《茅盾在大革命前的社會和革命活動述略》，載《茅盾研究》第3輯）

本月

> 上海共產主義小組成立，發起人有陳獨秀、李漢俊、李達、陳望道、沈玄盧、俞秀松等。

> 共產國際第二次代表大會在蘇聯舉行，列寧以《民族和殖民地提綱初稿》爲題作報告。

七、八月間

應《時事新報》主編張東蓀的邀請，「代理《時事新報》二、三個星期的主筆。」（《我走過的道路·文學與政治的交錯》）

八月

一日　發表《評兒童公育問題——兼質惲、楊二君》（雜感），署名雁冰。載《解放與改造》第二卷第十五號及當日的《學燈》，現收《茅盾全集》第十四卷。

五日　發表《婦女運動的意義和要求》（政論），署名雁冰。載《婦女雜誌》第六卷第八號。現收《茅盾全集》第十四卷。

同日　發表《藝術的人生觀》（論文），署名佩韋。載《學生雜誌》第七卷第八號，現收《茅盾全集》第十八卷。認爲「生活的藝術是最高的藝術」的觀點是合理的。藝術與生活從來就有密不可分的關係。「人從日常生活的經

驗中抽取了生活的方式。藝術家也是從日常生活的經驗中出他做藝術品的方式。」在混亂的社會裡，有「趨向藝術的人生觀的必要。」

同日　發表《航空救命傘》（科普散文），署名佩韋。載《學生雜誌》第七卷第八號，現收《茅盾全集》第十四卷。

同日　發表譯作《室內》（劇本）（〔比〕梅特林克著），署名雁冰。載《學生雜誌》第七卷第八號，現收《茅盾譯文選集》。

二十五日　發表譯作《遺帽》（〔愛爾蘭〕唐南珊著），署名雁冰。載《東方雜誌》第十七卷第十六號。

同日　發表《〈遺帽〉譯者附誌》（序跋），署名雁冰。載《東方雜誌》十七卷十六號。現收《茅盾序跋集》。藉助英愛爾蘭劇作家唐珊南的新浪漫主義流派的劇作《遺帽》，從比較研究的角度指出：「自十九世紀末葉自然主義大盛起來，文學藝術傾重於觀察」、「分析」而「忽略於想像」、「綜合」，故「少詔示而多抨擊」，「多見其醜惡而不見惡中有善」，使讀者「徒見人生之無價值，社會之惡劣，而悲憤失望，不知所以自處」；而新浪漫主義之運動「反抗自然主義」，認為「文藝之進化，此為必經之途轍」。

本月

上海成立社會主義青年團，湖南等地也陸續建立。

九月

五日　發表《文學上的古典主義浪漫主義和寫實主義》（論文），署名雁冰。載《學生雜誌》第七卷第九號。自述「本篇之作，約含三個意思：（一）是想用不偏頗的眼光解說三個主義和本身的價值。」「（二）是想用『鳥瞰』（bird's-eye view）的記述說明文藝進化三大路線。」「（三）是想為古典主義浪漫主義鳴冤，為寫實主義聲明不受過分之譽。」

同日　發表譯作《婦女運動的造成》（譯《What Woman Wants》第十六章），署名佩韋。載《婦女雜誌》第六卷第九號。

同日　發表《猴語研究的現在和將來》（科普散文），署名佩韋。載《學生雜誌》第七卷第九號。現收《茅盾全集》十四卷。

十日　發表《〈愛倫凱的母性論〉附誌》（序跋），署名雁冰。載《東方

雜誌》十七卷十七號，現收《茅盾全集》第十四卷。云：「瑞典女作家愛倫凱」「著書極多」，「在近代婦女中，算是頂頂大名的人物。她以『愛』為中心，來闡明婦女運動。這種『愛』，是『至大至剛、至醇至潔、靈肉調一』的精神，施到行為上，便是利他和利己的和諧」，「愛女士的婦女運動觀點是最徹底的」。本篇介紹的母親觀是「現代婦女運動中最有光輝的色彩」，「決非中國古來傳說的母性」，在「心理學和生理學上很有根據」。

同日　發表譯作《市虎》（〔愛爾蘭〕葛雷古夫人著），署名雁冰。載《東方雜誌》第十七卷第十七號。

同日　發表《〈市虎〉譯者前記》（序跋），署名雁冰。載《東方雜誌》第十七卷十七號。現收《茅盾序跋集》。評介《市虎》作者愛爾蘭葛雷古夫人是愛爾蘭新文學運動的「最有聲色的領袖」，是在愛爾蘭「要求自治」、「獨立」中產生的。表示「譯者蓋深信附帶民族運動而起之文學運動頗值吾人之研究也」。

十五日　發表《為新文學研究者進一解》（文論），署名雁冰。載《改造》第三卷第一號，現收《茅盾全集》第十八卷。明確提出今後的新文學運動應該是新浪漫主義。據自述，《小說新潮欄宣言》、《現在文學家的責任是什麼？》「加上當時陸續寫的另外幾篇文學評論，如《新舊文學平論之評議》、《為新文學研究者進一解》、《文學上的古典主義和寫實主義》等，基本上表達了我在還沒有接觸馬克思主義以前的文學觀點。」（《我走過的道路·商務印書館編譯所》）

二十五日　發表《〈歐美新文學最近之趨勢〉書後》（文論），署名雁冰。載《東方雜誌》第十七卷第十八號，現收《茅盾全集》第十八卷，為讀胡先驌《歐美新文學最近之趨勢》（載《解放與改造》）而發，認為「新浪漫主義為補救寫實主義豐肉弱靈之弊。為補救寫實主義之全批評而不指引。為補救寫實主義之不見惡中有善。」新浪漫主義對於寫實主義「非反動而為進化」。

同日　發表譯作《心聲》（小說）（〔美〕愛倫坡著），署名雁冰。載《東方雜誌》第十七卷第十八號，現收《茅盾譯文選集》。

同日　發表《〈心聲〉前言》（序跋），署名雁冰。載《東方雜誌》第十七卷第十八號。

本月

《新青年》改組爲共產主義小組機關刊物。

湖南、北京、濟南、廣東相繼成立共產主義小組。

十月

一日 發表譯作《遊俄之感想》（〔英〕羅素著），署名雁冰。載《新青年》第八卷第二號。

同日 發表《〈遊俄之感想〉譯者按》（序跋），署名雁冰。載《新青年》第八卷第二號，現收《茅盾全集》第十四卷。

五日 發表《火山——地球上的火山、月球上的火山和實驗室裡的火山》（科普論文），署名佩韋。載《學生雜誌》第七卷第十號。

同日 發表《〈家庭生活與男女社交的自由〉譯者前記》（序跋），署名 P・生。載《婦女雜誌》第六卷第七號。

同日 發表譯作《家庭生活與男女社交的自由》（〔美〕紀爾曼夫人著），署名 P・生。載《婦女雜誌》第六卷第七號。

十日 發表《意大利現代第一文學家鄧南遮》（論文），署名雁冰。載《東方雜誌》第十七卷第十九號。指出「鄧南遮是天才的藝術家！他在意大利文學史上的地位，可以是與——並不是過譽的話——但底（Dante）相並。」「鄧南遮是二十世紀意大利唯一的文學家。」

同月 發表《飛行鞋》（童話），署名沈德鴻。原載商務印書館出版的《童話》第一集第八十九編，現收《茅盾全集》第十卷。

同月 由李漢俊、李達介紹，正式參加上海共產黨小組，開始正式參加無產階級政治活動。（同時參加該小組的還有邵力子）（翟同泰《茅盾在大革命前的社會和革命活動述略》，載《茅盾研究》第 3 輯）

（按：茅盾參加共產主義小組，筆者查考分析，應以 1920 年 10 月參加上海共產主義小組之說爲宜。除筆者 1995 年 12 月電話請教韋韜先生外，又據莊鍾慶等文章及韋韜、陳小曼轉述茅盾答莊鍾慶等研究者說：「沈老於 1920 年 10 月參加上海共產黨小組，共產主義小組、馬克思主義小組都是過去各種稱謂，現在統一稱爲『上海共產黨小組』。」「1920 年 10 月這時間是最後確定的。」又：「1921 年黨成立時，馬克思主義小組成員全部轉爲黨員。」

——參見莊鍾慶：《永不消失的懷念》，載《新文學史料》1981 年第 3 期及注（1）（2）（3）（4））

同月　從王蓴農談話中獲悉，他因「在這一期」《小說月報》中將「『小說新潮』欄取消了，而將《小說月報》原有『說叢』欄亦廢除」，結果「冒了風險」，「惹腦了『禮拜六派』」，「然而亦未能取悅於思想覺悟的青年」，加上「《小說月報》的銷量步步下降」，所以「他向商務當局辭職」。（《革新〈小說月報〉前後》）

本月

上海共產主義小組黨刊《共產黨》開始籌備。

英國哲學家羅素來華講學。

十一月

一日　發表譯作《羅素論蘇維埃俄羅斯》（〔美〕哈德曼著），署名雁冰。載《新青年》第八卷第三期。

五日　發表《精神主義與科學》（論文），署名雁冰。載《學生雜誌》第七卷第十一號，現收《茅盾全集》第十四卷。

七日　發表《致 P.R》（書信），署名雁冰。載《時事新報·學燈》，現收《茅盾書信集》。

十日　發表《譯書的批評》（雜論），署名冰。載《時事新報·學燈》，現收《茅盾全集》第十八卷。指出了一種以自己的主觀臆斷而隨意批評的不良傾向，認爲這類批評「有損無益」。

十二日　發表《致黎錦熙》（書信），署名冰。載《時事新報·學燈》，現收《茅盾書信集》。

十四日　發表《說部、劇本、詩三者的雜談》（論文），署名冰。載《時事新報·學燈》，現收《茅盾全集》第十八卷。認爲「我們勉爲小說家劇本家都是可能的事，但勉強要做個詩人，那就將辦不到。」「因爲詩人有詩人的天才。」

下旬　應商務印書館編譯所所長高夢旦之約，在會客室談話。獲悉王蓴農辭職，「《小說月報》和《婦女雜誌》都要換主編，館方以爲我這一年來幫助這兩個雜誌革新，寫了不少文章，現在擬請我擔任這兩個雜誌的主編。」

但表示只同意擔任《小說月報》主編。隨即向館方提出「現存」的「禮拜六派」的稿子都不能用；「館方應當給我全權辦事，不能干涉我的編輯方針」等三條意見。待館方接受上述意見後，立刻安排完全革新後的第一期《小說月報》的稿子，並致函王劍三（按：即王統照），告之主編並改革《小說月報》等事，「並請他寫稿並約熟人寫稿」。(《革新〈小說月報〉前後》)另外，據葉聖陶先生回憶，譜主曾從北京的幾個朋友處獲悉「想辦一種文學雜誌，以灌輸文學常識、介紹世界文學、整理中國舊文學，並發表個人的創作」，亦跟上海的出版家接洽，但沒成議。「於是有人提議，不如先辦一個文學會，雜誌由文學會辦，基礎可以穩固些，跟出版家接洽也更容易些。」後經商務約請「擔任《小說月報》的編輯」，遂「從上海寄信到北京」，「約大家加入月報社，月報內容可以徹底改革，名稱還仍其舊。北京同人經過商議，決定發起組織文學會，以《小說月報》爲文學雜誌的代用刊物，大家以個人名義給《小說月報》撰稿」(葉聖陶：《略敘文學研究會》，載《文學評論》1959年第2期)

同月 得鄭振鐸覆信，言與王劍三等願供稿子，並告知「文學研究會」在組織中。據自述：「這封信給我極大鼓舞，我即擬寫了《本月刊特別啓事五則》，第一則除說明十二卷一號（即1921年1月）起將完全革新，又說『舊有門類，略有更改』，計分七類，最後一類爲（一）文藝叢談（此爲小品），（二）海外文壇消息，（三）書報評論。」並宣布「本刊明年起更改體例，文學研究會諸先生允擔任撰著」。(《我走過的道路‧革新〈小說月報〉前後》)

同月 「自從我接任主編後」「也是在演『獨腳戲』，稿件去取，只我一人負責。事實上，所謂『小說月報社』只是我和一個校對（兼管稿件登記）而已……人到老實，可是能力有限，他校過的東西，我必須再校過一遍，因此我也夠忙的了。《小說月報》自從我任主編後，稿件大部分爲文學研究會會員所撰譯，因而外間遂稱《小說月報》爲文學研究會的代用機關刊物。事實上，它始終是商務印書館的刊物。」(《革新〈小說月報〉前後》)

十二月

四日 被北京鄭振鐸等推選爲「文學研究會」發起人之一。是日「在北京萬寶蓋胡同耿濟之家開會，討論並通過了鄭振鐸寫的《文學研究會簡章》；並推周作人起草《文學研究會宣言》，決定宣言起草好，便以周作人、朱希祖、蔣百里、鄭振鐸、耿濟之、瞿世英、郭紹虞、孫伏園、沈雁冰、葉紹鈞、許

地山、王統照等十二人名義發起成立文學研究會」（書目文獻出版社版《鄭振鐸年譜》，陳福康著）

七日　應《共產黨》月刊主編李達之約，在該刊上發表了一組譯文。

同日　發表譯文《共產主義是什麼意思——美國共產黨中央執行委員會宣言》，署名P・生。載《共產黨》第二號。

同日　發表譯文《美國共產黨黨綱》，署名P・生。載《共產黨》第二號。

同日　發表譯文《共產黨國際聯盟對美國IWW（世界工業勞動者同盟的簡稱）的懇請》，署名P・生。載《共產黨》第二號。

同日　發表譯文《美國共產黨宣言》，署名P・生。載《共產黨》第二號。

據自述：「通過這些翻譯活動，我算是初步懂得了共產主義是什麼，共產黨的黨綱和內部組織是怎樣的。」（《我走過的道路・複雜而緊張的生活、學習和鬥爭》）

十五日　發表《托爾斯泰的文學》（論文），署名雁冰。載《改造》第三卷第四號。

中旬　收到鄭振鐸寄來的「文學研究會」的宣言、簡章、發起人名單，「剛剛趕上十二卷第一期最後一批發稿，就以『附錄』的形式全部刊出。」（《革新〈小說月報〉前後》）趕著發排《小說月報》第十二卷第一號的稿。

中旬　接到鄭振鐸寄來的稿件，有冰心的《笑》、葉紹鈞的《母》，許地山的《命命鳥》、瞿世英的《荷瓣》，王統照的《沉思》，加上「我剛收到的投稿兩篇」，（按：即慕之的《不幸的人》、潘垂統的《一個確實的消息》）「湊成了創作欄的七篇」（《革新〈小說月報〉前後》）。又將鄭振鐸寄來的周作人的《聖書與中國文學》、耿濟之等人的翻譯，自己撰寫的《改革宣言》、《文學與人的關係及中國古來對於文學者身份的誤認》，及譯作《新結婚的一對》、《般生評傳》，澤民譯的《鄰人之愛》，再加上《海外文壇消息》六則，《小說月報》全面革新後的第一期「算是拼湊出來了」，「只看第一期，便知道這是『百家爭鳴』的局面」，「就第一期的三篇論文而言，步調並不相同。也就是說改組後的《小說月報》一開始就自己說明它並非同人雜誌。」（《革新〈小說月報〉前後》）

二十五日　發表《本月刊特別啟事》1～5則（啟事），未署名。載《小說月報》第十一卷第十二號。

　　《本月刊特別啓事一》云：「近來以來，新思想東漸，新文學已過其建設之第一幕而方謀充量發展，本月刊鑒於時機之既至，亦願本介紹西洋文學之素志，勉爲新文學前途盡提倡鼓吹之一分天職。自明年十二卷第一期，本月刊將儘其能力，介紹西洋之新文學，並輸進研究新文學應有之常識，面目既已一新，精神當亦不同……」。

　　《本月刊特別啓事二》云：「本月刊自明年起大加刷新，改變體例，增加材料」，另外說明「本年所登各長篇，尚有不能遽完者，均已於此期內登完，以作一結束」。

　　《本月刊特別啓事五》云：「本月刊明年起更改體例，文學研究會諸先生允擔任撰著，敬列諸先生之台名如下：周作人、瞿世英、葉紹鈞、耿濟之、蔣百里、郭夢良、許地山、郭紹虞、冰心女士、鄭振鐸、明心、盧隱女士、孫伏園、王統照、沈雁冰。」

　　發表《小說月報啓事》（啓事），署上海商務印書館編譯所小說月報社。云：「小說月報自第十二卷第一號起。刷新內容。減少定價。並特約新文學名家多人任長期撰著」。

　　三十一日　作《致周作人》（書信），署名沈雁冰。載一九二一年二月十日《小說月報》第十二卷第二號，現收《茅盾書信集》。主要談關於如何適應中國的國情和時代的需要來翻譯介紹外國文學的問題。認爲對外國文學，「……研究是非從系統不可，介紹卻不必定從系統」，而應當有所選擇；並指出，在「不可不談」的作品中，「還是少取諷刺體的及主觀濃的作品，多取全面表現的，普通呼籲的作品」。信中還對安德列夫、蕭伯納、阿爾志跋綏夫等人的作品發表了看法。

　　同月　與李漢俊爲陳獨秀送行。陳係應陳炯明之邀赴粵辦教育。

本月

　　三十日　《文學研究會》在京發起人在萬寶蓋胡同耿濟之家開會，通過報名參加者名單，並議決一九二一年一月四日在中央公園來今雨軒召開正式成立大會。

本年

　　日本「私小說」一詞開始散見在報刊上。

　　挪威漢姆生獲諾貝爾文學獎。

一九二一年（二十六歲）

一月

四日 「文學研究會」在北京中央公園「來今雨軒」開成立大會，茅盾爲十二位發起人之一。據自述：「此十二人中，只我在上海，而且除了朱希祖、蔣百里，我都無一面之緣。」（《我走過的道路·革新〈小說月報〉前後》）

七日 作《致鄭振鐸》（書信），署名沈雁冰。發表於一九二一年二月十日《小說月報》第十二卷第二號。現收《茅盾書信集》。指出「《月報》現在發表創作，宜取極端的嚴格主義。差不多非可爲人模範者不登。」「自己所登的創作，更不可以隨便。」提倡互相批評的精神，主張「完全脫離感情作用而用文學批評的眼光來批評」。提出「對於創作，應經三四人之商量推敲，而後決定其發表與否。」

同日 作《致周作人》（書信），署名沈雁冰。對患肋膜炎的周作人表示慰問，「深望早一日痊好」，告之稿子發排情況，希望再得到周作人的稿子。

十日 主編並全面革新的《小說月報》十二卷一號出版。

同日 發表《〈小說月報〉改革宣言》（文藝雜論），未署名。載《小說月報》第十二卷第一號。初收《茅盾文藝雜論集》，現收《茅盾全集》第十八卷。據自述，「這個改革宣言不署名，文中屢言同人，亦即表示代表文學研究會大多數的意見。」「宣言」指出：「同人以爲今日談革新文學非徒事模仿西洋而已，實將創造中國之新文藝，對世界盡貢獻之責任。」宣言關於介紹寫實主義文學的看法是，「寫實主義的文學，最近已見衰敗之象，就世界觀之立點言之，似已不應多爲介紹，」但國內文學界未嘗有寫實主義之眞精神和寫實主義之眞傑作，所以還有切實介紹的必要。宣言還提出了文學批評的重要性等問題。

同日 發表《文學與人的關係及中國古來對於文學者身份的誤認》（論文）。載《小說月報》第十二卷第一號。初收《茅盾文藝雜論集》，現收《茅盾全集》第十八卷。指出中國古來存在著對文學及其作者的錯誤觀念，這就是「文學者」實際被視爲帝王的「棄臣」，「久已失卻獨立的資格，被人認作

附屬品和裝飾物了」。而文學則或者成為「替古哲聖賢宣傳大道」和為帝王歌功頌德的工具，或者成為消遣遊戲的玩意。「我們現在的責任：一方是要把文學與人的關係認得清楚，自己努力去創造；一方是要校正一般社會對於文學者身份的誤認。」「『裝飾品』的時代已經過去，文學者現在是站在文化進程中的一個重要份子；文學作品不是消遣品了，是溝通人類感情代全人類呼籲的唯一工具。」

同日 發表《腦威寫實主義前驅般生》（評論），署名雁冰。（按：「腦威」即「挪威」，「般生」即比昂遜）載《小說月報》第十二卷第一號。

同日 發表譯作《新結婚的一對》（話劇）（〔挪威〕般生著），署名多芬。載《小說月報》第十二卷第一號。曾收入一九六○年四月人民文學出版社出版的《比昂遜戲劇集》，改題為《新婚的一對》，現收《茅盾譯文選集》。

同日 發表《〈新結婚的一對〉附白》（序跋），署名多芬。載《小說月報》第十二卷第一號。

同日 發表《葉紹鈞小說〈母〉的附注》，署名雁冰。載《小說月報》第十二卷第一號。現收《茅盾全集》第十八卷。認為葉紹鈞的小說《母》和《伊和他》很「動人」並具有「個性」。

同日 發表《「文藝叢談」二則》（文藝雜論），署名雁冰。載《小說月報》第十二卷第一號。現收《茅盾全集》第十八卷。該文批評了一些食洋不化的創作傾向。

同日 自《小說月報》第十二卷第一號起，每期《海外文壇消息》由譜主編寫。本期發表六則《（一）腦威文豪哈姆生（Hamsun）獲得 1920 年諾貝爾文學獎金》、《（二）安德列夫》、《（三）研究猶太新文學的三種新出英譯本》、《（四）惠而斯（H. G. wells）的《人類史要》（The Outline of History）》、《（五）羅蘭（Romain Rolland）的近作》、《（六）勞農俄國治下的文藝生活》讚揚蘇維埃政府「注意於文學藝術的發展」，認為勞農俄國現在對於文藝的注意，簡直要比俄皇時代加上萬萬倍。

同日 發表譯作阿根廷梅爾頓思小說《傖夫》。載《民國日報・覺悟》。現收《茅盾譯文選集》。

十五日 發表《家庭改制的研究》（論文），署名雁冰。載《民鐸》第二卷第四號。現收《茅盾全集》第十四卷。論述了一、現時家庭改制問題的

切要，認為這是「社會經濟組織改變後不得不然的形勢」決定的；二、詳介了西洋學者對於家庭改制問題的意見，分「急進」、「保守」、「修正」三大類；三、指出了中國家庭改制當取的途徑：認為「中國家庭的特殊情況，處處與西洋相反，因為家庭改制的提案，也不能照抄」，而應該「直截了當地採取社會主義的主張」，「照社會主義提出的解決方法」，即由社會辦公廚、辦公共育兒所、「由社會給衣食住於凡替社會盡了力做了工的人」、「由社會來教育小兒、養老」。

　　同日　發表《〈家庭改制的研究〉附白》（序跋），署名雁冰。載《民鐸》第二卷第四號。現收《茅盾全集》第十四卷。說明「此篇」係應李石岑先生為《民鐸》約請，而「理出」去年秋季因「祖父之喪」而中斷的「舊稿」「續成」，強調了文章的「後半是我個人最近的見解。」

　　同日　發表《〈鄰人之愛〉附記》（序跋），署名雁冰。載《小說月報》第十二卷第一號。指出劇本「象徵色彩甚濃」。（按：《鄰人之愛》係俄國安得烈夫劇作，沈澤民譯）

　　中旬　從編譯所的茶房送來的許多書、刊、信中發現「有一本新出第一期的《小說月報》，顯然是退回來的」，受信人是陳叔通，「這本《小說月報》尚未拆封」就被退回，「這表示他對於《小說月報》的革新這件事本身是十二分的不滿意。」經人告訴，方知陳叔通「是商務印書館總管理處權力很大的一個大人物呢！我當時付之一笑」（《改革〈小說月報〉前後》）

　　三十一日　從《時事新報・學燈》上拜商李石岑發表的《介紹〈小說月報〉並批評》一文後，「深感激先生提倡新文學的熱情；而批評之警切獨到，尤所佩服。」，擬看完續篇後再作覆信。（《沈雁冰致李石岑信》）「我藉回答李石岑的機會，表示了我們（文學研究會）的抱負，而同時也間接地回答了商務印書館當局中的頑固派」（按：指陳叔通等人）。（《改革〈小說月報〉前後》）

　　約同月　獲悉澤民欲與張聞天一起離開學校，從事革命工作。遂勸其「讀完河海工程專門學校再從事革命工作」。（《我所知道的張聞天同志早年的學習和活動》）

　　同月　改革後的《小說月報》第十二卷第一號深受社會歡迎：「印了五千冊，馬上銷完，各處分館紛紛來電要求下期多發。」（《改革〈小說月報〉前後》）

當月

　　李石岑發表《介紹〈小說月報〉並批評》，載《時事新報·學燈》，文中指出「披閱」《小說月報》第十二卷第一號後「欣喜欲狂」：認爲冬芬君所譯《新結婚的一對》堪稱「佳著」，「尤使余喜入心脾」，「冬芬君譯筆，何其體貼人情，恰到好處，至於如是」，深爲「激賞」；「次於《新結婚的一對》者，爲周作人君所譯之《鄉愁》……」；認爲：「小說月報，今歲主其事者，爲沈君雁冰。沈君性嗜文藝，復能寢饋其中，又得文學研究會諸賢之助，其所供獻於社會者，必匪淺鮮。海外文壇消息一欄，所以禆新文學研究者尤大，亦自非沈君莫辦。則沈君所負責任之重大，於此可見」，文中對該號中刊出的周作人的《鄉愁》、王統照的《沉思》、許地山的《命命鳥》、葉紹鈞的《母》、冰心的《笑》，譯作《瘋人日記》、《鄰人之愛》均有評介和讚譽之詞；並建議介紹一些「英美諸國」作品及般生的名作。希望「創作與譯著，固宜並重，惟創作須有一種新文學的新生命伏於其中」。

本月

　　周作人發表《聖書與中國文學》，載《小說月報》第十二卷第一號。本文在建設新文學積極的這一面很有重大的意義和價值。

　　《文學研究會宣言》、《文學研究會簡章》發表，載《小說月報》第十二卷第一號。

二月

　　三日　發表《沈雁冰致石岑信》（書信），署名沈雁冰。載《時事新報·學燈》，現收《茅盾書信集》。云：「感激」李石岑「提倡新文學的熱情」，對《介紹〈小說月報〉並批評》一文中的「批評之警切獨到，尤所佩服」；認爲「中國的新文藝正在萌芽時代，我們以現在的精神繼續做去，眼光注在將來，不做小買賣，或者七年八年之後有點影響出來」，「我敢代國內有志文學的人宣言：我們的最終目的是要在世界文學中爭個地位，並盡我們民族對於將來文明的貢獻」；表示歡迎「對於每期小說月報」「切實的不容情的批評」，這種「長中尋短，下犀利的批評，則一方可使我們得改善之機，一方也可提高社會上一般人的眼光」；極希望「以美學的眼光來批評，以藝術的極則來繩正」；對「海外文壇消息一欄」「想做得更出色」，「要精選創作材料，不患少而患不精」。

　　十日　　發表《討論創作致鄭振鐸》（書信），署名沈雁冰。載《小說月報》第十二卷第二號。現收《茅盾全集》第十八卷。云：「發表創作，宜取極端的嚴格主義，差不多非可爲人模範者不登，這才可以表見我們創作一欄的精神。一面，我們要關一欄『國內新作匯現』批評別人的創作，則自己所登的創作更不可以隨便。朋友中我們相識的，乃至相熟的，大家開誠相見，批評批評，……批評和藝術的進步，相激勵相改錯而成。苟其完全脫離感情作用而用文學批評的眼光來批評的，雖其評爲失當，我們亦應認其有價值，極願聞之。所以弟意對於創作，應經三、四人之商量推敲，而後決定其發表與否……如此辦法，自然麻煩。但弟以爲欲求創作之眞爲創作，並發揮我們會裡的眞精神起見，應得如此辦」。云：「此後朋友中乃至投稿人之創作，請兄會商魯迅啓明地山菊農劍三冰心紹虞諸兄決定後寄申。」

　　同日　　發表《新文學研究者的責任與努力》（論文），署名郎損。載《小說月報》第十二卷第二號。現收《茅盾全集》第十八卷。主要圍繞新文學研究者的責任和所要做的努力，談了三個方面的問題，第一，關於新文學運動的目的問題，茅盾從考察文學史的變遷過程的角度，說明自己對文學「使命」的認識，認爲西洋文學史經過了「由古典——浪漫——寫實——新浪漫……，這樣一連串的變遷，每進一步，便把文學的定義修改一下，便把文學和人生的關係束緊了一些，並且把文學重新估定了一個價值。」「這一步進一步的變化，無非欲使文學更能表現當代全體人類的生活，更能渲泄當代全體人類的情感，更能聲訴當代全體人類的苦痛與期望，更能代替全體人類向不可知的命運作奮抗與呼籲。」第二，關於介紹西洋文學的目的，茅盾明確指出，「一半果是欲介紹他們的文學藝術來，一半也爲的是欲介紹世界的現代思想——而且這應是更注意些的目的。」第三，關於創作，茅盾認爲「尚不在表現的不充分，而在缺少活氣（Humour）和個性。」關於創作方法，指出「文學創作時必不可缺的，是觀察的能力與想像的能力，兩者偏一不可。」

　　同日　　發表《波蘭近代文學泰斗顯克微支》（評論），署名雁冰。載《小說月報》第十二卷第二號。稱一九〇五年諾貝爾文學獎獲得者顯克微支「一面是新興的民族文學的領袖，一面是世界文學推進者的一個……他能兼有浪漫主義和寫實主義的精神，確確實實，而又很有理想地有主張地表現人類的生活，喊出人類的籲求。」

　　同日　　發表譯作《名節保全了》（小說）〔〔法〕考貝著），和《譯後記》（序

跋），署名眞常。載《小說月報》第十二卷第二號。

同日　發表《翻譯文學書的討論——覆周作人》（書信），署名沈雁冰。載《小說月報》第十二卷第二號。現收《茅盾全集》第十八卷。與周作人討論了首先譯介哪些外國文學作品給中國的讀者。

同日　發表譯作《婦人鎖》。和撰寫的《前言》（序跋），載《小說月報》第十二卷第二號。

同月　本期《海外文壇消息》計有：《（七）又是一個斯干的那維亞的文學家得了諾貝爾文學獎金》、《（八）文學家與社會問題》、《（九）蕭伯納最近的著作》、《（十）巴西文學家的一本小說》、《（十一）波蘭劇場與kobiety》、《（十二）克勒滿沙的文學著作》、《（十三）腦威文學家將至美演講》、《（十四）美國著名女著作家的新作》、《（十五）哈姆生生平的餘聞》、《（十六）哈姆生的餓者》、《（十七）哈姆生的「pon」》、《（十八）再談勞農俄國的文藝生活》。

二十五日　發表《梅德林克評傳》（傳記），署名孔常。載《東方雜誌》第十八卷四號。

約同月　在寶山路鴻興坊找到房子，母與妻孔德沚來上海同住。（《我走過的道路》）

同月　《小說月報》增印至七千冊。

當月

三日　曉風發表《介紹〈小說月報〉十二卷一號》，載《民國日報·覺悟》，認爲十二卷一號的《小說月報》「已經在污泥裡過了一半的少年期了，伊現今……換了個靈魂」，「已經伐毛洗髓，容光煥發」，「這號裡有兩篇很重要的評論：一篇是周作人先生的《聖書與中國文學》，一篇是沈雁冰先生的《文學與人的關係及中國古來對於文學者身份的誤認》……這一篇指示出幾種謬誤，在新文學建設消極的這一面，也很有周到的教導和暗示。形式是周先生的簡練，沈先生的流暢，也都各顯他們的本色」；「譯作一欄，我最愛讀周作人先生的《鄉愁》和冬芬先生的《新結婚的一對》……冬芬先生的文字，我平常不曾注意，但就這篇看來，是很有希望的。」；文末建議「文學叢談」欄「擴充」；「海外文壇消息」「添入」「海內」方面的內容。

三月

十日　發表《西班牙寫實主義的代表伊本納茲》（論文），署名雁冰。載《小說月報》第十二卷第三號。

同日　發表譯作《一個英雄的死》（小說）（〔匈牙利〕拉茲古著），署名雁冰。載《小說月報》第十二卷第三號，現收《茅盾譯文選集》。

同日　發表《〈一個英雄的死〉譯後記》（序跋），署名雁冰。載《小說月報》第十二卷第三號。

同日　本期《小說月報》載《海外文壇消息》計有：《（十九）再談瑞士詩人斯劈脫爾》、《（二十）英文學家威爾士在美的行蹤》、《（二十二）巴比塞的社會主義談》、《（二十四）僑美波蘭女著作家的近作》、《（二十五）丹麥作家奎蘇的一本英譯》、《（二十六）美國文藝學會的新會員》、《（二十七）最近在倫敦舉行的文學辯論會》、《（二十八）腦威現代作家鮑具爾》、《（二十九）將有專研究詩的月刊出版》、《（三十）奧國文學家米勒的劇本》、《（三十一）惠特曼在法國》、《（三十二）日本文學家之赴法熱》。

十三日　發表《不僅僅是幾個學生的事》（隨筆），署名雁冰。載《民國日報・覺悟》。現收《茅盾全集》第十四卷。

二十日　發表譯作瑞典拉格洛孚小說《羅本舅舅》。載《教育雜誌》第十四卷三號。現收《茅盾譯文選集》。

同月　著名演員汪優游託《時事新報》副刊《青光》主編柯一岑與茅盾聯繫，商談發起組織一個戲劇社事宜。據自述：「當時汪請我爲他辦的劇社取個名稱並推我爲發起人之一。我想到當時羅曼・羅蘭在法國倡導『民眾戲院』，就說用『民眾戲劇社』這個名字罷，並且商定先出《戲劇雜誌》，以廣盛傳。這是『五四』以後第一個專門討論『新戲』運動的月刊。」（《我走過的道路・複雜而緊張的學習、生活和鬥爭》）

下旬　與自京赴滬的鄭振鐸見面，商談組稿及創作等事。

月底　與第一次赴滬的葉紹鈞見面，並同遊半淞園。同遊者尚有鄭振鐸、沈澤民，並合影留念。

本月

上海鴛鴦蝴蝶派出版的《紅玫瑰》、《快活》等刊物，圍攻《小説月

報》。

　　文學研究會在北平開會，改選瞿世英當書記幹事。

四月

　　五日　　發表譯作俄國安特萊夫小說《七個被縊死的人》，署名雁冰、澤民譯。載《學生雜誌》八卷四號，至六號刊完。

　　七日　　發表《自治運動與社會革命》（論文），署名 P・生。載《共產黨》第三號。現收《茅盾全集》第十四卷。文章「批判當時的自治運動者鼓吹的資產階級的民主，指出這實際上是爲軍閥、帝國主義服務的，中國的前途只有無產階級革命。」（《我走過的道路・複雜而緊張的學習、生活和鬥爭》）

　　同日　　發表譯文《共產黨的出發點》（霍格松 Hodgson 著），署名 P・生。載《共產黨》第三號。

　　上旬　　作《致魯迅》（書信），署名沈雁冰。約請魯迅爲《小說月報》撰稿。（魯迅 1921 年 4 月 11 日《日記》）（按：此信託孫伏園轉交。）

　　十日　　發表《春季創作壇漫評》（評論），署名郎損。載《小說月報》第十二卷第四號。現收《茅盾全集》第十八卷。搜集一九二一年春季三個月的創作作品，從總體上對創作界作了估價和評論，認爲當時的作品有四種情況，一是「把小說當作私人的禮物，一己的留聲機的」；二是「專門模仿西洋小說的皮毛」的；三是思想藝術不成熟的；四是比較好但有缺點的。著重分析三、四類作品。

　　同日　　發表《譯文學書方法的討論》（文論），署名沈雁冰。載《小說月報》第十二卷第四號。現收《茅盾全集》第十八卷。認爲在「神韻」與「形貌」未能兩全的時候，翻譯中與其失「神韻」而留「形貌」，還不如「形貌」上有些差異而保留「神韻」。因爲「文學的功用在於感人（如使人同情使人慰樂）」，而感人的力量是賦於「神韻」的多，而寄在「形貌」的少。

　　同日　　發表譯作《人間世歷史之一片》（小說）（〔瑞典〕斯特林堡著），署名沈雁冰。載《小說月報》第十二卷第四號。現收《茅盾譯文選集》。

　　同日　　發表《腦威現存的大文豪鮑具爾》（評介），署名沈雁冰。載《小說月報》第十二卷第四號。

　　同日　　發表《冰心小說〈超人〉附注》（注釋），署名冬芬。載《小說月

報》第十二卷第四號。現收《茅盾全集》第十八卷。云：看了小說中何彬的信「哭了」。「如果有不哭的，他不是『超人』，他是不懂得罷」。

同日　發表《〈彌愛的畫〉附注》（注釋）。載《小說月報》第十二卷第四號。

同日　發表《〈人間世歷史之一片〉譯後記》（序跋），署名雁冰。載《小說月報》第十二卷第四號。

同日　本期《小說月報》載《海外文壇消息》計有：《（三十三）研究斯干的那維亞文學的一本自修書》、《（三十四）神秘劇的熱心試驗者》、《（三十五）羅蘭的最近著作》、《（三十六）阿眞廷文（Argen tine）的劇本》、《（三十七）英文學家威爾斯戲本》、《（三十八）倍奈德的新作》、《（三十九）法人的史蒂芬孫評》、《（四十）俄國文學出版界在國外之活躍》、《（四十一）文學家對於勞農俄國的論調一束》、《（四十二）鄧南遮將軍勞乎》、《（四十三）梅萊（Murty）的文學批評》、《（四十四）美國的研究腦威文學熱》、《（四十五）愛爾蘭文學家唐珊南被捕的消息》、《（四十六）一本評論勞農俄國國內藝術的書》、《（四十七）高爾基被逐的消息不確》、《（四十八）西班牙詩選》。

十一日　據魯迅日記記載，從是日起，茅盾與魯迅開始通信。

同日　發表譯文《一封公開的信：給〈自由人〉月刊記者》（勃拉克女士原著），署名雁冰。載《新青年》第八卷六期。

中旬初　收悉魯迅信箋。（魯迅 1921 年 4 月 11 日《日記》）

中旬中　收悉魯迅信箋。（魯迅 1921 年 4 月 13 日《日記》）

同旬　作《致魯迅》（書信），署名沈雁冰。（魯迅 1921 年 4 月 18 日《日記》）

二十日左右　收到魯迅寄來的譯稿《工人綏惠略夫》一部。（按；係「魯迅據德譯本重譯。在齊壽山幫助下整理後」，寄沈雁冰。發表於《小說月報》第 12 卷第 7 至 9、11 至 12 號。）（魯迅 1921 年 4 月 18 日《日記》）

下旬初　收悉魯迅信。（魯迅 1921 年 4 月 21 日《日記》）

下旬　作《致魯迅》（書信），署名沈雁冰。（魯迅 1921 年 4 月 29 日《日記》）

同月　長女沈霞出生。

本月

　　廣州舉行「非常國會」，制定政府組織大綱，推舉孫中山爲非常大總統。

五月

　　月初　聽說郭沫若於四月初到了上海，由鄭振鐸發請柬，與《時事新報》副刊《青光》的編輯柯一岑一起，請郭沫若在半淞園便飯。據自述：「我們約請郭沫若，除慕名想一見外，就是想當面邀他加入文學研究會，以便把《文學旬刊》辦得更有聲色。」「九時，我們先到，不一會郭沫若也來了。這天，鄭振鐸和我都穿長衫，柯一岑是一身當時時新的學生裝，就是郭沫若穿了筆挺的西裝，氣宇不凡。我們在園內邊走邊談，無非觸景生情，天南地北地閒聊，有時也在道旁的長椅上坐一坐。……飯後，我和柯一岑在一邊飲茶，鄭振鐸就和郭沫若走到池塘邊去談話。事後鄭振鐸告訴我，郭沫若答應給《文學旬刊》寫點文章，但對於加入文學研究會卻婉詞拒絕了」。「當時我和鄭振鐸都認爲郭沫若既如此表示，就不便再勸駕了。」（《我走過的道路·1922 年的文學論戰》）

　　一日　發表《勞動節日聯想到的婦女問題》（論文），署名雁冰。載《民國日報·覺悟》。現收《茅盾全集》第十四卷。

　　同日　發表《哈姆生和斯劈脫爾》（論文），署名雁冰。載《新青年》九卷一期。

　　同日　發表譯作《西門的爸爸》（小說），署名雁冰。載《新青年》九卷一期。

　　七日　發表從英文轉譯的列寧《國家與革命》第一章，載《共產黨》第四號。

　　十日　發表《百年紀念祭的濟慈》（評介），署名慕之。載《小說月報》第十二卷第五號（按：作爲「卷頭語」刊出）。

　　同日　發表《落華生小說〈換巢鸞鳳〉附注》（序跋），署名慕之。載《小說月報》第十二卷第五號。現收《茅盾全集》第十八卷。從這篇帶有廣東地方色彩的小說，聯想到「中國現代小說界的大毛病，就在於沒有『寫實』的精神」，批評了「上海有一班人自命爲寫實派」，其實小說都是「臆造的」；認爲只有「《新青年》上魯迅先生的幾篇創作確是『眞』氣撲鼻」。

　　同日　作《〈印第安墨水畫〉譯後記》（序跋），署名雁冰。載七月十日《小說月報》十二卷七號。譯介了現代瑞典「文壇上的一個怪人物」蘇特爾褒格「對人生的見解和藝術手段」，而《印第安墨水畫》恰能「窺見」其特點於一斑。讚揚了他的妙處就在他的眼光是確實無僞的，他有從微事中發揮出大道理的本領」，他的「描寫手法是純全的自然主義」。

　　同日　發表《中國文學不發達的原因》（論文），署名玄珠。載《時事新報・文學旬刊》第一期。現收《茅盾全集》第十八卷。認爲「中國文學不發達的原因，由於一向只把表現的文學看作消遣品，而所以會把表現的文學看作消遣品的原因，由於一向只把多種論文詩賦看做文學，而把小說等都視爲稗官野乘街談巷議之品；現在欲使中國文藝復興時代出現，惟有積極的提倡爲人生的文學，痛斥把文學當作消遣品的觀念，方才能有點影響。

　　同日　發表《文學界消息》（一），署名玄珠。載《時事新報・文學旬刊》第一期。現收《茅盾全集》第十八卷。認爲周作人「翻譯日本現代文學」「有系統」，有水平，「能把文派變遷的痕跡顯露出來」；薦冰心的小說《超人》，認爲「眞有細看一遍的價值」；指出「《禮拜六》重新出版還是把文學當作消遣品，太讓人失望了」；認爲《民鐸》第五號上新發表的郭沫若的《女神之再生》「委實不是膚淺之作」，認爲「郭君此篇」「爲『空中足音』」，表示「佩服」。

　　同日　《小說月報》第十二卷第五號《海外文壇消息計有：《〈四十九〉愛爾蘭文壇現狀之一斑》、《〈五十〉瑞典大詩人佛羅亭的十年忌》、《〈五十一〉到日本講學的英國文學家之西洋文化批評》、《〈五十二〉徵求威爾士大著〈人類史要〉的批評》、《〈五十三〉霍夫曼柴爾的裴多芬評》、《〈五十四〉梅德林舊情人的行蹤和言論》、《〈五十五〉捷克斯拉夫對於諾貝爾獎金的熱心》、《〈五十六〉哈姆生最近作的井旁婦人》、《〈五十七〉俄文豪古卜林的近作蘇曼芒的星》、《〈五十八〉，美國科學藝術協會給予 1920 年份最好的短篇小說的獎金》、《〈五十九〉阿失西蒙思近刊的戲曲集》、《〈六十〉變態『性格』研究的劇本》。

　　同日　發表《〈小說月報〉第一次特別徵文》（啓事），無署名。徵文分兩類：一、對《超人》、《命命鳥》、《低能兒》三篇已發作品的評論；二、創作（新體）短篇小說或長詩（命題爲《風雨之下》）

上旬　介紹鄭振鐸到商務印書館工作。

上旬初　收悉魯迅信並魯迅據德譯本重譯俄阿爾志跋綏夫小說《醫生》之譯稿和譯者附記，決定刊於《小說月報》第十二卷號外「俄國文學研究」。（魯迅 1921 年 4 月 30 日《日記》）

同旬　寄魯迅《工人綏惠略夫》譯稿費一百二十元。（查國華《茅盾年譜》）

同旬　作《致魯迅》（書信），署名沈雁冰。（魯迅 1921 年 5 月 6 日《日記》）

十日左右　收悉魯迅信。（魯迅 1921 年 5 月 8 日《日記》）

約十一、二日　作《致魯迅》（書信），署名沈雁冰。（魯迅 1921 年 5 月 13 日《日記》）

中旬　收悉魯迅信並魯迅寄來的周建人譯稿一篇。（魯迅 1921 年 5 月 15 日《日記》）

同旬　作《致魯迅》（書信），署名沈雁冰。（魯迅 1921 年 5 月 20 日《日記》）

二十日　發表《文學界消息》（二），署名玄珠。載《時事新報・文學旬刊》第二期。現收《茅盾全集》第十八卷。

二十四日　發表《看了〈老了〉以後的感想》（政論）署名 Y・P。載《民國日報》副刊《覺悟》。現收《茅盾全集》第十四卷。

下旬　收悉魯迅信。（魯迅 1921 年 5 月 25 日《日記》）

三十一日　發表《〈民眾戲院的意義與目的〉附注》，載《戲劇》創刊號。（按：該文係沈澤民作）云因「有點病」「且忙」，「請吾弟澤民做了一篇」，「可以說我對這個題目——尤其是末了對國內戲劇界的意見——也不外乎」。

月底　收悉魯迅信及魯迅寄來的「三弟遺稿一篇」。（魯迅 1921 年 5 月 28 日《日記》）

同月　發表《羅曼・羅蘭的宗教觀》（論文），署名雁冰。載《少年中國》第二卷第十一期。

同月　與陳大悲、歐陽予倩、熊佛西、鄭振鐸、柯一岑等十三人在上海成立民眾戲劇社，並創辦《戲劇》月刊，這是我國新文學運動中第一個戲劇專刊。

　　同月　為發起人之一的「民眾戲劇社」正式成立。發起人共八人：沈雁冰、柯一岑、陳大悲、徐豐梅、張韋光、汪仲賢、沈冰旦、滕若渠。社員還有：陸冰心、熊佛西、張靜廬、歐陽予倩、鄭振鐸五人。《簡章》主旨：「以非營業的性質，提倡藝術的新劇」。《宣言》云：「當看戲是清閒的時代已經過去了，劇院在現代社會中確是佔著重要的地位，是推動社會前進的一個輪子，又是搜尋社會病根的 X 光鏡。」（《我走過的道路》、《戲劇》創刊號，1921 年5 月 31 日出版；王中忱《茅盾參與過的五個文學社團》，載《東北師大學報》1982 年第 4 期）

本月

　　十日　鄭振鐸主編的《文學旬刊》創刊。《宣言》中主張：「為中國文學的再生而奮鬥，一面努力介紹世界文學到中國，一面努力創造中國的文學，以貢獻於世界的文學界中」。

　　《文學旬刊》創刊，先為《時事新報》副刊之一，後改為《文學週報》獨立發行。

　　五日　孫中山宣誓就任中華民國非常大總統，發表就職宣言，對外宣言。

　　李達翻譯山川均的《從科學的社會主義到行動的社會主義》，刊《新青年》第九卷一號。

六月

　　四日　與鄭振鐸、胞弟沈澤民前往英國劇院，觀看由中西女塾公演的英文劇《翠鳥》。「雖然有這些演出技巧上的毛病，當時卻受人注視，有二、三人寫了短語，我也寫了一篇《看了中西女塾的〈翠鳥〉以後》。」（《我走過的道路·複雜而緊張的學習、生活和鬥爭》）

　　五日　發表《關於戲劇說明》（論文），署名雁冰。載《民國日報·覺悟》。

　　同日　發表《致勒生、惠修、其年》（書信），署名沈雁冰。載《民國日報·覺悟》。收《茅盾書信集》。談戲劇雜誌有關事宜。

　　十日　發表《呼籲？詛咒？》（卷頭語），署名雁冰。載《小說月報》第十二卷第六期。

　　同日　發表《十九世紀末丹麥大文豪約柯伯生》（論文），載《小說月報》

第十二卷第六號。

　　同日　發表《看了中西女塾的〈翠鳥〉以後》（劇評），署名雁冰。載《民國日報‧覺悟》。現收《茅盾全集》第十八卷。

　　同日　發表《語體文歐化之我觀》（文論），署名雁冰。載《小說月報》第十二卷第六期。同日《時事新報‧文學旬刊》第七號轉載。現收《茅盾全集》第十八卷。其指出：「現在努力作語體文學的人，應當有兩個責任：一是改正一般人對於文學觀念，二是改良中國幾千年來習慣上沿用的文法。」

　　同日　本期《小說月報》發表《海外文壇消息》計有：《（六十一）神仙故事集匯——捷克斯拉夫波蘭印度愛爾蘭等處的神話》、《（六十二）西班牙的詩與散文》、《（六十三）哈姆生的土之生長》、《（六十四）蕭伯納又有新作》、《（六十五）西班牙文學家方布納的作品》、《（六十六）德國文學家加爾霍德曼逝世消息》、《（六十七）推敲的第一期》、《（六十八）倫敦舉行濟慈百年紀念展覽會的盛況》、《（六十九）1920 年最好的短篇小說》、《（七十）英國三大文豪的 1921 年希望》、《（七十一）新愛爾蘭文壇上失一明星》、《（七十二）捷克斯拉夫短篇小說集》、《（七十三）英譯的五月花》、《（七十四）安德列夫的最後劇本》、《（七十五）法國的無產階級詩與劇本》。

　　同日　發表《十九世紀及其後的匈牙利文學》（論文），載《新青年》九卷二、三期。

　　同日　發表《致壽昌》（書信），署名玄珠。載《時事新報‧文學旬刊》第四期。

　　同日　發表《〈審定文學上的名辭的提議〉附注》（注釋），署名沈雁冰。載《小說月報》第十二卷第六號。現收《茅盾全集》第十八卷。對鄭振鐸發表的《審定文學上的名辭的提議》一文中的觀點提出不同的看法。認爲「科學上的專名可以審定，文學上的都未見得都能審定之後不發生流弊的。」

　　同日　發表《〈現代的斯干底那維亞文〉按語、注和再誌》（注釋）（按《現代的斯干底那維亞文學》係李達的譯作，譜主在看完譯文後，對文中提及的諸文學家，統統作了「說明」），署名沈雁冰。載《小說月報》第十二卷第六號。

　　上旬　作《致魯迅》（書信），署名沈雁冰。（魯迅 1921 年 6 月 4 日《日記》）

十一日左右　收悉魯迅信。（魯迅 1921 年 6 月 9 日《日記》）

中旬　作《致魯迅》（書信），署名沈雁冰。（魯迅 1921 年 6 月 16 日《日記》）

十五日　發表《精神提不起了？》（政論），署名 P・生。載《民國日報》。現收《茅盾全集》第十四卷。

二十日　發表《答西諦君》（通訊），署名雁冰。載《時事新報・文學旬刊》第五期。現收《茅盾全集》第十八卷。文章針對西諦（按：即鄭振鐸）在《文學旬刊》第四期發表的《懸賞徵文的疑問》一文中反對《小說月報》出題徵文的觀點，作解答。說明徵文的目的一方面是「觸動本有創作文學的天才」的人有「機會發露一番」；另一方面是爲了「打破」目前文學創作上的「紅男綠女離合悲歡」的「舊觀念」，「擾動」「阻礙」「文學大進步」的「空氣」。

二十四日　上海《民國日報・覺悟》上，刊載了『新時代叢書』編輯緣起」，共列十五位「編輯人」，其中有沈雁冰的名字。

三十日　發表《致矢》（書信），署名沈雁冰，載《時事新報・文學旬刊》第六號。

下旬　收悉魯迅信。（魯迅 1921 年 6 月 23 日《日記》）

月底　作《致魯迅》（書信），署名沈雁冰。（魯迅 1921 年 7 月 1 日《日記》）

當月

十日　西諦發表《懸賞徵文的疑問》，載《文學旬刊》第四期。對譜主在《小說月報》第十二卷第五期上發表的《小說月報第一次特別徵文》中採用的命題和限字徵文的辦法提出反對意見。

本月

李達發表《馬克思派社會主義》，載《新青年》九卷二號。

郭沫若、郁達夫在日本成立「創造社」。

鄭振鐸發表《語體文歐化之我見》，載《小說月報》十二卷第六號。

七月

五日　發表《無抵抗主義與『愛』》（論文），署名冰。載《民國日報・

覺悟》。現收《茅盾全集》第十四卷。本書就張聞天的《無抵抗主義底我見》一文發表「感想」，旨在「引動文壇沉默的空氣的波動」。

同日　作《致周作人》（書信），署名沈雁冰。載《茅盾書信集》。

十日　發表《致田漢》（書信），署名玄珠。載《時事新報・文學旬刊》第七期。收《茅盾書信集》。

同日　發表《語體文歐化答凍花君》（通信），署名雁冰。載《時事新報・文學旬刊》第七期。現收《茅盾全集》第十八卷。

同日　發表《社會背景與創作》（文論），署名郎損。載《小說月報》第十二卷第七號。現收《茅盾全集》第十八卷。認爲「什麼樣的社會背景便會產生出什麼樣的文學來」，「而眞的文學也只是反映時代的文學。」

同日　發表《創作的前途》（文論），署名沈雁冰。載《小說月報》第十二卷第七號。現收《茅盾全集》第十八卷。云「文學是時代的反映，社會背景的圖畫」和文學要「或隱或顯必然含有對於當時代罪惡反抗的意思和對於未來光明的信仰」的觀點，認爲新文學的創作，一方面要描寫中國「現社會之內的生活」及各種現象，另一方面又隱隱指出未來的希望，把新理想新信仰灌到人心中，這便是「當今創作家最重大的職務」。同時提出「應該把光明的路指導給煩悶者，使新信仰與新理想重複在他們心中震蕩起來。」

同日　發表譯作《阿富漢的戀愛歌》，署名馮虛女士。載《小說月報》第十二卷第七號。

同日　發表翻譯小說《印第安墨水畫》（瑞典蘇特爾褒格原作）和《譯後記》（序跋），署名沈雁冰。載《小說月報》第十二卷第七號。

同日　發表譯作《禁食節》（猶太潘士原作）和《譯後記》（序跋），署名沈雁冰。載《小說月報》第十二卷第七號。

同日　發表《〈生歟死歟？〉注》（注釋），載《小說月報》第十二卷第七號。

同日　發表《〈猶太文學與賓斯奇〉按》（注釋），署名雁冰。載《小說月報》第十二卷第七號。

同日　《小說月報》第十二卷第七號發表《海外文壇消息》計有：《（七十六）兩本研究羅曼・羅蘭的書》、《（七十七）新希臘詩人的新希臘主義》、《（七十八）愛爾蘭葛雷左夫人的新著》、《（七十九）戰後德國文學的第一部

傑作》、《(八十)俄國批評家對於威爾士的俄事觀的批評》、《(八十一)波蘭文學家萊芒的沉痛話》、《(八十二)丹麥和奧國的兩個文家的英譯》、《(八十三)羅馬尼亞的短篇小說集》、《(八十四)意大利戲曲家唐南遮的近作》、《(八十五)阿爾克斯·托爾斯泰的近作》、《(八十六)卡西爾的新作》。

上旬　收悉魯迅信。

十一日　發表《文學批評的效力》(文論),署名冰。載《民國日報·覺悟》。現收《茅盾全集》第十八卷。認為在中國文學界,「批評創作眞是萬分緊要的事」,但仍然存在著不少「誤人批評」,而失去了「批評的效力」。

同日　發表《活動的方向》(雜文),署名冰。載《時事新報·學燈》。現收《茅盾全集》第十四卷。

十三日　發表《「唯美」》(文論),署名冰。載《民國日報·覺悟》。現收《茅盾全集》第十八卷。談了對王爾德、鄧南遮和梭羅古勃三位近代唯美派文學家的看法。

十六日　獲悉胡適抵滬,意在視察商務印書館。

十八日　偕鄭振鐸、葉聖陶、李石岑等與胡適談商務印書館有關業務。

中旬　得周作人信。

二十日　作《致周作人》(書信),署名雁冰。現收《茅盾書信集》。討論了《小說月報》十月號「被壓迫民族文學號」的有關事宜,並約譯稿。

中旬　作《致魯迅》(書信),署名沈雁冰。(魯迅1921年7月16日《日記》)

二十二日　與鄭振鐸一起和胡適就商務編譯所和有關《小說月報》的事進行交談,胡適強調了創作方面的現實主義主張。

二十三日　與胡愈之、鄭振鐸、鄭貞文等由高夢旦帶領下到胡適家中晚餐,並商談改革商務印書館的具體方案。

二十四日　發表《『人格』雜感》(雜文),署名冰。載《民國日報·覺悟》,現收《茅盾全集》第十四卷。這篇文章是對張聞天《人格底重要——答雁冰和曉風兩先生》的回答。認為不應用感情來衡量人們的人格,而應訴諸理性,在「言與行相符」上作考察。又說「惡鬼最怕的是這一個字『驅』,而最暗中

喜歡的，是大家去講『無抵抗』。「因了這一層，我近來對於馬克思主義，竟愈加覺得『只信著』（這是不用全力研究之謂）也罷啊。」

三十日　作《致周作人》（書信），署名沈雁冰。現收《茅盾書信集》。談了翻譯的問題及約稿。

同日　發表《這也有功於世道麼？》（雜談），署名玄。載《時事新報·文學旬刊》第九號。現收《茅盾全集》第十四卷。對《申報》二十四日署名「鵑」發表的《自由談之自由談》一文中的把淫書《剩粉殘脂錄》「頌禱」為「有功世道」的觀點進行了抨擊。認為這是「上海『文丐』的拿手好戲」，是「狗吠」！

同日　發表《棒與狗聲》（雜感），署名玄。載《時事新報·文學旬刊》第九號。現收《茅盾全集》第十四卷。指出眼前「臭濫的文言」「又大興起來了」，似「惡狗」「哮哮然」，呼籲「棒千萬不可離手」。

下旬　收悉魯迅信並寄來的周作人文稿一篇。（魯迅 1921 年 7 月 26 日《日記》）

同月　據茅盾回憶自述：商務印書館編譯所請胡適當所長，胡適來後，輪流「召見」編譯所高等編輯和雜誌主編，提出問題，瞭解情況。茅盾也被召見，是第一次見胡適。（《我走過的道路·複雜而緊張的學習、生活和鬥爭》）

同月　中國共產黨成立，茅盾即成為中國共產黨最早的一批黨員（共五十三人）之一。黨中央派他為中央直屬聯絡員，利用在商務印書館編輯《小說月報》的身份，為中央轉交信件和接待外地來訪人員。這項工作一直做到 1925 年底他離滬赴穗為止。（翟同泰《茅盾在大革命前的社會和革命活動述略》，載《茅盾研究》第 3 輯）

當月

十七日　張聞天發表《人格底重要——答雁冰和曉風兩先生》，載《民國日報·覺悟》。對「冰先生的指教使我增進了許多知識」「非常感謝」。本文繼續「伸說」「無抵抗主義」的「主張及態度」。

本月

中國共產黨在上海召開第一次全國代表大會。出席大會的代表有毛澤東、董必武、李達、李漢俊、張國燾、周佛海等。會議制定黨的綱領，選舉陳獨秀為總書記，宣布中國共產黨成立。

創造社在日本東京成立。主要成員有郭沫若、郁達夫、張資平、成仿吾、田漢等。

八月

約一日　作《致魯迅》（書信），署名沈雁冰。（魯迅1921年8月2日《日記》）

約二日　得周作人三十日信。

三日　發表《弱點》（雜文），署名冰。載《民國日報·婦女評論》。現收《茅盾全集》第十四卷。

同日　發表《女性的自覺》（雜文），署名冰。載《民國日報·婦女評論》。現收《茅盾全集》第十四卷。鼓勵婦女從「偏見」形成的「非人的」「異樣的」「外殼」裡「自覺」過來，現出「眞人」本質。

同日　作《致周作人》（書信），署名沈雁冰。收《茅盾書信集》。指出當時創作界存在一些普遍毛病，「這些普遍的毛病惟有自然主義可以療之，近來我覺得自然主義在中國應有一年以上的提倡和研究，庶幾將來的創作不至於復回舊日『風花雪月』的老調裡去。」

十日　發表《穩健？》（雜文），署名冰。載《民國日報·婦女評論》。現收《茅盾全集》第十四卷。認爲「人類文明的前進都是一跤一跤跌出來的」，指出「如今安享著祖宗跌跤出來的幸福的現代人」，提倡「穩健」的實質是「膽小」。

同日　發表《〈安那其主義者的聲明〉按語》（序跋），署名雁冰。載《小說月報》第十二卷第八號。現收《茅盾全集》第十四卷。自云「對於安那其主義」不是「很有研究的人」，也「些微看過一點關於那一類的書」。「很曉得眞正的安那其決不是『拆白』的『混吹』的，認爲「有誤解主義的人，不是主義本身的缺憾，更不是眞瞭解此主義者本身的缺憾」，表示「對於此類誤解者的批評，也就是忠於該主義者及明眼旁觀者的唯一責任」。（按：原爲信，無抬頭。原是爲答覆「上海安那其主義者」的聲明而寫的。）

同日　發表《〈婦女要的是什麼？〉》（評論），署名雁冰。載《民國日報·婦女評論》。現收《茅盾全集》第十四卷。

同日　發表《致崧年》（書信），署名沈雁冰。載《小說月報》第十二卷

第八號。收《茅盾書信集》。約請「時常通訊報告國外文壇的情形。」

同日 發表《致某人》（書信），署名雁冰。載該日出版的《小說月報》。收《茅盾書信集》。糾正對於「安那其主義」的誤解。

同日 發表《致張維祺》（書信），署名郎損。載該日《小說月報》。收《茅盾書信集》。談文學批評的態度。

同日 發表譯作《羅曼羅蘭評傳》（傳記），署名孔常。載《小說月報》第十二卷第八號。

同日 發表譯作《美尼》（劇本）（〔猶太〕賓斯奇著），署名多芬。載《小說月報》第十二卷第八號，現收《茅盾譯文選集》。

同日 發表《〈美尼〉後記》（序跋），署名多芬。載《小說月報》第十二卷第八號。

同日 發表譯作《愚笨的裘納》（小說）（〔捷克〕南羅達著），署名沈雁冰。載《小說月報》第十二卷第八號。現收《茅盾譯文選集》。

同日 發表《〈愚笨的裘納〉後記》（序跋），署名沈雁冰。載《小說月報》第十二卷第八號。

同日 發表《劉綱小說〈兩個乞丐〉附記》（序跋），署名雁冰。載《小說月報》第十二卷第八號。現收《茅盾全集》第十八卷。

同日 發表《〈紅蛋〉附注》（序跋），署名雁冰。載《小說月報》十二卷八號。

同日 發表《評四五六月的創作》（文論），署名郎損。載《小說月報》第十二卷第八號。現收《茅盾全集》第十八卷。《評四五六月的創作》是繼《春季創作壇漫評》之後又一次全面考察創作具體情況的文章，其批評角度有變化，「覺得當今批評創作者的職務不重在指出這篇好，那篇歹，而重在指出（一）現在的創作壇（從事創作的人們）所忽略的是哪方面，所過重的是哪方面，（二）在這過重的方面——就是多描寫的那方面——一般創作家的文學見解和文學技術已到了什麼地步。」指出過去的三個月中的創作，「描寫男女戀愛的創作獨多，竟佔了全數過半有強！最少的卻是描寫城市勞動者生活的創作。」認為「過去的三個月中的創作我最佩服的是魯迅的《故鄉》。」「《故鄉》的中心思想是悲哀那人與人中間的不瞭解、隔膜，造成了不瞭解的原因是歷史遺傳的階級觀念。」

同日　本期《小說月報》發表《海外文壇消息》計有：《（八十七）荷蘭文壇之現狀》、《（八十八）德國文壇之現狀》、《（八十九）《勞農俄國的詩壇之現狀》、《（九十）愛爾蘭文壇之現狀》。

同日　發表《英國勞工運動史》（文論），署名孔常。載《東方雜誌》第十八卷第五號。

約十、十一日　收悉魯迅信並附來的周作人譯稿兩篇，劉半農譯稿一篇。（魯迅 1921 年 8 月 9 日《日記》）

中旬　作《致魯迅》（書信），署名沈雁冰。（魯迅 1921 年 8 月 14 日《日記》）

同旬　收悉魯迅信。

同旬　作《致魯迅》（書信），署名沈雁冰。（魯迅 1921 年 8 月 20 日《日記》）

上旬　得周作人「七日手書」一封。

十一日　作《致周作人》（書信），署名雁冰。收《茅盾書信集》。請周作人設法「通融」讓「沒有畢業文憑」的沈澤民赴京入英文系；建議由周作人組織成立北京文學講演會，普及「種種文學上的常識」，答應講義由商務承印。

十七日　發表《婦女經濟獨立討論》（雜文），署名雁冰。載《民國日報·婦女評論》。現收《茅盾全集》第十四卷。

二十四日　發表《告浙江要求省憲加入三條件的女子》（政論），署名冰。載《民國日報·婦女評論》。現收《茅盾全集》第十四卷。

同日　發表《青年的誤會與老年的誤會》（雜文），署名冰。載《民國日報·婦女評論》。現收《茅盾全集》第十四卷。

三十一日　發表《戀愛與貞操的關係》（論文），署名佩韋。載《民國日報·婦女評論》。現收《茅盾全集》第十四卷。

同日　發表《中國舊戲改良我見》（論文），署名雁冰。載《戲劇》第一卷第四期。現收《茅盾全集》第十八卷。認為中國的舊戲改良勢在必行，但僅僅注意藝術方面的改革還不行，「若不先從思想方面根本改革中國的戲劇，舞臺藝術等等都只是一個空架子，實際上沒有多大的益處。」

同日　發表譯詩《一隊騎馬的人》，署名沈雁冰譯。載《新青年》九卷四期。

同日　發表《〈一隊騎馬的人〉後記》（序跋），署名沈雁冰。載《新青年》九卷四期。

下旬　收悉魯迅信。（魯迅 1921 年 8 月 24 日《日記》）

同旬　收悉魯迅信「並校正稿一帖」。（魯迅 1921 年 8 月 27 日《日記》）

同旬　作《致魯迅》（書信），署名沈雁冰。（魯迅 1921 年 8 月 31 日《日記》）

本月

郭沫若的白話新詩集《女神》由泰東書局出版。

陳獨秀等在《新青年》第九卷四號上著文「討論無政府主義」問題。

九月

一日　發表譯作《海青赫佛》（劇本）（〔愛爾蘭〕葛雷古夫人著），署名沈雁冰。載《新青年》第九卷第五期。現收《茅盾譯文選集》。

同日　發表《〈海青赫佛〉後記》（序跋），署名沈雁冰。載《新青年》第九卷第五期。

月初　收悉魯迅信「並文二篇，又二弟文二篇」。（按：即魯迅據德譯本重譯的芬芝明那・亢德作的小說《瘋姑娘》，以及保加利亞跋佐夫作的小說《戰爭中的威爾珂》，故載《小說月報》第十二卷第十號。）（魯迅 1921 年 8 月 30 日《日記》）

四日　發表《「中國式無政府主義」質疑》（論文），署名冰。載《民國日報・覺悟》。現收《茅盾全集》第十四卷。本書駁斥了那種認為「中國人民一向不加入政治活動便是不要政治，故要提倡中國的無政府主義」的觀點，指出中國人不關心政治，一是因為「知識缺乏」，二是因為「中國前此幾千年來的社會背景造成的。」

同日　發表譯文《海裡的一口鐘》（檀曼爾著）和《譯後記》（序跋），署名沈雁冰。載《民國日報・覺悟》。

十日　發表譯作《旅行到別一世界》（〔匈牙利〕彌克柴斯著），署名沈雁冰。載《小說月報》十二卷第九號。

　　同日　發表譯作《安琪立加》（〔新希臘〕藹夫達利阿諦斯著），署名孔常。載《小說月報》第十二卷第九號。現收《茅盾譯文選集》。

　　同日　發表《冬》（〔猶太〕阿胥著），署名沈雁冰。載《小說月報》第十二卷第九號。

　　同日　發表《兩封來信的「按語」和「後記」》，署名記者。載《小說月報》第十二卷第九號。與周作人、李宗武討論語體文歐化的問題。

　　同日　本期《小說月報》發表《海外文壇消息》計有：《（九十一）第一期的「羅斯卡九克倪茄」》、《（九十二）幾本斯干底那維亞的英譯》、《（九十三）瑞士文壇近狀之一斑》、《（九十四）德國女文學家中最有名的兩個》、《（九十五）匈牙利戲曲家莫奈爾的新作》。

　　同日　發表翻譯俄國作家謝特林《失去的良心》、烏斯潘斯基《看新娘》、庫普林《殺人者》、普希金《莫薩特與沙萊里》、列斯考夫《蠢人》，均署名孔常。均載《小說月報》第十二卷號外「俄國文學研究專號」。

　　同日　發表《〈看新娘〉前記》（序跋），署名孔常。載《小說月報》第十二卷號外「俄國文學研究專號」。

　　同日　作《俄羅斯文學錄》（文論），署名明心。載《小說月報》第十二卷號外「俄國文學研究專號」。

　　同日　發表《〈赤俄小說三篇〉附記》（序跋），署名孔常。載《小說月報》第十二卷號外「俄國文學研究專號」。

　　上旬　作《致魯迅》（書信兩封），署名沈雁冰。同時寄「校稿一帖」。（魯迅1921年9月6日《日記》）

　　上旬　收悉魯迅信並「史稿一篇，校稿一帖」。（按：即魯迅據德文重譯的《近代捷克文學概觀》文稿。後發表於《小說月報》第十二卷第十號）（魯迅1921年9月7日《日記》）

　　上旬　作《致魯迅》（書信），署名沈雁冰。（魯迅1921年9月8日《日記》）

　　中旬　收悉魯迅信「並稿一篇」。（按：即魯迅譯的《小俄羅斯文學略傳》）（魯迅1921年9月10日《日記》）

　　中旬　作《致魯迅》（書信），署名沈雁冰。（魯迅1921年9月21日《日

記》）

二十一日　發表《〈我尋過……了〉附記》（序跋），載《民國日報·婦女評論》八期。

同日　作《致周作人》（書信），無署名。收《茅盾書信集》。談主編《小說月報》後八個月來的社會反響，表示意欲來年辭職，空出時間做自己計劃中的事等。

同日　發表《「男女社交」的贊成與反對》（文論），署名冰。載《民國日報·婦女評論》。現收《茅盾全集》十四卷。指出「男女社交就是男女人格平等」。駁斥了把男女社交當作「有關風化」的反對論；也廓清了把男女社交誤以為「發生戀愛」而表示贊成的錯誤觀點。

同日　發表《男子給了女子的麻藥》（文論），署名冰。載《民國日報·婦女評論》。現收《茅盾全集》十四卷。指出「歷來男子對女子的手段總是分強硬與柔軟的兩種」或「禁錮」或「讚美」女子是「花」、是「鳥」。幾千年來「男子的麻藥把女子的神經麻壞了」。

二十八日　發表《再論男女社交問題》（文論），署名冰。載《民國日報·婦女評論》。現收《茅盾全集》第十四卷。

同日　發表《不反抗便怎的？》（短論），署名冰。載《民國日報·婦女評論》。現收《茅盾全集》第十四卷。

同日　發表《不懂與不要懂》（短論），署名冰。載《民國日報·婦女評論》。現收《茅盾全集》第十四卷。

同月　據回憶，第三國際代表馬林極力主張陳獨秀必須回上海負起總書記的責任。本月陳獨秀回上海。商務印書館當局要請陳獨秀擔任館外名譽編輯，派茅盾向陳探詢。陳答應，據自述：「這以後，陳定居在法租界環龍路漁陽里二號，我們的支部會議地點就在陳獨秀家裡。支部會議每星期一次，是在晚八時後開始，直到十一時以後。」討論事項，大抵是發展黨員、發展工人運動、加強黨員的馬克思主義的學習。」（《我走過的道路·複雜而緊張的學習、生活和鬥爭》）

下旬　收悉魯迅信。（魯迅 1921 年 9 月 22 日《日記》）

同月　接連收到《小說月報》訂戶中兩位「老先生」的信，一是「痛罵」現在的《小說月報》是「廢紙」，而把「濫調文字最多的」「第十卷、第九卷」

捧爲「中學教科書」；一是來信表示「當今國家危亡之秋，那有心情看小說消遣……印小說已是不經濟的，何況印這些看不懂的小說更不經濟」。前者是明確的反對，後者係用「大義」來否定，閱後，將這些信「一一保存」，擬採取《新青年》的做法，「只不罵，而專辯」，等以後「細細回答，發表出來。」（《致周作人（1921 年 9 月 21 日）》）

同月　打算辭去《小說月報》主編職務。因爲自《小說月報》全面改革後，勞心勞力唱《獨腳戲》，結果「一點好影響也沒有」，反而收到「意外的反動」、「痛罵」和「攻擊」、「嫉妒」，本來就因擔任主編後「沒有充分時間念書，難過得很……對於現在手頭的事件覺得很無意味，我這裡已提出辭職，到年底爲止，明年不管。從明年起，想空出身子，做四件事：（一）看點中國書，因爲我有研究中國文學的痴心夢想；（二）收集各種專講各國民情風俗的書看一點；（三）試再讀一種外國語；（四）尋著我自己的白話文。」（《致周作人（1921 年 9 月 21 日）》）

本月

　　十五日　郁達夫小說集《沉淪》由上海泰東書局出版。這是中國最早出版的白話小說集。

十月

一日　發表譯作《俄國的新經濟政策》（布哈林著），署名雁冰。載《新青年》第九卷第六期。

五日　發表《這也是禮教的遺形》（雜文），署名冰。載《民國日報·婦女評論》。現收《茅盾全集》第十四卷。

同日　發表《〈不離婚而戀愛的問題〉按語》（序跋），署名冰。載《民國日報·婦女評論》。現收《茅盾全集》第十四卷。

同日　發表《虛僞的人道主義》（雜文），署名冰。載《民國日報·婦女評論》。現收《茅盾全集》第十四卷。認爲那些「口稱人道主義」、「與妻離婚而力望其妻速死」、「當妻病時與所戀女子在外房相視而笑」的人是虛僞的人道主義者。雖然同情他是舊禮教的「犧牲者」，卻不能恕他那作僞與『自鳴清高』的腐敗脾氣」。

六日　發表《全或無》（雜文），署名冰。載《民國日報·婦女評論》。現

收《茅盾全集》第十四卷。認為「中國人」對生活缺少「熱烈的執著心」和「慾望」，又過於「愛惜生命」，因此「被趕到泥淖裡」、「被趕到暗洞裡」都不妨，只求「最低度的活」；因而在理論方面，就產生「折衷」、「調和」。這樣「民族氣質之衰頹已到極點」。希望「老大的中國」「鏟除這種劣根性」，「返老還童」，不是「全得」，就「一無所得」。

七日　發表譯作《夜夜》（檀曼爾著），署名馮虛女士。載《民國日報‧覺悟》。

九日　發表《〈對於介紹外國文學的我見〉底我的批評》（論文），署名馮虛。載《民國日報‧覺悟》。現收《茅盾全集》第十八卷。

約月初　向商務總編輯正式提出辭去「《小說月報》編輯一事」後，「夢旦先生和我談過，他對於改革很有決心，所以我也決意再來試一年」（《致周作人（1921 年 10 月 12 日）》）

十日　發表《〈被損害民族的文學號〉引言》（序跋），署名記者。載《小說月報》第十二卷第十號。

同日　發表《〈被損害民族的文學背景〉的縮圖》（簡介），署名記者。載《小說月報》第十二卷第十號。

同日　發表《新猶太文學概觀》（文論），署名沈雁冰。載《小說月報》第十二卷第十號。

同日　發表譯作《芬蘭的文學》（Hermione Ramsden 原著），署名沈雁冰，載《小說月報》第十二卷第十號。

同日　發表《〈芬蘭的文學〉譯後記》（序跋），署名沈雁冰，載《小說月報》第十二卷第十號。

同日　發表譯作《〈貝諾思亥爾思來的人〉（按：今譯《布宜諾斯艾利斯來的人》）（〔猶太〕阿萊漢姆原著）。署名沈雁冰。載《小說月報》第十二卷第十號。

同日　發表《〈貝諾思亥爾思來的人〉譯後記》（序跋），署名沈雁冰。載《小說月報》第十二卷第十號。

同日　發表譯作《茄具客》，（〔克羅西亞〕森陀卡爾斯基原著），署名沈雁冰譯。載《小說月報》第十二卷第十號。

　　同日　發表《〈茹貝客〉譯後記》（序跋），署名沈雁冰。載《小說月報》第十二卷第十號。

　　同日　發表譯作《巴比倫的俘虜》，署名沈雁冰譯。載《小說月報》第十二卷十號。

　　同日　發表《〈巴比倫的俘虜〉譯後注》（序跋），署名雁冰。載《小說月報》第十二卷第十號。

　　同日　發表譯作《雜譯小民族詩》（包括《與死有關的》、《無題》、《春》、《坑中的工人》、《今王……》、《無限》、《亡命者之歌》、《獄中感想》、《最大的喜悅》、《夢》等六個民族十位作家的詩），載《小說月報》第十二卷第十號。

　　同日　發表《〈雜譯小民族詩〉譯後記》（序跋），載《小說月報》第十二卷第十號。

　　同日　發表譯作《旅程》（〔捷克波希米亞〕具克原著）（今譯捷赫著），署名多芬譯。載《小說月報》第十二卷第十號。

　　同日　發表《〈旅程〉譯後記》（序跋），署名多芬。載《小說月報》第十二卷第十號。

　　同日　發表譯作《匈牙利國歌》，署名沈雁冰譯。載《民國日報·覺悟》。

　　同日　發表《〈匈牙利國歌〉後記》（序跋），署名沈雁冰。載《民國日報·覺悟》。

　　同日　發表譯作《傖夫》（〔阿根廷〕梅爾頓思原著），署名沈雁冰譯。載《民國日報·覺悟》。

　　同日　發表《〈傖夫〉附記》（序跋），署名沈雁冰。載《民國日報·覺悟》。

　　十二日　作《致周作人》（書信），署名雁冰。告之明年仍擔任《小說月報》主編事，並徵求辦刊意見。又向周商借《春醒》一原版書，擬譯後交李石曾主編的《教育雜誌》發表。

　　同日　發表譯作《莫擾亂了女郎的靈魂》（詩）（〔芬蘭〕羅納褒格著），署名馮虛女士。載《民國日報·婦女評論》。

　　同日　發表《〈莫擾亂了女郎的靈魂〉附注》（注釋），署名馮虛女士。載《民國日報·覺悟》。

同日 發表《笑》（隨感），署名馮虛女士。載《民國日報・婦女評論》。

同日 發表《侮辱女性的根性》（雜文），署名韋。載《民國日報・婦女評論》。現收《茅盾全集》第十四卷。抨擊了那些在大庭廣眾之間，目睹一青年女子仰天摔跤而大笑的男子的「根性」和「淫慾」；指出「禮教的結晶是侮辱女性」。

十五日 作《致周作人》（書信），署名雁冰。收《茅盾書信集》。認為「文藝遷就社會，萬不能辦到」；表示與周作人的不謀而合。

二十六日 發表《所謂女性主義的兩極端派》（論文），署名冰。載《民國日報・婦女評論》。現收《茅盾全集》第十四卷。

同日 發表譯作《淚珠》（詩）（〔芬蘭〕羅納褒格著），署名馮虛女士。載《民國日報・婦女評論》。

同日 發表譯作《假如我是一個詩人》（〔瑞典〕巴士著），署名馮虛女士。載《民國日報・婦女評論》。

同日 發表《〈假如我是一個詩人〉譯後記》（序跋），署名馮虛女士。載《民國日報・婦女評論》。

同日 發表《這是哪一種覺悟》（雜文），署名佩韋。載《民國日報・婦女評論》。現收《茅盾全集》第十四卷。

同日 作《致周作人》（書信），署名雁冰。收《茅盾書信集》。談及革新《小說月報》的打算。

約下旬 閱《南京高等師範日刊》，發現該刊最近大肆吹捧舊詩創作，為這所代表東南文明的大學，其思想之陳舊而氣憤，擬與鄭振鐸、葉聖陶在《文學旬刊》上撰文「大罵他們一頓」。（見鄭振鐸十一月三日日記）

本月

　　中國共產黨在上海創辦第一所學校——平民女校。李達兼任校長。

十一月

二日 發表《表示戀愛的方式》（雜文），署名佩韋。載《民國日報・婦女評論》。現收《茅盾全集》第十四卷。認為「中國人表示戀愛的方式」「是不熱烈，又不光明的」，因此在目前要「講自由訂婚、講戀愛，先須把表示戀

愛的方式改變一改變」。

同日　發表《兩性互助》（隨感），署名希眞。載《民國日報‧婦女評論》。現收《茅盾全集》第十四卷。

同日　發表譯作《烏克蘭民歌》，署名馮虛女士。載《民國日報‧婦女評論》。

四日　發表譯作《無聊的人生》（〔法國〕Jules Romains 原著），署名馮虛。載《民國日報‧婦女評論》。

六日　作《愛倫凱學說的討論》（評論），署名馮虛女士。載九日《民國日報‧婦女評論》。現收《茅盾全集》第十四卷。

十日　發表譯作《女王瑪勃的面網》（短篇小說）（〔尼加拉瓜〕達利畦著），署名馮虛。載《小說月報》第十二卷第十一號。現收《茅盾譯文選集》。

同日　發表《〈女王瑪勃的面網〉譯後附識》（序跋），署名馮虛。載《小說月報》第十二卷第十一號。

同日　作《〈離家的一年〉附注》（序跋），署名菊農。載《小說月報》第十二卷第十一期。（按：《離家的一年》係冰心的短篇小說）云：讀了《離家的一年》，聯想到「我於八年前離開我母親到京就學」的情景，「心中不覺萬分酸楚」；由這些眞實的感受，聯想到「文學批評的標準」「宜乎以個人的感情所受的影響爲斷。」並認爲這種意見可稱之謂「文學批評上的」「相對論」。

同日　本期《小說月報》發表《海外文壇消息計有：《（九十六）塞爾維亞文學批評家扶夫令的陀斯妥耶夫斯基評》、《（九十七）澳洲的四個現代詩人》、《（九十八）美國女作家辛克拉的新作——〈威克的惠林頓先生〉》、《（九十九）俄國文壇現狀一斑——寓言小說之風行》、《（一〇〇）略誌匈牙利戲劇家莫爾納的生平及其著作》、《（一〇一）高爾基的童年生活》。

上旬　與鄭振鐸商議出版「文學小叢書」事，建議由「歸入《新時代叢書》出版」，做這種叢書的人太少了，但在目前「中國買書不易」的情況下，卻十分有益。商議請周作人能在「北京方面找幾個人」，認爲「文學館」的「創設」「是很要緊的」。（鄭振鐸：《致周作人（1921 年 11 月 3 日）》，載《中國現代文藝資料叢刊》第 5 輯，上海文藝出版社 1980 年 4 月出版）

十一日　發表譯作《佛列息亞底歌唱》，署名馮虛。載《民國日報‧覺

悟》。

　　同日　發表《〈佛列息亞底歌唱〉附注》（序跋），署名馮虛。載《民國日報・覺悟》。

　　十四日　通訊《文學研究會啓事函》載《時事新報・學燈》。

　　二十三日　發表《實行與空話主張》（雜文），署名眞。載《民國日報・婦女評論》。現收《茅盾全集》第十四卷。

　　同日　發表《弄清楚頭腦》（雜文），署名眞。載《民國日報・婦女評論》。現收《茅盾全集》第十四卷。

　　同日　發表《一步不走的根本原因》（雜文），署名眞。載《民國日報・婦女評論》。現收《茅盾全集》第十四卷。

　　三十日　發表《塞爾維亞的情歌》（簡介），署名馮虛女士。載《民國日報・婦女評論》。

　　同日　發表《專一與博習》（隨感），署名眞。載《民國日報・婦女評論》。現收《茅盾全集》第十四卷。

　　同日　發表《萬寶全書毒的心理》（雜文），署名眞。載《民國日報・婦女評論》。現收《茅盾全集》第十四卷。

　　同月　發表《陀思妥耶夫斯基帶來了些什麼東西給俄國？》（論文），署名冰。載《文學旬刊》第十九期。

　　下旬　作《致魯迅》（書信），署名沈雁冰。同信寄魯迅《工人綏惠略夫》校樣稿。（魯迅11月28日《日記》）

　　下旬　收到魯迅信，以及同信寄來的《工人綏惠略夫》作者阿爾志跋綏夫小像一枚。（魯迅11月28日《日記》）

　　下旬　作《致魯迅》（書信），署名沈雁冰。寄愛羅先珂《世界的大笑》文稿一束給魯迅。（魯迅12月1日《日記》）

十二月

　　上旬　收到魯迅手信並「愛羅先珂文稿及譯文各一帖」。（魯迅12月3日《日記》）

　　上旬　作《致魯迅》（書信），署名沈雁冰。（魯迅1921年12月9日《日記》）

十日　發表《紀念佛羅貝爾的百年生日》（論文），署名沈雁冰。載《小說月報》第十二卷第十二號。介紹法國自然主義派著名作家佛羅貝爾（今譯福樓拜）的生平及創作。指出紀念其「百年生日」的目的：「一是希望把佛羅貝爾的科學的描寫態度介紹過來，校正國內幾千年來文人們『想當然』描寫的積習；二是希望佛羅貝爾的『視文學如視宗教』的虔誠嚴肅的文學觀在國內普遍起來，校正數千年來文人玩視文學的心理。」

同日　發表《一年來的感想與明年的計劃》（文論），署名記者。載《小說月報》第十二卷十二號。現收《茅盾全集》第十八卷。就《小說月報》革新一年來的情況發表感想，確信中華民族將來「必有不朽的人的藝術」，認定翻譯介紹外國文學作品從思想和藝術方面來說都有重要意義，同時認爲文壇的現狀是，「以文學爲遊戲爲消遣，這是國人歷來對於文學的觀念；但憑想當然，不求實地觀察，這是國人歷來相傳的描寫方法，這兩者實是中國文學不能進步的主要原因。而要校正這兩個毛病，自然主義文學輸進似乎是對症藥。」（按：同期《小說月報》載《通訊》「語體文歐化討論」，署名記者）

同日　本期《小說月報》載《海外文壇消息》計有：《（一○三）俄國詩人布洛克死耗》、《（一○二）意大利文壇近狀》、《（一○四）德國文壇近狀》、《（一○五）霧飈詩人勃倫納爾的絕對詩》、《（一○六）華波爾與高士華綏的同方面的新作》、《（一○七）從來沒有英譯本的易卜生的三篇戲曲》。

同日　發表《致胡天月》、《致王砥之》（書信），署名記者。均載《小說月報》第十二卷第十二號。現收《茅盾書信集》。談中國文法及「歐化」問題。

同日　發表《〈文藝上的自然主義〉附誌》（序跋）署名記者。載《小說月報》第十二卷第十二號。現收《茅盾全集》第十八卷。

十四日　發表《享樂主義的青年》（雜感），署名佩韋。載《民國日報・婦女評論》。現收《茅盾全集》第十四卷。

中旬　作《致魯迅》（書信），署名沈雁冰。同時寄去的還有「阿爾志跋綏夫像一枚」。（魯迅 12 月 16 日《日記》）

約中旬　收到魯迅的覆信。（魯迅 12 月 17 日《日記》）

下旬　收悉魯迅寄來的校好的譯文《一個青年之夢》。（魯迅 1921 年 2 月 20 日《日記》）

下旬　收悉魯迅信。（魯迅 1921 年 12 月 22 日《日記》）

同旬　作《致魯迅》（書信），署名沈雁冰。（魯迅 1921 年 12 月 22 日《日記》）

同月　第十二卷第十二號《小說月報》印數增至一萬冊。（《改革〈小說月報〉前後》）

本月

四日起，魯迅的小說《阿Ｑ正傳》開始在北京《晨報副刊》連載，署名巴人。

冬

據茅盾回憶，「這年殘冬，漁陽里二號被法捕房查抄」，陳獨秀等人被捕，後取保釋放。「漁陽里二號經過這次風波，雖然陳獨秀仍住在那裡，但不能作為經常開會的地點。支部會議隨時轉換地點，有時也在我家裡。」「此時，各省的黨組織也次第建立，黨中央與各省黨組織之間的信件和人員的來往日漸頻繁。黨中央因為我在商務印書館編輯《小說月報》是個很好的掩護，就派我為直屬中央的聯絡員，暫時我就編入中央工作人員的一個支部。外地給中央的信件都寄給我，外封面寫我的名字，另有內封則寫『鍾英』（中央之諧音），我則每日匯總到中央。外地有人來上海找中央，也先來找我，對過暗號，我問明來人住什麼旅館，就讓他回去靜候，我則把來人姓名住址報告中央。因此，我就必須每日到商務編譯所辦公，為的是怕外地有人來找我時兩不相值。」（《我走過的道路‧複雜而緊張的學習、生活和鬥爭》）

同季　據回憶，杭州排字工人徐梅坤，拿黨中央的介紹信到上海商務印書館編譯所找茅盾，「使命是組織上海印刷工人的工會」。茅盾把徐介紹給印刷所工人，並商定在工人中發展黨團員事宜。（《我走過的道路‧文學與政治的交錯》）

年底

到由李達兼任校長的平民女校義務教授英文，約半年。學英文的學生是王劍虹、王一知和蔣冰之（丁玲）等六人，還有旁聽生數人，即王會晤、高君曼等（編者按：關於茅盾在平民女校授課的時間問題，艾揚在《中國現代

文學研究叢刊》1984 年第 1 期《茅盾資料二則》中認爲，時間當爲 1922 年 2 月，主要根據是平民女校的招生廣告明確寫到「定期民國 12 年 2 月 16 日開學」。但民國 12 年是 1923 年，非 1922 年；另據北京自修大學青島分校教材科印《中國現代史簡編》記載，平民女校於 1921 年 10 月成立，此與茅盾回憶授課時間大致相符，故這裡仍以茅盾《我走過的道路‧文學與政治的交錯》中的回憶爲據。艾文之說存疑待考。翟同泰《茅盾在大革命前的社會和革命活動述略》，載《茅盾研究》第 3 輯；林煥平《茅盾在香港教書——回憶茅盾之一》，載《遊園地》1981 年第 3 期亦可參考。）

同年

編輯「俄國文學研究專號」（《小說月報》增刊），並在該刊發表《近代俄國文學家三十人合傳》。

編輯「法國文學研究專號」（《小說月報》增刊），並發表《佛羅貝爾》、《法國文學對於歐洲文學影響》（沈雁冰、鄭振鐸合作）。

與劉貞晦合著《中國文學變遷史》，由上海新文化出版社出版。

編纂《俄國文學研究》，由商務印書館出版。

《近代文學體系的研究》，由上海新文化出版社出版。認爲近代文學之所以重要，因爲「它是社會的工具，是平民的文學，是大多數平民要求正義人道的呼聲，是探求眞理的文學。」

給在廣州的青年詩人梁宗岱去信，對他的詩歌創作表示讚賞和鼓勵。並邀請他參加設在上海的新文學團體「文學研究會」。（張瑞龍《詩人梁宗岱》，載《新文學史料》1982 年第 3 期）。

一九二二年（二十七歲）

一月

一日　發表譯作《讓我們做和平的兄弟》（羅馬尼亞王后瑪利亞原作）。載《民國日報·婦女評論》新年增刊。

同日　發表《〈讓我們做和平的兄弟〉譯者按》（序跋），署名雁冰。載《民國日報·婦女評論》。現收《茅盾全集》第十四卷。雖然贊成原作者「立足在愛」的人類幸福觀，但「懷疑」原作者的「愛就是實現愛的手段」的主張。

同日　發表譯詩《二部曲》（按：包括《神聖的前夕》、《在教堂裡》），〔烏克蘭〕繁詩科幾支原著，署名沈雁冰譯。載《詩》月刊第一卷第一期。

四日　發表《獨創與因襲》（論文），署名玄。載《時事新報·學燈》。現收《茅盾全集》第十八卷。指出「文學貴在『創作』，文學不能不忌同求異。」「真正的作家必有他自己獨具的風格，在他的作品裡，必能將他的性格精細地透映出來。」

十日　發表《陀思妥耶夫斯基的思想》（文論），署名沈雁冰。載《小說月報》第十三卷第一號。指出「在陀氏的著作裡找尋陀氏的思想，常常覺得他的思想很多前後自相矛盾。他在《死室的回憶裡》說俄國人的主要特點是對於公正的切望，而在《一個著作家的日記》裡卻又說俄國人的主要特點是甘於忍受苦痛了，他對於苦痛的見解，有時以純然人道主義的見解來詛咒痛苦，有時卻又以宗教家的見解來說痛苦是罪惡的必要責罰；他有一時說生活的不公正是毀害人的，另一時卻又說是滋養磨勵精神的力的」。

同日　發表《陀思妥以夫斯基在俄國文學史上的地位》（論文），署名郎損。載《小說月報》第十三卷第一號。指出「從他的生活他的思想他的作風，各方面看來，陀思妥以夫斯基在他的時代是孤獨的。」「但是在近代俄國文學史上，陀思妥以夫斯基又是開了個新紀元的作者。」「第一，是他的作風……他能把寫實派中沒有幾人能說出來的現實的醜惡相，與浪漫派中沒有幾人想得到的理想人格，混合在一個小說裡。」「第二，是他對於『被損害者與被侮辱者』的博大深厚的同情。」「第三，病的心理的描寫，也是陀思妥以夫斯基的特色。」

同日　發表《關於陀思妥以夫斯基的英文書》（資料），署名記者。載《小說月報》第十三卷第一號。

同日　發表譯作《拉比阿羅巴的誘惑》（小說）（〔猶太〕賓斯奇著），署名希真。載《小說月報》第十三卷第一號。現收《茅盾譯文選集》。

同日　發表《〈拉比阿羅巴的誘惑〉譯後記》（序跋），署名希真。載《小說月報》第十三卷第一號。

同日　發表《〈世界的火災〉附記》（序跋），署名記者。載《小說月報》第十三卷第一號。

同日　發表譯詩《永久》（〔瑞典〕泰伊納著），署名希真。載《小說月報》第十三卷第一號。

同日　發表譯詩《季候鳥》（〔瑞典〕泰伊納著），署名希真。載《小說月報》第十三卷第一號。

同日　發表譯詩《辭別我的七弦豎琴》（〔瑞典〕泰伊納著），署名希真。載《小說月報》第十三卷第一號。

同日　發表《〈永久〉、〈季候鳥〉、〈辭別我的七弦豎琴〉譯後記》（序跋），署名希真。載《小說月報》十三卷一號、現收《茅盾序跋集》。評介「瑞典浪漫派詩宗」泰伊納（現譯泰格奈爾）的詩是「純粹的浪漫主義」，但「拘泥形式過分」、「缺少高起的想像」。

同日　發表譯作《祈禱者》（〔阿美尼亞〕西曼陀著），署名雁冰。載《小說月報》第十三卷第一號。

同日　發表譯詩《假如我是個詩人》（瑞典巴士原著），署名馮虛譯，載《小說月報》第十三卷第一號。

同日　發表譯詩《少婦的夢》（〔阿美尼亞〕西曼陀著），署名雁冰。載《小說月報》第十三卷第一號。

同日　發表《〈祈禱者〉、〈少婦的夢〉譯後記》（序跋），署名雁冰。載《小說月報》第十三卷第一號。

同日　《小說月報》第十三卷第一號載《海外文壇消息》計有：《（一〇八）最近俄國文壇的各方面》、《（一〇九）再誌布洛克》、《（一一〇）最近德國文壇雜訊》。均署名沈雁冰。

　　同日　發表《致陳靜觀》（書信），署名記者雁冰。載《小說月報》第十三卷第一號。收文化藝術出版社版《茅盾書信集》。指出：「我國不主張教訓式的小說，但總以爲翻譯外國文學應注重該文學作品所含的思想。至於要送中國文學上的『沉疴』須從翻譯外國文學作品入手」。

　　同日　發表《致朱湘》（書信）、《致趙若耶》（書信）、《致梁繩褘》（書信），均署名記者雁冰。均載同日《小說月報》第十三卷第一號。收文化藝術出版社版《茅盾書信集》。在《致梁繩褘》中認爲，當時有的人看了「新式白話文」不能懂，主要是對其意思不懂，「因爲形式上的不慣，稍習便慣，思想上的固執，卻不是旦夕可以轉移的。」「民衆文學的意思，並不以民衆能懂爲唯一條件；如果說民衆能懂就是民衆藝術，那麼，謳歌帝王將相殘民功德，鼓吹金錢神聖的小說，民衆何嘗看不懂呢！」「賞鑒能力是要靠教育的力量來提高，不能使藝術本身降低了去適應。因爲我確認現在一般人看不懂新文學，其原因在新文學內所含的思想及藝術上的方法不合於他們素來的口味」。

　　十一日　發表《女子現今的地位怎樣？》（文論），署名漢英、澤民、雁冰。載《民國日報・婦女評論》。

　　同日　發表《〈女子現今的地位怎樣〉按語》（序跋），署名雁冰。載《民國日報・婦女評論》。現收《茅盾全集》第十四卷。主張「婦女解放」並不是「贊成性的階級鬥爭」，一切「過去的人類的罪惡，唯有由無產階級的男女共同努力去滌除他。」

　　十二日　發表《享樂》（隨感），載《民國日報・覺悟》。

　　十六日　發表《介紹民鐸的「柏格森號」》（評論），署名佩韋。載《民國日報・覺悟》。現收《茅盾全集》第十四卷。

　　十八日　發表《覆〈兩個所謂疑問〉》（文論），署名雁冰。載《民國日報・覺悟》，現收《茅盾全集》第十四卷。

　　二十日　發表《怎樣才算「有意義的」？》（雜文），署名冰。載《民國日報・婦女評論》。現收《茅盾全集》第十四卷。

　　同月　對十五日創刊的、由葉紹鈞、劉延齡負責編輯的《詩》雜誌表示支持，成爲主要撰稿人之一。這是我國第一份專刊新詩和詩評的雜誌。周作人、鄭振鐸、俞平伯、朱自清、王統照、郭紹虞等均爲經常撰稿人。

　　本月

香港海員在蘇兆徵、鄧發等領導下 13 日舉行大罷工，堅持到下月才取得勝利。

中國社會主義青年團機關刊物《先驅》半月刊創刊。

葉聖陶、朱自清等在上海創辦《詩》月刊，自一卷五號起改爲文學研究會刊物。

吳宓、梅光迪、胡先驌等創辦《學衡》月刊，反對新文學運動。

二月

九日　作《致周作人》（書信），署名沈雁冰。收文化藝術出版社版《茅盾書信集》。言及與《學衡》辯論事。

十日　發表《致葹薌》（書信）、《致譚國棠》（書信）、《致呂冕韶》（書信）、《致周贊襄》（書信），均署名記者雁冰。載該日出版的《小說月報》第十三卷第二號。在《致葹薌》中認爲，「風俗歷史習慣環境的差異，在藝術的瞭解力上，是相對的，不是絕對的，不但如此，有時反因描寫了異地的風俗習慣環境而使人看了格外讚賞。」《致呂冕韶》討論「改造語法」問題，同意「先須從本國原有的白話書籍裡入手整理，外國語法只可做參考」的主張。《致周贊襄》認爲，「消遣的文學觀，不忠實的描寫方法，是文學進化路上二大梗。可以說是中國文學不能發展的原因。」主張提倡自然主義。

同日　發表譯詩《東方的夢》、《什麼東西的眼淚》、《在上帝的手裡》（〔葡萄牙〕特・琨台爾（今譯肯塔爾）），署名希眞譯。載《小說月報》第十三卷第二號。

同日　發表《〈東方的夢〉、〈什麼東西的眼淚〉〈在上帝的手裡〉附注》（序跋），署名希眞。載《小說月報》第十三卷第二號。現收《茅盾序跋集》。評介葡萄牙詩人琨台爾的詩「和傳統的浪漫主義的詩，面目全然不同」，「他的詩裡強烈地表現著」「現代人精神上的煩悶」，「他是近乎近代神秘派的」。「他的短詩猶如勝利的進軍號聲」，在他詩中「葡萄牙變成了堅硬而亢傲」。

同日　發表譯詩《浴的孩子》、《你的憂悒是你自己的》。（〔瑞典〕廖特倍丕原著），署名希眞譯。載《小說月報》第十三卷第二號。

同日　發表《〈浴的孩子〉、〈你的憂悒是你自己的〉附注》（序跋），署名

希眞。載《小說月報》第十三卷第二號。現收《茅盾序跋集》。評介瑞典詩壇「寫實主義」詩歌的「重要作者廖特倍丕」，認爲「他能以清楚而高貴的特義去看人類的大問題。他的抽象的象徵的作品裡都含有他的似淺而實深的人生觀」。

同日　發表《〈樹林中的聖誕夜〉附注》（序跋），署名雁冰。載《小說月報》十三卷二號。

同日　發表《〈天鵝梭魚與螃蟹〉附注》（序跋），署名雁冰。載《小說月報》第十三卷第二號。

同日　發表《文學作品有主義與無主義的討論——覆周贊襄》（文論），署名雁冰。載《小說月報》第十三卷第二號。現收《茅盾全集》第十八卷。針對有些人反對文學創作提倡主義的觀點指出，如果中國文學一定要加入世界文學潮流，那麼，「西洋文學進化途中所已演過的主義，我們也有演一過之必要；特別是自然主義尤有演一過之必要。」

同日　發表《對〈沉淪〉和〈阿Q正傳〉的討論——覆譚國棠》（評論）署名雁冰。載《小說月報》第十三卷第二號，現收《茅盾全集》第十八卷。認爲，「若就一個人而論，記事體和感想體的小品文如果做得眞好，就以此名『家』亦不爲過；若就一個民族的文學而論，自然不能算有小品而無大著。」又談到《沉淪》，認爲主人翁的性格，描寫得很是眞，始終如一，其間也略表示主人翁心理狀態的發展，「在這點上，我承認作者是成功的；但是作者自敘中所說的靈肉衝突，卻描寫得失敗了。」「至於《晨報附刊》所登巴人先生的《阿Q正傳》雖只登到第四章，但依我看來，實是一部傑作。你先生以爲是一部諷刺小說，實未爲至論。阿Q這人，要在現社會中去實指出來，是辦不到的；但是我讀這篇小說的時候，總覺得阿Q這人很是面熟，是啊，他是中國人品性的結晶呀！我讀了這四章，忍不住想起俄國龔伽略夫的 Oblomov 了！」認爲《阿Q正傳》「實是一部傑作」。「阿Q所代表的中國人的品性，又是中國上中社會階級的品性！」

同日　本期《小說月報》載《海外文壇消息》計有：《（一一一）歌薩克作家克拉斯諾夫》、《（一一二）保加利亞大詩人跋佐夫逝世消息》、《（一一三）去年（1921 年）諾貝爾文學獎金的得者》。均署名沈雁冰。

十五日　發表《對於「女子地位」辯論底雜感》（雜感），署名冰。載《民

國日報‧婦女評論》。現收《茅盾全集》第十四卷。

二十一日　發表《評梅光迪之所評》（評論），署名郎損。載《時事新報‧文學旬刊》二十九期。現收《茅盾全集》第十八卷。針對梅光迪《評提倡新文化者》一文而發，駁斥他以錯誤的根據來立論反對文學進化論的觀點，公開對學衡派進行批判。

二十七日　發表《「惠特曼考據」的最近》（消息），署名損。載《時事新報‧學燈》。

本月

　　《東方雜誌》十九卷四號發表胡愈之等人文章，介紹新俄文藝現狀。

三月

一日　發表《近代文明與近代文學》（文論），署名郎損。載《時事新報‧文學旬刊》第三十期，現收《茅盾全集》第十八卷。認為「籠統地否定近代文明的價值是不對的」，對於近代文明的產物之一的文學，也應作如是觀。

同日　發表譯作《旅行人》（〔愛爾蘭〕葛雷古夫人著），署名沈雁冰。載《民國日報‧婦女評論》第三十期。現收《茅盾譯文選集》。

八日　發表譯作《旅行人（續）》，載《民國日報‧婦女評論》第三十一期。

十日　《小說月報》第十三卷第三號發表《海外文壇消息》計有：《（一一四）俄國戲院的近狀》、《（一一五）瑞典詩人卡爾佛爾脫與諾貝爾文學獎金》、《（一一六）意大利文壇最近之面面觀》、《（一一七）波蘭的戲劇》、《（一一八）斯羅伐克大詩人奧斯柴支之死》。

同日　發表《〈古埃及的傳統〉附注》（序跋），署名雁冰。載《小說月報》第十三卷三號。

同日　發表《為什麼中國今日沒有好的小說出現——覆汪敬熙》（書信），署名記者雁冰注。載《小說月報》第十三卷第三號。現收《茅盾全集》第十八卷。認為寫實主義、人道主義和短篇小說並不是中國今日沒有好小說出現的原因，關鍵在於要用新的思想，去衝破舊的「鐐銬」。

同日　發表《致管毅甫》（書信）、《致馮蘊平》（書信）、《致黃祖訢》，均署名記者雁冰。載該日《小說月報》第十三卷第三號。收文化藝術出版社版《茅盾書信集》。

同日　發表《致姚天寅》（書信），署名雁冰。載《小說月報》第十三卷第三號。談到與鄭振鐸等人反覆商定的編輯《文學小叢書》的計劃：「編幾部淺近的入門的書籍。每部字數約在二萬字左右，取其代價廉，容易讀完。」……

十一日　發表《駁反對白話詩者》（文論），署名郎損。載《時事新報・文學旬刊》第三十一期。現收《茅盾全集》第十八卷。針對反對白話詩者提出所謂白話詩不能「運用聲調格律以澤其思想」、白話詩拾自由詩的唾餘、白話詩「迎合少年心理」三條議論，逐一反駁。

二十九日　發表譯作《烏鴉》（〔愛爾蘭〕葛雷古夫人著），署名沈雁冰。載《民國日報・婦女評論》。

同日　發表《解放與戀愛》（雜文），署名冰。載《民國日報・婦女評論》。現收《茅盾全集》第十四卷。云「懂得什麼是眞正戀愛，亦是解放的女子的必要條件，」所謂「未解放的舊女子」，就是「不想去要自己的眞正的戀愛。」

上旬　閱一日《創造季刊》創刊號郁達夫發表的《藝文私見》和郭沫若發表的《海外歸鴻》，獲悉創造社的代表成員郁達夫和郭沫若在指責「現在的那些在新聞雜誌上主持文藝」的都是「假批評家」，是搞「黨同伐異」、「壓制天才」，「要拿一種主義來整齊天下的作家」。認爲這兩篇文章是創造社會影射文學研究會的主張及創作，遂作文展開辯論。

本月

張石川等在上海發起組織明星影片股份有限公司，同時設立明星影戲學校，並拍攝第一部故事短片《滑稽大王遊華記》。

葉聖陶短篇小說集《隔膜》由商務印書館出版。冰心的小詩《繁星》自五日起陸續在《晨報》發表。

十五日　《創造》季刊在上海創刊，爲創造社創辦的第一種文藝刊物。

郁達夫發表《藝文私見》，載十五日《創造》季刊創刊號。認爲「文藝是天才的創造物」，要大批家才能發現其好處，而中國目前「那些在新聞雜誌上主持文藝」的，都是「假批評家」，要把他們送「到清水糞坑裡

去和蛆蟲爭食去」，「那些被他們壓下的天才」，才能「從地獄裡升到子午白羊宮裡去。」

郭沫若發表《海外歸鴻》，載《創造》季刊創刊號。指責中國的「假批評家」具有「黨同伐異的劣等精神，和卑鄙的政客者流不相上下」。

春

接任陳望道，任中共上海地方執行委員會委員長，至一九二三年七月。（艾揚：《中國現代文學研究叢刊》1982 年第 3 期；翟同泰《茅盾在大革命前的社會和革命活動述略》載《茅盾研究》第 3 輯；茅盾：《我走過的道路·文學與政治的交錯》）。（編者按：艾揚在《茅盾生平事跡小記·茅盾曾任中共上海地委委員長》中認為，茅盾在 1922 年春開始擔任「中共上海地方兼區委員會委員長」，此不確，應為「中共上海地方執行委員會委員長。」因為茅盾在《我走過的道路》中提供：1923 年 7 月 8 日上海黨員全體大會上傳達中共第三次全國代表大會決議，「其中有一條是成立上海地方兼區執行委員會。從前有上海地方執行委員會，第一任的委員長是陳望道，後來陳望道因不滿陳獨秀的家長作風而辭職。」可見上海地方執行委員會與上海地方兼區執行委員會非同一組織。）

為了擴大和改組「桐鄉青年社」，與杭州的楊郎坦、嘉興的李煥彬（字泳章）聯合在南湖煙雨樓開會，出席會議的還有夫人孔德沚、弟弟沈澤民以及蕭覺先、曹辛漢、朱文叔、程志和等，新加入的有金仲華、鄭明德等約五十人左右，決定把《新鄉人》改名為《新桐鄉》（鉛印，茅盾編輯），還選出理、監事七人。（翟同泰《茅盾在大革命前的社會和革命活躍述略——兼答筱佑同志》，載《茅盾研究》第 3 輯）

四月

一日 發表《一般的傾向——創作壇雜評》（文論），署名玄珠。載《時事新報·文學旬刊》三十三期。現收《茅盾全集》第十八卷。指出當時創作「出品雖多，變化太少」、「篇篇相像」，「覺得這樣的『反映人生』的作品欠少了藝術上的價值。」認為「現在的創作所以如此雷同，因為作家太把小說『詩化』了。」缺乏對描寫對象的「實地觀察」，靠「一時靈感」。病源之二是「他們的題材的人生世態，不是自己捉來的，卻是從別人那裡看來的。」

　　同日　發表《答錢鵝湖君》(隨筆)署名郎損。載《時事新報・文學旬刊》第三十三期。現收《茅盾全集》第十八卷。

　　五日　發表《離婚與道德問題》(論文)，署名沈雁冰。載《婦女雜誌》第八卷第四號。現收《茅盾全集》第十四卷。

　　同日　發表《戀愛與貞潔》(雜感)，署名冰。載《民國日報・婦女評論》。現收《茅盾全集》第十四卷。

　　七日　發表《非宗教聲中兩封重要的信》(散文)，署名獨秀、雁冰。載《民國日報・覺悟》。

　　十日　發表《包以爾的人生觀》(論文)，署名沈雁冰。載《小說月報》第十三卷第四號。

　　同日　發表譯作《卡利奧森在天上》(〔腦威〕包以爾著)和《譯後記》(序跋)，署名多芬。載《小說月報》十三卷四號。

　　同日　發表《語體文歐化問題和文學主義問題的討論——覆徐秋沖》(書信)，署名雁冰。載《小說月報》第十三卷第四號。現收《茅盾全集》第十八卷。討論文學中不同「主義」的問題，指出「文學上各主義的本身價值是一件事，而各主義在某時代的價值又是一事；文學之所以有現在的情形，不是漫無源流的」，「照西洋文學之往跡看來，古典文學之後有浪漫文學，是一個反動；浪漫文學之後有自然文學，也是一個反動。每個反動，前代的缺點救濟過來，同時向前進一步。」「照一般情形來看，中國現在還須得經過小小的浪漫主義的鏡頭，方配提倡自然主義……。但是可惜時代太晚了些，科學方法已是我們的新金科玉律。浪漫主義裡的別的原素，絕對不適宜於今日，只好讓自然主義先來了。」認為「某文家的作風是可以模仿的，而一種主義卻不能『模仿』，人受了某主義的影響，並非便是模仿，並非從此便汨沒了個性！」

　　同日　《小說月報》第十三卷第四期載《海外文壇消息》計有：《(一一九)比利時文壇近況》、《(一二○)最近的冰地文學家》、《(一二一)新猶太戲劇之發展》、《(一二二)荷蘭詩壇近狀》。均署名沈雁冰。

　　同日　發表《致王強男》、《致王晉鑫》、《致徐秋沖》(均書信)，均署名雁冰。載該日《小說月報》第十三卷第四號。收《茅盾書信集》。

　　同月　發表譯作《烏鴉》(續)，署名沈雁冰。連續載於《民國日報・婦女評論》五日、十二日、十九日，至六月七日載完。

本月

郭沫若譯的歌德的《少年維特的煩惱》由泰東書局出版。

五月

一日 與徐梅坤、董亦湘（按：編譯所編輯，中共黨員）在北四川路尙賢堂對面空地上，組織召開紀念「五一」勞動節群眾大會，預定由茅盾上台講「五一」節的由來及其意義。後遇租界的巡捕干涉，倉促結束。（茅盾《文學與政治的交錯》，載《新文學史料》1980 年第 1 期）。

同日 發表《雜談——文學與常識》（雜感），署名玄。載《時事新報・文學旬刊》第三十六期。現收《茅盾全集》第十八卷。指出現今社會上人們缺乏關於文學的一般常識，「藝術上的進步，一方固賴有天才家，一方亦靠社會上對於藝術嗜好的進步。」

三日 發表《生育節制底過去現在和將來》，桑格夫人原著，署名佩韋譯。載三日、十日、二十四日《民國日報・婦女評論》。

十日 發表《「生育節制」底正價》（論文），署名冰。載《民國日報・婦女評論》。

同日 發表譯詩《英雄包爾》（〔匈牙利〕亞拉奈著），附作者簡介，署名多芬。載《小說月報》第十三卷第五號。

同日 發表《〈英雄包爾〉譯後記》（序跋），署名多芬。載《小說月報》第十三卷第五號。現收《茅盾序跋集》。評介了亞拉奈的生平及創作特點。認爲他的作品「能創造出眞正的匈牙利人品性」。

同日 發表《自然主義的論戰》（含《致周贊襄》、《致湯在新》、《致徐繩祖》、《致黃祖訴》、《致史子芬》、《致朱畏軒》、《致周子光》、《致劉晉芸》）（均爲書信），均署名雁冰。載《小說月報》第十三卷第五號。除《覆周贊襄》、《覆史子花》收《茅盾全集》第十八卷外，餘皆收《茅盾書信集》。《致周贊襄》討論自然主義文學問題，針對周反對自然主義的理由提出，「掩惡」等於「長過」，自然主義文學描寫醜惡並非沒有積極意義，「人看過醜惡而不失望而不頹喪的，方是大勇者，方是眞能奮鬥的人」。《致黃祖訴》認爲，「悲哀刺戟人，起的反應卻是愉快；國內現在創作壇太少活氣，使人垂淚的東西太少了啊！」《致史子芬》談小說創作問題。認爲「現在試創作」，「第一，

要實地精密觀察現實人生，入其秘奧」；「第二，用客觀態度去分析描寫。至於成功之大小，那就關係於個人的天才」。同時不贊成「提倡天才論過甚」。認爲有兩點「要不得」：因襲、模仿技術，思想膚淺、守舊。

同日　《小說月報》第十三卷第五期載《海外文壇消息》計有：《（一二三）黑族小說家得了 1921 年龔古爾獎金》、《（一二四）美國文壇近狀》、《（一二五）近代馬來文學的一斑》。

十一日　發表《〈創造〉給我的印象》（文論），署名損。載《時事新報·文學旬刊》第三十七期。現收《茅盾全集》第十八卷。認爲創造社同人的文章「不能竟說可與世界不朽的作品比肩」，「現在與其多批評別人是『黨同伐異的劣等精神，和卑鄙的政客者流不相上下』更可不必」，指出郁、郭等人是以「想當然的猜想」指謫別人。這篇文章直接批評了《創造》季刊上郭、郁文章之觀點。（按：本文連載於 21 日、6 月 1 日《文學旬刊》第三十八、三十九期）

同日　發表《五四運動與青年們底思想》（論文），署名沈雁冰。載《民國日報·覺悟》。現收《茅盾全集》第十四卷。

同月　發表《學術界生活獨立問題》（論文），署名沈雁冰、顧頡剛等。載《教育雜誌》第十四卷第五號。現收《茅盾全集》第十四卷。

本月

第一次全國勞動大會在廣州召開。

中國社會主義青年團第一次全國代表大會在廣州舉行。

六月

六日　作《致周作人》（書信），署名沈雁冰。收文化藝術出版社版《茅盾書信集》。約稿，並也請魯迅爲《小說月報》寫小說。

十日　發表《霍普德曼傳》（傳記），署名希眞。載《小說月報》第十三卷第六號。認爲霍普德曼是「德國近代戲劇史上最有名的一個人，亦就是開關新紀元的人。」「霍普德曼的作品不但爲戲劇史上開創了新的戲劇技術，不但在想像的世界裡添進了許多難忘的永遠不朽的人物，並且是他一時代的知識階級生活和思想的反射鏡與解釋者。他的作品包括了一個時代。」

　　同日　發表《〈王鍇鳴和謝六逸的通信〉附誌》（雜感），署名雁冰。載《小說月報》第十三卷第六號。現收《茅盾全集》第十八卷。闡述了將「羅曼主義作品的價值」和「羅曼主義在文學史上的價值」分開來講的理由。

　　同日　發表《霍普德曼的自然主義作品》（文論），署名希眞。載《小說月報》第十三卷第六號。認爲自然主義文學是「跟著哲學上的唯物論而起的。說得詳細些，可分爲三點：一是生活競爭，適者生存之說；二是兩性生物學上本屬相等之流；三是遺傳與環境有無限勢力的觀念。」「霍普德曼於此三種思想之外，又加了社會主義的思想，其例即是《織工》。」

　　同日　發表《霍甫德曼的象徵主義作品》（文論），署名希眞。載《小說月報》第十三卷第六期。

　　同日　《小說月報》第十三卷第六期載《海外文壇消息》計有：《（一二六）捷克文壇最近狀況》、《（一二七）法國藝術的新運動》、《（一二八）西班牙文壇近況》、《（一二九）芬蘭的一個新進作家》、《（一三〇）紀念意大利的自然派作家浮爾茄》。均署名沈雁冰。

　　同日　發表《譯名統一與整理舊籍——覆陳德徵》（書信），署名雁冰。載《小說月報》第十三卷第六號。現收《茅盾全集》第十八卷。認爲，「現在這種時局，是出產悲壯驚慨或是頹喪失望的創作的適宜時候，有熱血的並且受生活壓迫的人，誰又耐煩坐下來翻舊書啊！」「我愛聽現代人的呼痛聲訴冤聲，不大愛聽古代人的假笑佯啼，無病呻吟，煙視媚行的不自然動作；不幸中國舊文學裡充滿了這些聲音。」

　　同日　發表《自然主義的懷疑與解答——覆周志伊》（書信），署名雁冰。載《小說月報》第十三卷第六號，現收《茅盾全集》第十八卷。指出，「我們要自然主義來，並不一定處處照他」，「我們現在所注意的，並不是人生觀的自然主義，而是文學的自然主義。我們要採取的，是自然主義技術上的長處。」

　　同日　發表《批評創作的六封信》（書信），均署名雁冰。載《小說月報》第十三卷第六號，現收《茅盾書信集》。其中《覆呂芾南》談自然主義與寫實主義的區別及翻譯問題。《覆黃紹衡》談讀者的主觀性在欣賞作品中的不同表現，並發表對人道主義的看法，指出：「在中國，因爲傳統的觀念和習俗的重染，人道主義的作品，幾乎完全不能得人瞭解。頗有些人很簡單地描寫一個乞丐在富家窗下凍斃而窗內尚在作樂等事算是人道主義的作品，……我總覺

得裝載像這一類的浮面而簡單的情緒的東西算不得精製的人道主義的藝術品」。《覆徐雉》談評詩問題，指出，「文學評論本不是考官品定甲乙之謂，乃是解釋作品之好處，使人人都得而欣賞。故評詩先須懂得作者的性格和作時的思想情緒，然後發言不致偏於主觀，不致因主觀之所偏而曲解作者的思想情緒。」（按：另有《覆陳友荀》、《覆許美塤》、《覆李秀貞》。）

十一日　發表《談〈小說月報〉第十三卷第六號》（評論），署名眞。載《時事新報・文學旬刊》第四十期。現收《茅盾全集》第十八卷。

同日　發表《雜談》（雜感），署名冰。載《時事新報・文學旬刊》第四十期。現收《茅盾全集》第十八卷。

二十八日　發表《歧路》（雜文），署名冰。載《民國日報・婦女評論》第四十七期。現收《茅盾全集》第十四卷。

七月

一日　發表《最近的出產・〈戲劇〉第四號》，署名玄。載《時事新報・文學旬刊》第四十二號，現收《茅盾全集》第十八卷。讚揚《戲劇》第四期的文章，並指出：「單單介紹西洋演劇原理，單單誇稱西洋戲劇如何有理，是不中用的！我們還須切切實實把中國舊戲，時髦戲之不合理，可笑的地方指出來，有點效力」，希望《戲劇》的編輯們，「爽性把全付精神用在改舊戲」上。

七日　出席文學研究會在上海「一品香」召開的「南方會員年會」，討論會務及其他重要問題，並歡送俞平伯赴美。

十日　發表《致汪敬熙》、《致萬良濬》、《致齊魯侗》、《致閱者》、《致嘯雲》、《致吳溥》、《致湯在新》（均書信），均署名雁冰。載《小說月報》第十三卷第七號。收文化藝術出版社版《茅盾書信集》。《致汪敬熙》認爲汪氏「在文學一方面我們應拋去一切自己加在身上的桎梏，而忠誠的描寫自己對於生活的感觸」這句話是「天經地義」，極表讚同，並認爲中國文壇「先應該經過自然主義的淘洗。」《致萬良濬》談「整理國故」問題，認爲當時有人提倡整理國故實爲「表彰國故」，「我覺得現在該不是『民族自誇』的時代，『民族自誇』的思想也該不要再裝進青年人的頭腦裡去罷？」《致齊魯侗》指出，不讚同提倡新格律詩，「我相信詩是情緒的自然流露，若眞能任其自然流露不加一

些人工而寫在紙上，自然合於自然的節拍，能讀而且不拘束。」

　　同日　發表《自然主義與中國現代小說》（文論），署名沈雁冰。載《小說月報》第十三卷第七號「自然主義論戰」欄。初收《茅盾文藝雜論集》，現收《茅盾全集》第十八卷。是「從正面批判了鴛鴦蝴蝶派」和討論關於自然主義問題的帶總結性的文章。作者從思想內容和藝術表現方面分析了中國現代的小說創作狀況，認為當時許多作家仍受「文以載道」和「消遣遊戲」兩個觀念的影響。「中了前一個毒的中國小說家，拋棄真正的人生不去觀察不去描寫，只知把聖經賢傳上腐朽了的格言作為全篇『注意』，憑空想像出些人事，來附合他『因文以見道』的大作。中了後一個毒的小說家……結果也拋棄了真實的人生不察不寫，只寫了些佯啼假笑的不自然的惡札。」在藝術上，不重實地觀察和客觀描寫，「惟求報帳似的報得清楚」。因之得出結論：「不論新派舊派小說，就描寫方法而言，他們缺了客觀的態度，就採取題材而言，他們缺了目的。這兩句話光景可以包括盡了有弱點的現代小說的弱點。我覺得自然主義恰巧可以補救這兩個弱點。」要求文學作者「應該學習自然派作家，把科學上發現的原理應用到小說裡。」

　　同日　發表譯作《盛筵》，〔匈牙利〕莫爾奈原作，署名多芬譯。載《小說月報》十三卷七號。

　　同日　發表《〈盛筵〉附記》（序跋），署名多芬。載《小說月報》第十三卷第七號。評介了匈牙利劇作家莫爾奈的生平劇作特點。指出莫爾奈「以戲曲家出名，……所做的短篇小說亦是匈牙利文學中最好的作品」；其作品「不完全拘泥於寫實主義的範圍」，具有「虛無怪誕」的特點；語言「詼諧」中帶有「尖刻……的冷氣」，「觀察是深入肉裡……而不雜主見」。

　　同日　《小說月報》第十三卷第七期發表《海外文壇消息》計有：《（一三一）腦威現代文學的精神》、《（一三二）意大利的女小說家》、《（一三三）捷克三個作家的新著》、《（一三四）伊芙萊諾夫的新作》。均署名沈雁冰。

　　十一日　發表《最近的出產·評〈小說匯刊〉創作集二》（評論），署名玄。載《時事新報·文學旬刊》第四十三期。現收《茅盾全集》第十八卷。指出《小說匯刊》收輯葉紹鈞、佩弦、盧隱、大悲、白序之、李之常、許地山等七人的十六篇小說，「並非說這十六篇是最好的小說，也不是說這十六篇

是作者的最好的作品，他的本意不過是要將『情調』和『風格』不同的小說收集在一處罷了」。

同日　發表《雜談》（雜文），署名玄。載《時事新報・文學旬刊》第四十三期。現收《茅盾全集》第十八卷。

十九日　發表《「我所見」與「我所憂」》（雜感），署名冰。載《民國日報・婦女評論》。現收《茅盾全集》第十四卷。

二十一日　發表《文藝界小新聞》五則，署名玄。載《時事新報・文學旬刊》第四十四期，分別報導了美國、法國、猶太、比利時、俄國等國的文學現狀。

二十七日　閱《時事新報・學燈》，見郭沫若發表的《論文學的研究和介紹》一文，此文係郭沫若針對譜主與鄭振鐸先後在《文學旬刊》、《文學週報》上的文章中的認爲翻譯《浮士德》等書「不經濟」、「不是現在切要的事」等觀點，進行了辯論。

三十日　與鄭振鐸乘「新寧紹」船抵寧波，下榻第四師範舍監汪仲乾的宿舍。當天前往孔廟明倫堂演講。此次講演活動係應寧波四教育、學術團體的聯合邀請而參加。講演題爲《文學上的各種新派興起的原因》。

同日　發表《文學上的各種新派興起的原因》（講演），署名沈雁冰。載八月十二日至十六日《時事公報》，現收《茅盾全集》第十八卷。認爲「文學上的新派決不是好奇心理的表現」，「文藝是人生的反映，是時代精神的縮影，一時代的文藝完全是該時代的人生的寫眞。」「不但文學思潮是跟著時代變遷的，即如文學上各種體裁的次第發生，也是跟著時代變遷而來的結果。」講演隨之分析了西洋的新派「未來派」、「大眾派」、「表現派」的興起原因，並指出中國文學要有新派興起「亦是自然而且合理的事」。

三十一日　下午一時半，與鄭振鐸出席四明夏期講學會主持者召開的歡送會，即席發言。（按：事後獲悉這次演講會後，當地成立了不少新文化社團。）

同月　應江蘇松江縣私立景賢女子中學校長侯紹裘邀請，前往該校演講。題爲《文學與人生》。

同月　發表《文學與人生》（演講），署名沈雁冰。載《松江第一次暑期學術講演會演講錄》第一期，現收《茅盾全集》第十八卷。認爲中國「研究文學作品的論文很少」，因此，藉用西洋研究文學者的觀點「文學是人生

的反映」，從人種、環境、時代和作家的人格四方面做研究的「依據」，指出「人種不同，文學的情調也不同」；「社會……家庭」的「環境在文學上影響非常利害」；「各時代的作家所以各有不同的面目」、「同一時代的作家所以必有共同一致的傾向」都和「時代精神」有關；作家的人格在作品中「也甚重要」，「文學作品，嚴格地說，都是作家的自傳」。因此「凡要研究文學，至少要有人種學的常識」、「要懂得文學作品產生……的環境」、「要瞭解……作品產生時代的時代精神」、「要懂作品的主人翁的身世和心情」。

本月

中國共產黨在上海召開第二次全國代表大會，通過黨的章程，提出黨的最高綱領和最低綱領。

八月

一日　與鄭振鐸仍乘三北輪船公司的「新寧紹」號輪由寧波返上海。

同日　發表《介紹外國文學作品的目的》（文論），署名雁冰。載《時事新報·文學旬刊》第四十五期。初收《茅盾文藝雜論集》。現收《茅盾全集》第十八卷。分析郭沫若七月十七日在《學燈》上發表的《論文學的研究與介紹》一文，提出自己「介紹西洋文學作品觀」：「我覺得文學作品除能給人欣賞而外，至少還須含有永存的人性，和對於理想世界的憧憬。我覺得一時代的文學是一時代缺陷與腐敗的抗議和糾正。……我覺得翻譯家若果深惡自身所居的社會的腐敗，人心的死寂，而想藉外國文學作品來抗議，來刺激將死的人心，也是極應該而有益的事。」

四日　閱《時事新報·學燈》，見郭沫若發表的《論國內的評壇及我對於創作上的態度》。文章中仍指責譜主與鄭振鐸等為「隱姓匿名，含沙射影」的批評家；並自認自己「偏於主觀」、「衝動」，願「糾正與鍛鍊」，文末表示「不承認藝術中可以劃分出甚麼人生派與藝術派的人」

約同日　晚，獲悉郭沫若偕郁達夫抵鄭振鐸家，邀請鄭和文學研究會的同人出席明日紀念《女神》出版一週年會。

五日　應約與鄭振鐸、謝六逸、盧隱等赴一品香旅社，出席創造社郁達夫發起的為郭沫若舉行的「《女神》紀念會」。最後一同攝影留念。（郭沫若《創造十年》）

　　十日　發表《致張侃》、《致王砥之》、《致王桂榮》、《致谷新農》、《致禹平、程代新》（均書信），均署名雁冰。載《小說月報》第十三卷第八號。收《茅盾書信集》。《致張侃》談民眾的鑒賞力問題，指出「專以民眾的鑒賞力爲標準而降低文學的品格以就之——卻萬萬不可！」指出「專吃生蔥大蒜膻羊肉的人」，「精品的菜餚反而不要吃」，更主張「在這積重難返的時候提倡純正藝術」，「須得教育的力量把他們改好來。」《致王桂榮》談青年讀者的欣賞興趣以及對此所取的態度。云勿爲「現在有多數青年喜歡看什麼《禮拜六》《半月》等等無聊的東西」而「悲觀」。

　　十日　發表《青年的疲倦》（社評），署名雁冰。載《小說月報》第十三卷八號。《青年的疲倦》指出：「三年前曾熱心注意社會問題的中國青年近來對於一切大問題也冷淡了。討論社會問題的文學傑作如《父與子》等現在已經不能引起青年的注意；青年的注意力反集中在浮淺的《婚姻小說》了。」「如今在青年的眼中」「能夠和異性通信社交，就算『生活改善』」「一切名詞都被他們淺薄化了。」

　　同日　發表《「文學批評」管見一》（文論），署名郎損。載《小說月報》第十三卷第八號。現收《茅盾全集》第十八卷。認爲文學批評的紛爭有如美學上的爭論，「正惟其多紛爭，不統一，文學批評才會發達進步。」

　　同日　發表《直譯與死譯》（文論），署名雁冰。載《小說月報》第十三卷第八號。初收《茅盾文藝雜論集》。現收《茅盾全集》第十八卷。指出，「如果把字典裡的解釋直用在譯文裡，那便是『死譯』……」「直譯在理論上是根本不錯的，惟因譯者能力關係，原來要直譯，不意竟變成了死譯。」

　　同日　發表譯作《路意斯》，〔芬蘭〕斯賓霍夫原著，署名多芬譯。載《小說月報》第十三卷第八號。

　　同日　發表譯作《新德國文學》，署名希眞譯。載《小說月報》第十三卷第八號。

　　同日　發表《〈新德國文學〉譯後記》（序跋），署名希眞。載《小說月報》第十三卷第八號。

　　同日　《小說月報》第十三卷第八號發表《海外文壇消息》計有：《（一三五）希伯來文譯本的世界文學名著》、《（一三六）陀思妥以夫斯基的新研究》、《（一三七）英國文壇近況》、《（一三八）卡斯胡善在丹美的言論》。均署

名沈雁冰。

十六日　發表《一個女校給我的印象》（散文），署名雁冰。載於《民國日報・婦女評論》第五十四期。現收《茅盾全集》第十一卷。

二十一日　發表《致林取》（書信），署名玄。載《時事新報・文學旬刊》第四十七期。收文化藝術出版社版《茅盾書信集》。回答林氏對於文學研究會「小說匯刊」的「誤會」。

二十九日　發表《「個人自由」的解釋》（雜感），署名 Y・P。載《民國日報・覺悟》。現收《茅盾全集》第十四卷。

當月

四日　郭沫若發表《論國內的評壇及我對於創作上的態度》，載《時事新報・學燈》。明確表示「不承認藝術中會劃分出甚麼人生派和藝術派的人」，進而具體闡述了創造社同人的文學主張，對沈雁冰《〈創造〉給我的印象》一文作了反駁。

同日　郭沫若發表《〈論國內的評壇及我對於創作上的態度〉注釋》，按：此標題係筆者所加，載《時事新報・學燈》。云：「我這篇文章的動機，是讀了沈雁冰《論文學的介紹的目的》一文而感發的。」認為沈文中「罵我國的同胞是『豬』是在「詛咒我們可憐的同胞。」「這種罵法使我們傷心得很」，因暑假太短，還想創作，因此「暫且認定我們是意見相違，不再事枝葉的爭執了」，要求彼此「尊重他人的人格」，「各守各的自由」。

本月

汪靜之詩集《蕙的風》出版。

中國女權運動同盟在北京召開成立大會。

九月

一日　發表《「半斤」VS「八兩」》（雜感），署名損。載《時事新報・文學旬刊》第四十八期。現收《茅盾全集》第十八卷。此文內容是與創造社郭沫若的論戰。

十日　發表《文學與政治社會》（社評），署名雁冰。載《小說月報》第十三卷第九號。現收《茅盾全集》第十八卷。《文學與政治社會》對誤解文學

「功利主義」的觀點提出反駁，以十九世紀俄國、匈牙利、挪威等國文學史
爲例，「證明文學之趨於政治的與社會的，不是漫無原因的。」

　　同日　發表《自由創作與尊重個性》（文論），署名雁冰。載《小說月報》
第十三卷第九號。初收《茅盾文藝雜論集》。現收《茅盾全集》第十八卷。指
出，「我相信創造的自由該得尊重；但我尤其相信要尊重自己的創造自由，先
須尊重別人的創造自由。」

　　同日　發表譯作《波蘭——1919 年》，斯賓聲原著，署名希眞譯。載《小
說月報》第十三卷第九號。

　　同日　發表《〈波蘭——1919 年〉譯者附誌》（序跋），署名希眞。載《小
說月報》第十三卷第九號。評介作者斯賓聲「富於反抗的精神」；指出「不贊
成僅藉『人物』的口，宣傳自己主張的教訓式的作品」，「覺得住在血肉堆裡
哀鳴聲中而尙讚美空想的太陽之美的那個詩人，實在不近人情。」

　　同日　發表譯作《卻綺》，〔亞美尼加〕阿哈洛垠原著和《譯後記》（序跋），
署名沈雁冰譯。載《小說月報》第十三卷第九號。

　　同日　《小說月報》第十三卷第九號發表《海外文壇消息》計有：《（一
三九）保加利亞雜訊》、《（一四○）英文壇與美文壇》、文《（一四一）法國的
文學獎金風潮》。均署名沈雁冰。

　　同日　發表《土義……》（論文），署名雁冰。載《小說月報》第十三卷
第九號。現收《茅盾全集》第十四卷。指出：「中國人愛調和，愛折衷；厭聞
主張鮮明的主義，正是必然的事。然而好剽竊，好把名詞化爲口頭禪，好盲
從，也是惰性的中國青年的特質。」「我們一方面要想法校正青年好盲從好亂
吹的惡習，一方面要校正一般社會厭惡鮮明主張而喜歡模棱兩可喜歡灰色的
心理。」

　　同日　發表《致邵立人》、《致吳溥》、《致顧效栗》（均書信），均署名雁
冰。載《小說月報》第十三卷第九號。收《茅盾書信集》。《致邵立人》談及
達達主義，指出，「大大主義絕非毫無意識、可笑的東西！現在不獨法國院
派批評家不敢以夢囈目之，其他各國亦對於大大主義者表示相當的注意了。」
並指出：「中國一般社會心理，見了稍爲新奇的議論，每以『瘋狂』『好奇心』
目之，只有贊成不贊成，決沒有既不求懂，又不反對，而單施以譏笑的！」

　　二十日　作《致周作人》（書信），署名沈雁冰。收《茅盾書信集》。談及

與創造社的關係，「對於《創造》及郁、郭二君，我本無敵意，唯其語言太逼人，一時不耐，故亦反罵。新派不應自相爭。」又談及參與編寫《文學變遷史》的前後過程。

二十一日　發表《「左拉主義」的危險性》（文論），署名郎損。載《時事新報・文學旬刊》第五十期。現收《茅盾全集》第十八卷。指出，「自然主義的真精神是科學的描寫方法。……我覺得這一點不但毫無可厭，並且有恆久的價值」；「我們若說自然主義有注意的價值，當然是說自然主義之科學的描寫法一點有注意的價值；至於左拉的偏見是什麼，毫不相干！」

本月

十三日，中國共產黨刊物《嚮導》週報創刊。

瞿秋白《餓鄉紀程》出版，為文學研究會叢書。

鴛鴦蝴蝶派的《禮拜六》雜誌復刊。

十月

一日　發表《雜談》（文論），署名玄。載《時事新報・文學旬刊》第五十一期。現收《茅盾全集》第十八卷。

二日　作《致周作人》（書信），署名沈雁冰。收《茅盾書信集》。談「新開的一個滑頭」學校「上海專科大學」有關情況。

十日　發表《致查士驥》、《致朱晨軒》、《致允明》、《致馮瑾》、《致湯逸廬》、《致張友鶴》（均書信），均署名雁冰。載《小說月報》第十三卷第十號。收《茅盾書信集》。《致查士驥》指出，「現在描寫第四階級生活的小說所以不很好，由於作者未曾熟悉第四階級的實在生活。」《致允明》指出，「文學和一國國民性很有關係」，「同一種族，同負數千年的歷史遺傳，同在一般的環境中，應該彼此同具一般的國民性；做出來的創作，亦應該含有這國民性，也就是他的同國人應該看得懂，而且能瞭解的，若沒有找到自己的，而專門模仿別人的，先已算不得是真正的創造的藝術品，自然不能引人共鳴了；但是這都以讀者素有文藝涵養為根本條件。」

同日　發表《偶然記下來的》（雜感），署名玄珠。載《時事新報・文學旬刊》第五十二期。現收《茅盾全集》第十八卷。為「中國的電影事業」和「上海電影館」所作雜感。

同日 發表《譯詩的一些意見》（雜感），署名玄珠。載《時事新報・文學旬刊》第五十三期。現收《茅盾全集》第十八卷。認爲「藉此（外國詩的翻譯）可以感發本國詩的革新。」

同日 發表《未來派文學的現勢》（文論），署名雁冰。載《小說月報》第十三卷第十號。指出：「文學上各種新運動之所以發生，一方是社會背景與時代精神的反映，一方也是對於環境的反動。未來主義當本世紀初年在意大利勃興，可說完全是對於環境的反動。」「未來派崇拜近代的能力的文化。」「他們以爲『速』是美之極致」。

同日 發表《現代捷克文學概略》（文論），署佩韋。載《小說月報》第十三卷第十號。認爲「捷克斯拉夫本有極多的偉大的抒情詩人，……但現代捷克文壇的重心卻不在詩歌，而在戲劇。現代的青年文士幾乎都是戲曲家，所以現代捷克文化的中心點亦就是戲院了。」同時發表的還有翻譯猶太蕭洛姆・阿萊漢姆小說《布宜諾斯艾利斯來的人》。

同日 《小說月報》第十三卷第十號發表《海外文壇消息》計有：《（一四二）古代現代文學的一斑》、《（一四三）捷貝的蟲豸的生活》、《（一四四）荷蘭作家藹丹的宗教觀》、《（一四五）日本未來派詩人逝世》。均署名沈雁冰。

二十一日 發表《雜談》（文論），署名冰。《時事新報・文學旬刊》第五十三期。現收《茅盾全集》第十八卷。

本月

　　鄭振鐸譯太戈爾的《飛鳥集》由商務印書館出版。

　　開灤煤礦工人舉行大罷工。

　　原私立東南高等專科師範學校改爲上海大學，于佑任、邵力子爲正副校長。後該校成爲中國共產黨創辦的第一所大學。

十一月

一日 發表《「寫實小說之流弊」？》（副題小字：「請教吳宓君，黑幕派與禮拜六派是什麼東西！」——編者注）（文論），署名冰。載《時事新報・文學旬刊》第五十四期。初收《茅盾文藝雜論集》，現收《茅盾全集》第十八卷。據自述：「『學衡派』的吳宓，在反對白話文中，還把矛頭指向了新文學中的寫實主義。爲此我寫了一篇《寫實小說之流弊？》文中駁斥他把歐洲

的寫實小說同中國的黑幕派小說和『禮拜六派』小說相提並論。」（《我走過的道路・1922年的文學論戰》）

同日　發表《雜談》（二則），署名冰。載《時事新報・文學旬刊》第五十四期。

同日　發表譯作《獄門》（〔愛爾蘭〕葛雷古夫人著），署名沈雁冰。載《民國日報・婦女評論》第六十五期。現收《茅盾譯文選集》。

八日　發表譯作《獄門（續）》、《戀愛蠡測》，署名沈雁冰。載《民國日報・婦女評論》第六十六期。

同日　發表《〈獄門〉後記》（序跋），署名沈雁冰。載《民國日報・婦女評論》。

十日　發表《致陳介候》、《致呂兆棠》、《致謝採江》、《致關芷萍》、《致王志剛》、《致黃紹衡》、《致馬靜觀》、《致馬鴻軒》、《致張蓬洲》、《致姚天寅》、《致胡鑒倫》、《致徐愛蝶》（均書信），均署名雁冰。載《小說月報》第十三卷第十一號。《致謝採江》談及發表青年作者的作品所取的標準，「青年的文藝，頗有雖然藝術上不很完善，而青年活潑之氣，卻極充足的；像這一類，便不能用『好不好』的死規律去範圍他，應該原諒其短處，把他發表出來。」《致姚天寅》談及介紹外國作家，說「我個人就喜歡研究王爾德和易卜生兩人。」

同日　發表《「創作批評」欄前言》前言，署名記者，載《小說月報》第十三卷第十一號，現收《茅盾全集》第十八卷。旨在「收容讀者對於創作的批評」。

同日　發表《眞有代表舊文化舊文藝的作品麼？》（文論），署名雁冰。載《小說月報》第十三卷第十一期。現收《茅盾全集》第十八卷。

同日　發表《文學家的環境》（雜感），署名雁冰。載《小說月報》第十三卷第十一號。現收《茅盾全集》第十八卷。分析了創作中的「單調」和雷同現象。

同日　發表《反動？》（雜感），署名雁冰。載《小說月報》第十三卷第十一號。現收《茅盾全集》第十八卷。

同日　發表譯作《爸爸和媽媽》（〔智利〕巴僚斯著），署名多芬。載《小

說月報》第十三卷第十一期。現收《茅盾譯文選集》。

同日　發表《〈爸爸和媽媽〉譯後記》（序跋），署名冬芬。載《小說月報》第十三卷第十一期。

同日　發表譯作《歐戰給與匈牙利文學的影響》（B・Zolnai 著），署名元枚。載《小說月報》第十三卷第十一號。

同日　發表《〈歐戰給與匈牙利文學的影響〉譯文附注》（序跋），署名元枚。載《小說月報》第十三卷第十一期。

同日　發表譯作《腦威現代文學》（Johan Bojer 著），署名佩韋譯。載《小說月報》第十三卷第十一號。

同日　發表《〈腦威現代文學〉譯後記》（序跋），署名佩韋。載《小說月報》第十三卷第十一期。

同日　發表譯作《赤俄的詩壇》（D・C・Mriski 原著），署名玄瑛譯。載《小說月報》第十三卷第十一期。

同日　發表《〈赤俄的詩壇〉譯後記》（序跋），署名玄瑛。載《小說月報》第十三卷第十一期。

　　（按：茅盾晚年自述，1921 年夏季商務印書館編譯所發生了重大人事變動，原所長曾請胡適擔任編譯所長，胡適終於不幹，一月後推薦他的老師王雲五以自代。商務當局中的保守派很中意王雲五。後來，「他們藉口《自然主義與中國現代小說》一文中點到《禮拜六》雜誌，對我施加壓力……，要我在《小說月報》上面寫一篇短文，表示對《禮拜六》道歉。我斷然拒絕，……但是他們不死心，他們改換了方法，對《小說月報》發排的稿子實行檢查。當這件事被我發覺了以後，我就正式向王雲五提出抗議，指出當初我接編《小說月報》時曾有條件是館方不干涉我的編輯方針，現在商務既然背約，只有兩個方法，一是館方取消內部檢查，二是我辭職。商務當局經過研究，允辭《小說月報》主編之職，但又堅決挽留我仍在編譯所工作……。至於《小說月報》主編將由鄭振鐸接替。」「於是我又提出，在我仍任主編的《小說月報》第十三卷內任何一期的內容，館方不能干涉。」「為此，我在《小說月報》十三卷十一號的社評欄內登了署名雁冰的短評，題名《真有代表舊文化舊文藝的作品麼？》。文章指出：「禮拜六派（包括上海所有定期通俗讀物）對於中國國民的毒害，是趣味的惡化。」「『禮拜六派』的文人把人生當作遊

戲，戲弄，笑謔」，因之「有反抗『禮拜六派』運動之必要」。茅盾自述，「同期的社評欄內還有我寫的一篇《反動？》，也是批判『禮拜六派』的，也登了出來。」）（茅盾：《我走過的道路·複雜而緊張的學習、生活和鬥爭》，參見茅盾1978年2月2日致葉子銘信，載《中國現代文學研究叢刊》1981年第4期《茅盾同志的二十四封信》）

　　同日　《小說月報》第十三卷第十一號《海外文壇消息》計有：《（一四六）英文壇與美文壇》（二）、《（一四七）南美雜訊》、《（一四八）羅馬尼亞的兩大作家》、《（一四九）猶太文學家逝世》。均署名沈雁冰。

　　十一日　發表《致汪馥泉》（書信），署名雁冰。載《時事新報·文學旬刊》第五十五期。收《茅盾書信集》。現收《茅盾全集》第十八卷。談及與創造社的關係：「我和沫若達夫兩君『打架』一事，兄以為各鬧『脾氣』，這誠然近似；由今思之，我們少年氣盛，要罵就罵，於彼於此，原覺得無遺憾；但不料郭郁君和我們相罵的動機卻在因『文學研究會太會拉人』耳！」進而指出《自然主義與中國現代小說》一文「被打擊者……是禮拜六派小說」，沒想到「竟惹起郁君（筆者按：郁達夫）之疑，真出人意料之外」，重申自己著述的主旨是「願意一鞭一痕，都有個分明，沒有誤傷」，「不願有別人來橫領了這擔子去，以至主名漏網」；又指出，「我以為研究中國文學，分組不如分段」，並提出具體的意見。「查清偽書」，「按著時代分段」；「研究文藝思潮的人不能不兼研究文藝的各支——詩歌、小說等」。還建議「把外國人做的中國文學史擇優翻譯出來」，「審別古書中的偽著」。

　　同日　發表《〈「中國文學史研究會」底提議〉的按語》，（按語），署名冰。載《時事新報·文學旬刊》第五十五期。現收《茅盾全集》第十八卷。（按：《「中國文學史研究會」底提議》，係汪馥泉作，文中批評了創造社郁達夫等人「故意別解」文學研究會中諸君的文章，並建議雙方團結起來研究中國文學史）

　　十二日　閱《民國日報·覺悟》，陳望道發表《討論文學的一封信——整理中國文學和普及文學常識》（致沈雁冰信），遂作文表達自己的觀點。

　　十九日　發表《介紹西洋文藝詩潮的重要》（書信），署名冰。載《民國日報·覺悟》。現收《茅盾全集》第十八卷。這是給陳望道的一封信，認為有必要繼續介紹「西洋文藝思潮」，「把國人的小說觀念矯正一下」。

本月

　　七日　北京學生、工人舉行十月革命五週年紀念大會。

十二月

　　一日　發表《樂觀的文學》（文論），署名玄珠。載《時事新報・文學旬刊》第五十七期，現收《茅盾全集》第十八卷。由讀宗白華給《學燈》的信中提到「樂觀的文學」等語而發感慨：「我們，現代的人類的小兒子，是不懂得什麼叫悲觀的」；「我本我樂觀的迷信，我詛咒一切命運論的文學，我詛咒悲觀的詩人，我甚至於詛咒讚嘆大自然的偉大以形容人類的脆弱的文學！」

　　同日　發表《文學的力》（文藝雜感），署名玄珠。載《時事新報・文學旬刊》第五十七期。

　　十日　發表譯作《巴西文壇最近的新趨勢》（I. Goldberg 著）和《譯後記》（序跋），署名佩韋。載《小說月報》第十三卷第十二期。

　　同日　發表《今年紀念的幾個文學家》（隨感），署佩韋。載《小說月報》第十三卷第十二號。（包括：莫里哀、雪萊、霍夫曼、格利古洛維支、大龔枯爾、安諾爾特）。

　　同日　發表《歐戰與意大利文學》（文論），署名洪丹。載《小說月報》第十三卷第十二號。指出：「正像其他各民族一樣，意大利從此次大戰所受到禮物是民族自覺與世界大同主義。……意大利正像其他各國人一樣，現在正忙著分析自己，忙著瞭解自己；因此此次大戰把從前誤認的現實的假面揭破了，他們要認識現實的真相，他們要思索解決的方法，這都反映在近五年的意大利文學作品裡了。」

　　同日　發表《新德國文學的傾向》（文論），署名元枚。載《小說月報》第十三卷第十二號。

　　同日　在《小說月報》第十三卷第十二號發表《海外文壇消息》計有：《（一五○）意大利雜訊》、《（一五一）1922 年的諾貝爾文學獎金》、《（一五二）智利的小說》。均署名沈雁冰。

　　同日　發表《致林文淵》、《致 CMC》（書信），均署名雁冰。載《小說月報》第十三卷第十二號。收《茅盾書信集》。《致林文淵》談及創作與「天才」的關係，認為「創作是否必須天才，那是一個難以一定怎樣說的問題。

我覺得各人相比，可有天才大小之分，卻不能返然分作那是有天才，這是無天才。指出，「即使同是好詩，但在兩般的心緒中讀之，便生出兩樣的印象」。又說，「對於朱自清的《旅路》一定是很愛的，因爲覺得他的話就是我想說的話」。

同日　發表《最後一頁》（含雁冰啓事），無署名，載《小說月報》第十三卷第十二期。云：「本刊自明年起，改由鄭振鐸君編輯」。

同月　主編《小說月報》兩年，勞心勞力，終因商務印書館保守勢力對全面革新的《小說月報》不滿，當初盡力挽留譜主的高夢旦先生於年初已卸任，遂在第十三卷出齊後辭去主編職務，轉到國文部編注古典文學作品。仍擔任《海外文壇消息》專欄撰稿人。

本月

日本作家森鷗外逝世。

同年

審讀並發表孫瑜（按：其時正在北京清華學校高等科念書，後從事電影工作，1951 年因《武訓傳》影片遭批判）翻譯的英國托馬斯・哈代的中短篇小說《娛他的妻》，「並親筆給我寫了一封長達六頁、熱情洋溢的信，鼓勵我這遠在北方的青年，在中外文學方面繼續努力」。（孫瑜：《縹緲的遐思——我與沈雁冰的相識》，載《藝術世界》1981 年第 5 期）。

一九二三年（二十八歲）

一月

一日　發表《婦女教育運動概略》（論文），署名沈雁冰。載《婦女雜誌》九鴛一號，現收《茅盾全集》第十五卷。

同日　發表《〈婦女教育運動概略〉附誌》（序跋），署名雁冰。載《婦女雜誌》九卷一號。云「這一篇甚不完全的文字是看了柏柏爾（A·Beblel）的《社會主義下的婦女》第九章而感發起來做的；本書前小半所引調查，大半抄的柏柏爾的著作。」介紹英美等國婦女運動情況，駁男子勝於女子的舊觀念。

五日　發表譯作《私奔》，署名沈雁冰譯，載《小說世界》一卷一期。

同日　發表《〈私奔〉後記》（序跋），署名沈雁冰。載《小說世界》一卷一期。

十九日　發表譯作《皇帝的衣服》〔匈亞利〕米克沙特原著，署名沈雁冰譯。載《小說世界》一卷一期。現收《茅盾譯文選集》。

同日　發表《〈皇帝的衣服〉後記》（序跋），署名沈雁冰。載《小說世界》一卷一期。

十日　發表《匈亞利愛國詩人裴都菲百年紀念》（論文），署名沈雁冰。載《小說月報》第十四卷一號。指出裴都菲「愛人類愛自由」，他的「詩是非常的，他的人格和生活亦都是非常的」。他「不但做了那時代蘇生精神的記錄者，並且做了指導者」。

同日　發表《心理上的障礙》（雜文），署名玄珠。載《小說月報》第十四卷一號，現收《茅盾全集》第十八卷。指出「中國社會上一般人觀察事理，往往陷入『循環論』的成見。」對新文學的突興這樣「一件對於學術思想史上有關係的革新運動卻被他們看作喜新厭舊的心理的表現。」指出：「凡一種新運動發生，不怕頑強的反抗論，卻怕這種既不反抗又不研究而惟以遊戲態度相對待的阿諛曲解者。」

同日　《小說月報》第十四卷一號《海外文壇消息》計有：《〈一五三〉

北歐雜訊》、《〈一五四〉法國文壇雜訊》、《〈一五五〉奧國的女青年作家烏爾本涅格》。均署名沈雁冰。

十五日　發表《我的說明》，署名沈雁冰。載《時事新報·學燈》，現收《茅盾全集》第十八卷。據茅盾回憶，《小說月報》從十四卷起由鄭振鐸接任主編後，商務編譯所的王雲五等人不滿於該刊仍掌握在文學研究會的手裡。於是施出「說眞方，賣假藥」的伎倆，說是要辦一種通俗刊物，名曰《小說》，爲的是吸引愛看《禮拜六》一類刊物的讀者，同時使看不懂《小說月報》的人漸漸能夠看懂，爲此向茅盾約稿。茅盾將手頭的王統照的《夜談》及自己譯的匈牙利的兩篇東西給了他們。但待他們的刊物《小說世界》出版發行後，才知是《禮拜六》一樣的刊物。據自述：「我們爲把此等黑暗伎倆暴露於光天化日之下，就把王統照的《答疑古君》和給我的信，我給王統照的覆信，以及原登在北京晨報副刊上的疑古的《〈小說世界〉與新文學者》，小題爲《「出人意表之外」之事》全部登載在 1923 年 1 月 15 日的《時事新報·學燈》欄。」《我的說明》爲此而發。(《我走過的道路·複雜而緊張的學習、生活和鬥爭》)

二十四日　發表《聞韓女士噩耗後的感想》(雜感)，署名沈雁冰。載《民國日報·婦女評論》七十七期，現收《茅盾全集》第十五卷。

同日　發表譯作《十二個月》(捷克斯洛伐克神話)，署名沈德鴻。收入鄭振鐸編《鳥獸賽球》童話集，由商務印書館出版。現收《茅盾全集》第十卷。

同月　商務印書館老闆對改革《小說月報》不滿，調沈雁冰至國文部工作。《小說月報》編務由鄭振鐸接任。據自述：「1923 年我不編《小說月報》了，但仍在商務印書館編譯所，工作是『打雜』，是我自己出的題目：(一)標點林琴南譯的《薩克遜劫後英雄略》(英國歷史小說家司各特著，今譯《艾凡赫》和伍光建譯的《俠隱記》、《續俠隱記》(法國歷史小說家大仲馬作《三個火槍手》、《二十年以後》兩書的中譯名)，並加詳細的評傳。(二)給《國學小叢書》編選《莊子》、《楚辭》、《淮南子》，標記加注，每書也要寫一篇緒言，總結前人對這些書的研究成果。)(《我走過的道路·文學與政治的交錯》)

當月

旭光發表《致雁冰》，載《小說月報》第十四卷第一期。

史本直發表《致雁冰》，載《小說月報》第十四卷第一期。

本月

一日　孫中山發表《中國國民黨宣言》，提出「革命事業，由民眾發之，亦由民眾成之。」

胡適創辦《國學季刊》，發起整理國故運動。

冰心《繁星》由商務印書館出版。

二月

一日　發表譯作《他來了麼？》（小說，〔保加利亞〕跋佐夫著），署名雁冰。文末附作者小傳，均載《婦女雜誌》九卷二號，後收在一九二八年開明書店出版的《雪人》集裡。現收《茅盾譯文選集》。

七日　發表《「母親學校」底建設》（論文），署名冰。載《民國日報·婦女評論》七十九期。現收《茅盾全集》第十五卷。

十日　發表譯作《太子的旅行》〔西班牙〕倍那文德原著，署名多芬譯。載《小說月報》第十四卷第二期。

同日　發表《倍那文德的作風——〈倍那文德戲曲集〉譯者序》（序跋），署名沈雁冰。載《小說月報》第十四卷第二期。現收《茅盾序跋集》。評介了西班牙著名戲劇家、諾貝爾文學獎獲得者倍那文德產生的時代、生平及創作特色。認為西班牙三位劇作家「伊乞茄萊的舞臺技術、迪林泰的無產階級描寫、以及卡爾度司的科學精神，三者合而為一，方成就了倍那文德的著作」；其「作風」（即文風）「能把這飽脹了自大、隋性、無知識，耽於安樂的社會（就是那顯然腐敗的浮華的社會），描寫得更逼真」。

同日　發表《標準譯名問題》（雜感），署名沈雁冰。載《小說月報》第十四卷第二號。現收《茅盾全集》第十八卷。

同日　發表《歐美主要文學雜誌介紹》署名沈雁冰。載《小說月報》第十四卷第二號。

同日　本期《小說月報》載《海外文壇消息》計有：《〈一五六〉芬蘭近訊》、《〈一五七〉阿根廷現代的大詩人》、《〈一五八〉比利時文壇近狀》、《〈一五九〉新死的兩個法國小說家》、《〈一六○〉愛爾文的近作〈船〉》。均署名沈雁冰。

二十一日　發表《雜感》（文論），署名冰。載《時事新報・文學旬刊》六十五期，初收《茅盾文藝雜論集》，現收《茅盾全集》第十八卷。認爲「我們鑒賞文藝作品時，至少當以下列數條爲原則。」「（一）文字的組織愈精密愈好。」「（二）描寫的方法愈『獨創』愈好。」「（三）人物的個性和背景的空氣愈顯明愈好。」

約同月　從英文本翻譯了新獲諾貝爾文學獎的西班牙最著名的戲劇家倍那文德的《太子的旅行》，適逢張聞天在美國也翻譯了倍那文德的《熱情之花》和《僞善者》，於是將三個劇本的譯文合成《倍那文德戲曲集》於 1925 年由商務印書館出版，列入《文學研究會叢書》之一。（《我所知道的張聞天同志早年的學習和活動》）

本月

京漢鐵路工人舉行大罷工。

春

結識瞿秋白。「1923 年春，鄧中夏到上海大學任總務長，決定設立社會學系、中國文學系、英國文學系和俄國文學系。隨後瞿秋白也來了，擔任教務長兼社會學系主任。據自述：「在一次教務會議上，我遇見瞿秋白。這是我第一次會見瞿秋白。雖屬初見，卻對他早就有了深刻的印象。這是從鄭振鐸那裡聽來的。」「我在『上大』中國文學系教小說研究，也在英國文學系講希臘神話，鐘點不多。」（《我走過的道路・文學與政治的交錯》）「他是上海大學教務長兼社會學系主任，……與鄭振鐸在北京就是老相識，通過振鐸，我與秋白也接近多了。」後來經鄭振鐸介紹，瞿秋白加入了「文學研究會」。（《回憶秋白烈士》）

三月

十日　在《小說月報》第十四卷第三號發表《海外文壇消息》計有：《〈一六一〉斯干底那維亞文壇雜訊》、《〈一六二〉德國近訊》、《〈一六三〉英國文壇雜訊》、《〈一六四〉最近法國文學獎金的消息》。均署名雁冰。

十一日　作《戲劇家的蕭伯納》（文論），署名沈雁冰。載商務印書館 1935年 5 月版《華倫夫人之職業》（〔英〕蕭伯納原著，潘家詢譯）

同月　獲彭新民和楊鳴傑信。(《小說月報》第十四卷第 2 號)

同月　因不滿商務印書館老闆的剝削，同意與翻譯所中幾位朋友自行組織出版社，定名爲「樸社」。遂與周予同、胡愈之、鄭振鐸、王伯祥、葉聖陶、顧頡剛、俞平伯等十人議定，每月每人出十元錢，集資出版書籍。「樸社」於 1925 年「五卅」事件後解體。(陳福康：《鄭振鐸年譜》)

本月

《新月社》在北京成立。在要參加者有胡適、徐志摩、梁啓超、陸小曼、丁文江等。

《淺草社》成立，主要成員有林如稷、陳翔鶴等，並創辦《淺草》文藝季刊。

四月

約上旬　曾與鄭振鐸、胡愈之、謝六逸等籌劃合作翻譯英國約翰‧特林瓦透與威廉‧俄彭合著的《文學藝術大綱》(見《小說月報》第十四卷第四期《國內文壇消息》)

十日　發表譯作《南斯拉夫的近代文學》Milivoy‧S. Stanoyevich 原著，署名佩韋譯。載《小說月報》第十四卷第四號。

同日　發表譯作《奧國的現代文學》(John‧E‧Jacoby 著)，署名韋興。載《小說月報》第十四卷第四號。

同日　《小說月報》第十四卷第四號載《海外文壇消息》計有：《〈一六五〉曼殊斐爾》、《〈一六六〉西班牙文壇近況》、《〈一六七〉愛爾蘭文學的新機運》、《〈一六八〉捷克雜訊》。

十一日　發表《關於浙女師風潮的一席談話》(通訊)，署名雁冰記。載《民國日報‧婦女評論》八十七期。

十二日　發表《雜感(一)》署名雁冰。載《時事新報‧文學旬刊》第七十期。現收《茅盾全集》第十八卷。爲《民國日報‧覺悟》關於「文言白話之爭」的文章所感發，以猶太民族和希臘民族文學發展爲例，「請諸者看看現代別的民族裡將要解決或已解決的『文言－白話』之爭」，意在提倡白話文。

十八日　發表《替楊朗垣抱不平》(隨感)，署名雁冰。載《民國日報‧

婦女評論》第八十八期，現收《茅盾全集》第十五卷。

二十五日　發表《讀〈對於鄭振壎君婚姻史的批評〉以後》（隨感），署名雁冰。載《民國日報‧婦女評論》第八十九期，現收《茅盾全集》第十五卷。據回憶：1923 年在其它譯著之外，「又爲《民國日報》的副刊《婦女評論》寫了不少短評，範圍涉及到婦女教育問題以及當時流行的所謂『逃婚』問題。《婦女評論》是陳望道主編的。這些文章都是晚上寫的，是在政治、社會活動的間隙抽空寫的。」（《我走過的道路‧文學與政治的交錯》）

本月

俄共（布）第十二次代表大會召開。

五月

二日　發表《自動文藝刊物的需要》（文論），署名雁冰。載《時事新報‧文學旬刊》第七十二期，現收《茅盾全集》第十八卷。指出，在中國一般人對白話文尚無信仰，對文學尚無正確觀念的情況下，需要有更多的文藝刊物問世，至於「質未盡善」，這是「過渡時代不可免的現象，毫不關緊要的。」

九日　發表《補救成年失學婦女教育方法與材料》（評論），署名雁冰。載《民國日報‧婦女評論》第九十期。

十日　發表《西班牙現代小說家巴落伽》（論文），署名沈雁冰，載《小說月報》第十四卷第五號。指出巴落伽「是反對傳統主義最烈的人，他把法蘭西的自然主義文學介紹到西班牙，又把俄國文學家及梅德林的思想與藝術收入西班牙小說界。」

同日　發表《〈西班牙小說家巴落迦〉附誌》（序跋），署名沈雁冰。載《小說月報》第十四卷第五期。

同日　發表譯文《現代的希伯來詩》（Joseph‧T‧Shipley 著），署名赤城。載《小說月報》第十四卷第五期。

同日　發表譯作《最後一擲》（阿塞凡度原著），署名沈雁冰譯。載《小說月報》第十四卷第五期。現收《茅盾譯文選集》。

同日　發表《〈最後一擲〉後記》（序跋），署名沈雁冰。載《小說月報》第十四卷第五期。

同日 《小說月報》第十四卷第五期載《海外文壇消息》計有:《〈一六九〉南歐雜訊》、《〈一七〇〉斯干的那維亞雜訊》、《〈一七一〉哈立生》、《〈一七二〉威爾斯的新作》、《天神一般的人》)均署名沈雁冰。

十二日 發表《雜談》(文論),署名雁冰。載《時事新報・文學旬刊》第七十三期,現收《茅盾全集》第十八卷。

同日 為了加強《文學旬刊》的力量,自本日出版的七十三期起與王伯祥、余伯祥、鄭振鐸、周予同、俞平伯、胡哲謀、胡愈之、葉紹鈞、謝六逸、嚴既澄、顧頡剛等成為《文學旬刊》編輯成員。(西諦:《給讀者》;商金林編《葉聖陶年譜》,載《新文學史料》1981 年第 2 期;以上見《文學旬刊》第73 期《本刊的負責編輯人》)

十五日 發表譯詩《南斯拉夫民間戀歌四首》(含《離別》、《新妹麗花》、《織女》、《幽會》),署名雁冰譯。均載《詩》第二卷第二期。

十六日 發表《評鄭振壎君所主張的「逃婚」》(雜感)、署名沈雁冰。載《民國日報・婦女評論》第九十一期。現收《茅盾全集》第十五卷。

二十二日 發表《雜感》(文論),署名雁冰。載《時事新報・文學旬刊》第七十四期,現收《茅盾全集》第十八卷。針對近來小說創作中個人牢騷較多,而且把「其餘不關個人牢騷的作品一概視為功利主義」的傾向,提出自己的批評,並認為「這種傾向是很危險的。」

同日 發表《各國文學史》(文藝雜感),署名雁冰。載《時事新報・文學旬刊》第七十四期。

同日 發表《〈詩〉二卷二號出版預告》,署名雁冰。載《時事新報・文學旬刊》。

本月

十三日 創造社成仿吾、郁達夫等編輯的《創造週報》在上海創刊。
文學研究會北京會員召開常務會,改選王統照為書記幹事。
冰心的短篇小說集《超人》列為《文學研究會叢書》,由商務印書館出版。

六月

一日 發表《婦女自立希望的好消息》(雜感),署名冰。載《婦女雜誌》

第九卷第六號。現收《茅盾全集》第十五卷。

　　二日　發表《雜感》（文論），署名雁冰。載《時事新報‧文學旬刊》第七十五期，現收《茅盾全集》第十八卷。談了對新詩的看法以及對唯美主義傾向的疑慮。

　　十日　發表譯作《葡萄牙的近代文學》（A‧Bell 著），署名玄珠。載《小說月報》第十四卷第六號。

　　同日　《小說月報》第十四卷第六號載《海外文壇消息》計有：《〈一七三〉俄國革命的小說》、《〈一七四〉兩部美國小說》、《〈一七五〉1922 年最好的短篇小說》。均署名沈雁冰。

　　十二日　發表《雜感》（文論），署名雁冰。載《時事新報‧文學旬刊》第七十六期，現收《茅盾全集》第十八卷。文中提到「我相信文學是批評人生的、文學是要指出現人生的缺點並提示一個補救此缺憾的理想的。」

　　十七日　發表《〈阿拉伯季伯倫的小品文字〉後記》（序跋），載《努力週報》。

　　二十二日　發表《最近的出產‧評〈華倫夫人之職業〉（劇本）》（評論）署名雁冰。載《時事新報‧文學旬刊》第七十七期。

　　同月　得谷鳳田信。（《文學旬刊》6 月 22 日第 77 期）

本月

　　中國共產黨第三次全國代表大會在廣州召開，通過了與國民黨合作、建立統一戰線的決議。

　　《新青年》改出季刊，成為中共中央的理論性機關刊物，遷往廣州出版。

七月

　　八日　出席上海黨員全體大會，會上傳達了中共第三次全國代表大會所通過的各項決議。並成立上海地方兼區執行委員會，擴大上海地方執行委員會的原有職權，除上海外，兼管江蘇、浙江兩省的發展黨員、成立小組及工人運動等事務。在會上選出執行委員五人：徐梅坤、沈雁冰、鄧中夏、甄南山、王振一。候補委員三人：張特立（國燾）、顧作元、郭景仁。（茅盾《文學與政治的交錯——回憶錄（六）》載《新文學史料》1980 年第 1 期；翟同

泰《茅盾在大革命前的社會和革命活動述略》，載《茅盾研究》第 3 輯；《紀念蔡和森同志》）

九日 新當選的中共上海地方兼區執行委員會召開首次會議。中央委員王荷波、李德隆（李立三）、羅章龍代表中央出席指導，社會主義青年團代表彭雪梅列席。在此次會上被選爲國民運動委員並兼任該委員會的委員長，其任務是與國民黨員合作、發動社會上各階層的進步力量參加革命工作等。（茅盾《文學與政治的交錯——回憶錄（六）》，載《新文學史料》1980年第 1 期；翟同泰《茅盾在大革命前的社會和革命活動述略》，載《茅盾研究》第 3 輯）

十日 《小說月報》第十四卷第七號發表《海外文壇消息》計有：《〈一七六〉法國雜訊》、《〈一七七〉美國的短篇小說》、《〈一七八〉西班牙戲曲家Sierra》。均署名沈雁冰。

十二日 發表《雜感》（文論），署名Y・P。載《時事新報・文學旬刊》第七十九期。現收《茅盾全集》第十八卷。有感於國內文壇文藝刊物之增多，認爲這「實在是新文學日益發展的證據」，「我們相信只要假以時日，這一大片綠油油的嫩芽自然會各自發榮滋長，成爲各色的花卉。」

約中旬 與《文學旬刊》諸編輯共同研究決定，自八十一期起，該刊改名爲《文學》，並由旬刊改爲週刊。編輯增至 26 人，包括瞿秋白等。辦刊方針「仍與從前一樣」；「對於『敵』，我們保持嚴正的批評態度；對於『友』，我們保持友誼的批評態度」（鄭振鐸：《本刊改革宣言》載《時事新報・文學旬刊》第八十一期）

約中旬 獲悉文學研究會廣州分會於七月七日成立，會員有梁宗岱等九人，決議創辦《華越報・文學旬刊》。

三十日 發表《研究近代劇的一個簡略書目》（文論），署沈雁冰。載七月三十日、八月六日《文學》第八十一、八十二期，現收《茅盾全集》第十八卷。認爲，大家應該先來「研究研究西洋近代劇的大體」，作點宣傳，使觀眾在看新戲前有「一番預備」，故開列若干書目供參考。

本月

《前鋒》月刊創刊，爲中國共產黨機關刊物之一。

《創造日》創刊。

七、八月間

應侯紹裘之邀，到松江（原屬浙江省，現屬上海市）參加暑期講演會。這一次的講題是：《什麼是文學——我對於現文壇的感想》。（按：講演稿原刊於 1924 年《松江暑期學術講演錄》第二期）。初收《茅盾文藝雜論集》，現收《茅盾全集》第十八卷。據自述：「來聽這次講演的，除了中學生以外，也有中學教師、小學教師，而且還有來看熱鬧的所謂『名士』。我便針對這種情況來講。講演的中心問題是『假名士』和『眞名士』同樣是對社會無益而且有害的，因為他們吟風弄月的作品，只供他們一類人互相欣賞，和社會上一般人毫無關係，他們自意為『高超』，其實是廢物。我又談到現在又有穿洋服的『名士』，這就是從歐洲學來的唯美派、頹廢派。……到這次講演會來演說的有好幾個，現在記不起來有那些人，只記得有柳亞子，這是我第一次會見柳亞子。」（《我走過的道路・文學與政治的交錯》）遂「面對請益，更幸而得聆其簡單之時局講話，慷慨激昂，如其詩」。此時「亞子先生正組織新南社，號召青年們寫白話詩」，有人抨擊柳亞子「提倡白話詩而自己所寫仍是舊體，未免自相矛盾」。譜主則認為「柳先生此時的舊體詩已有新的革命內容；所謂舊瓶裝新酒，更見芳烈」。（《〈柳亞子詩選〉序》）。暑期「桐鄉青年社」在桐鄉縣城崇實小學舉辦桐鄉縣小學教師暑期講習會，茅盾、沈澤民、曹辛漢、李詠章、楊朗垣、李季谷、程志和、馮爲由等參加講演，茅盾主要講文學方面的問題。會後在辯論娼妓問題時，茅盾明確指出這是一個社會問題，必須由社會革命來解決，使參加講習會的演講者很覺驚異。（艾揚：《茅盾生平事跡小記》，見《中國現代文學研究叢刊》1983 年第 2 期）

茅盾在桐鄉縣城演講後，又曾到屠甸鎮的崇實小學和烏青鎮他的母校植材完全小學（即烏青鎮高等小學堂後身）作演講。主要講的是關於銅鄉縣教育事業的發展和關心兒童身心健康問題。（翟同泰《茅盾在大革命前的社會和革命活動述略》，載《茅盾研究》第 3 輯）

八月

五日　上海地方兼區執行委員會舉行第六次會議，中央委員毛澤東代表中央出席指導。茅盾第一次會見毛澤東。會議作出的決議中包括由沈雁冰聯繫上海工商界知名人士保釋在獄同志，勞委會與勞動組合書記部合併，沈雁

冰以國民運動委員會負責人的身份加入該機構。同時，決定由沈雁冰向陳望道、邵力子解釋，請他們不要出黨。(茅盾:《我走過的道路·文學與政治的交錯》)

二十日　發表《幾個消息》(消息)，署名玄珠。載《文學》第八十四期。

二十七日　發表《兩個西班牙文人》(文論)，署名雁冰。載《文學》第八十五期。

下旬　出席中共上海地方兼區執行委員會召開的第八次會議，這次會議徐梅坤病假，王振一辭職，甄南山不到，實際到會的只有茅盾與鄧中夏。因為鄧中夏要以上海社會主義青年團代表的身份出席在南京召開的中國社會主義青年團第二次全國代表大會，故由茅盾代表委員長。(翟同泰《茅盾在大革命前的社會和革命活動述略》，載《茅盾研究》第 3 輯。)

當月

今心發表《兩個文學團體與中國文學界》，載《時事新報·學燈》認為文學研究會和創造社把「一向暗無天日，死氣沉沉的中國文學界」「給他們弄得有聲有色了」，評介了兩個團體的優缺點，文末指出:「我與雁冰先生一樣認為個人研究與指示民眾，終竟是兩件事。」「論到挽救中國文壇的渾沌的時候，實在有提倡自然主義之必要，雁冰先生等人說的很詳盡而且很痛快了。」

本月

魯迅的短篇小說集《吶喊》由北京《新潮》社出版。

九月

二日　出席中共上海地方兼區執行委員會的全體大會，會上進行了改選，選出王荷波、徐白民、沈雁冰、顧作之為執行委員。(翟同泰《茅盾在大革命前的社會和革命活動述略》，載《茅盾研究》第 3 輯)

三日　發表譯作《聖的愚者》(寓言)〔阿拉伯〕kablil Gibran 原著，署名雁冰譯。載《文學》第八十六期。

四日　新當選的中共上海地方兼區執行委員會作了新的分工:王荷波任委員長，沈雁冰任秘書兼會計。(茅盾《文學與政治的交錯——回憶錄(六)》，載《新文學史料》1980 年第 1 期)。

五日　發表《〈婦女週報〉社評（一）》，署名玄珠。載《民國日報·婦女週報》第三期，現收《茅盾全集》第十五卷。

十日　發表譯作《歧路》（泰戈爾著），署名沈雁冰、鄭振鐸譯。載《小說月報》第十四卷第九號。

同日　同期《小說月報》載《海外文壇消息》有：《〈一七八〉希臘文壇近狀》、《〈一七九〉英國近訊》、《〈一八〇〉捷克劇壇近訊》、《〈一八一〉法德雜訊》。均署名沈雁冰。

十二日　發表《〈婦女週報〉社評（二）》，署名玄珠。載《婦女週報》第四期，現收《茅盾全集》第十五卷。

十九日　發表《阿拉伯 K·Gibran 的小品文》，署名雁冰譯。載《文學》週刊第八十八期。

二十四日　發表譯作《烏克蘭的結婚歌》，署名雁冰。載《文學》週報第八十九期。

同日　發表《致徐奎》（書信），署名玄珠。載《文學》週刊第八十九期。

二十七日　出席中共上海地方兼區執行委員會第十五次會議，會上改組了國民運動委員會，決定由向警予、沈雁冰專任婦女方面的國民運動。在這次會議上第一次會見了惲代英。（茅盾《文學與政治的交錯——回憶錄（六）》，載《新文學史料》1980 年第 1 期；翟同泰《茅盾在大革命前的社會和革命活動述略》，載《茅盾研究》第 3 輯）

本月

聞一多《紅燭》由泰東書局出版。

《小說月報》發表太戈爾號（上）。

秋

見到由廣州趕來上海、即將赴法國留學的梁宗岱。通信兩年有餘而初次謀面，欣喜非常。（張瑞龍《詩人梁宗岱》，載《新文學史料》1982 年第 3 期）

十月

一日　發表《雜感》（四則）（文論），署名玄。載《文學》週報第九十期，現收《茅盾全集》第十八卷。云：「世界各民族的文學全盛時代大都在治世，

衰落時代大都在亂世；由亂而入治，必先文學界發出蓬勃的朝氣。我們於此覷得了文學與政治的關係。」

　　同日　發表《致鑫齡九》（書信），署名玄珠。載《文學》週刊第九十期。（按：此信係覆鑫齡九於九月十二日致《文學》諸編輯先生信）

　　八日　發表《讀〈吶喊〉》（評論），署名雁冰。載《文學》第九十一期，現收《茅盾全集》第十八卷。對魯迅的小說集《吶喊》中的重要作品《狂人日記》《阿Ｑ正傳》等作了精到分析和高度評價。指出初讀《狂人日記》時的感受是：「大概當時亦未發生了如何明確的印象，只覺得受著一種痛快的刺戟，猶如久處黑暗的人們驟然看見了絢麗的陽光。這奇文中的冷雋的句子，挺峭的文調，對照著那含蓄半吐的意義，和淡淡的象徵主義的色彩，便構成了異樣的風格，使人一見就感著不可言喻的悲哀的痛快。」「尤其是出世在後的長篇《阿Ｑ正傳》給讀者以難磨滅的印象。現在差不多沒有一個愛好文藝的青年口裡不曾說過『阿Ｑ』這兩個字。」「作者的主意，似乎祇在刻畫出隱伏在中華民族骨髓裡的不長進的性質，——『阿Ｑ相』，我認為這就是《阿Ｑ正傳》之所以可貴，恐怕也就是《阿Ｑ正傳》流行極廣的主要原因。」「中國新文壇上，魯迅君常常是創造『新』形式的先鋒，《吶喊》裡的十多篇小說幾乎一篇有一篇新形式，而這些新形式又莫不給青年作者以極大的影響，欣然有多數人跟上去試驗。」

　　九日　一生愛操刀刻石。鄭振鐸與高君箴結婚前一日，鄭請會篆刻的瞿秋白為鄭母親治印。瞿開了個玩笑，信中寄去臨時寫就的《秋白篆刻潤格》。鄭認為瞿太忙，轉請茅盾代刻。遂「連夜將印章刻好。第二天上午，當茅盾把新刻的印章送到鄭振鐸那裡時，秋白卻差人送上一封紅紙包，上書『賀儀五十元』，打開一看，竟是三個圖章，一是鄭母，另一對是鄭與高的。鄭振鐸按秋白前日寄上的潤格一算，恰是五十元。」與鄭不禁捧腹大笑。（鮑復興：《茅盾與篆刻》，載《桐鄉文藝》，1985 年 7 月浙江桐鄉縣文聯、文化館合編）。

　　十日　與瞿秋白、周建人等參加鄭振鐸、高君箴結婚儀式。

　　同日　發表《致鳴濤》（書信），署名雁冰。載《小說月報》第十四卷第十號」。（按：鳴濤曾致振鐸信，現由雁冰答）

　　同日　發表《致朱立人》（書信），署名雁冰。載《小說月報》第十四卷

第十號。（按：朱立人曾致西締，現由雁冰代答）

　　同日　《小說月報》第十四卷第十號載《海外文壇消息》計有：《〈一八二〉西班牙近訊》、《〈一八三〉奧國現代作家》、《〈一八四〉巴必尼的野蠻人的字典》、《〈一八五〉Jose‧M‧delHogar》《〈一八六〉兩本英國書》、《〈一八七〉新苑的南北歐兩文學家》。均署名沈雁冰。

　　二十二日　發表《答谷鳳田》（書信），署名沈雁冰。載《文學》第九十三期。現收《茅盾全集》第十八卷。談文學家的人生觀，認爲「世固有思想始終一貫的文學家，但是也有前後思想不相同的文學家；人生觀之確定與否，和文學家之所以爲文學家，似乎沒有多大的聯帶關係，因爲文藝作品的價值在乎：觀察的精深，描寫的正確，及態度的謹嚴，這些方面是一個文學作家必備的資格，至於思想方面，甚至可以不問其是否確爲終古不磨（滅）之眞理，何況必責以始終一貫呢？簡括一句話，我以爲，一個作家的每篇作品應得各有一個中心思想，但不必定求其一切作品都有一個思想。」「一個作家對於人生應得下過精深的觀察，以謹嚴的態度，正確地描寫之，初不必先自有意地定要立下一個態度也，作家大可不必先自煩擾，常慮自己作品中無一定的人生觀；因爲他如果對於人生下過精神的觀察，他自然會生出一種意見，取一個態度，而且不自覺地把這種意見做了一篇作品或許多作品的中心思想。我以爲如此而生而潛伏於一作品中的思想與帶著作者的個性，方能使作品有異彩。」

　　同月　作《鄭譯〈灰色馬〉序》（序跋），署名沈雁冰。載十一月五日《時事新報‧學燈》。（按：又載《文學》第九十五期，改題爲《〈灰色馬〉序》。《灰色馬》原作者爲俄國路卜洵，鄭振鐸譯），指出《灰色馬》大抵是「社會革命黨活動的實錄」，是有重要的「革命的人生」意義。同時指出，「中國現代的青年，近年來似乎已經倦於……已經厭聞『革命』這兩個字，……以精神解放自解嘲」，認爲「方今國內的政策，日益反動，社會革命的呼聲久已沉寂，……需要幾個『殺身成仁』的志士，做手槍炸彈的威力，轟轟烈烈地做幾件事，然後可以振聾發聵挽既死之人心」，但又指出，「社會革命必須……以有組織的民眾爲武器；暗殺主義不是社會革命的正當方法」。

本月

　　　中國社會主義青年團機關刊物《中國青年》在上海創刊，由惲代英、鄧中夏、蕭楚女等主辦。

十一月

十日　發表譯作《巨敵》（高爾基著），署名雁冰。載《中國青年》第四期。

同日　《小說月報》第十四卷第十一號發表《海外文壇消息》計有：《〈一八八〉美國的小說》、《〈一八九〉法國的（反對侵略的戰爭）的文學》、《〈一九○〉斯拉夫族新失兩個文人》。均署名沈雁冰。

同日　獲悉《文學與人生》、《未來派文學之現勢》、《陀思妥耶夫斯基》、《霍普德曼的自然主義作品》（署名希眞）、《梅德林克評傳》（署名孔常）均收入《新文藝評論》集（根工編），由上海明智書局出版。

十二日　發表譯作，《俄國文學與革命》，署名沈雁冰譯。載《文學》第九十六期。

同日　發表《〈俄國文學與革命〉附注》（序跋），署名沈雁冰。載《文學》第九十六期。

十四日　發表《〈婦女週報〉社評（三）》（文論），署名玄珠。載《婦女週報》第十三號，現收《茅盾全集》第十五卷。

同月　出版《近代俄國文學家論》，署名雁冰。列入《東方文庫》第六十四種，由商務印書館出版。

本月

　　國民黨發表改組宣言，孫中山決心依靠共產黨來改組國民黨，並實行聯俄、聯共、扶助農工三大政策。

十二月

三日　發表《雜感》（文論），署名雁冰。載《文學》第九十九期，現收《茅盾全集》第十八卷。有感於青年人對文學的興趣日漸濃厚，認爲「此種現象是好的」，它與當今的社會環境有著密切的關係。

十日　《小說月報》第十四卷第十二號載《海外文壇消息》計有：「〈一九一〉蘇俄的三個小說家」、《〈一九二〉泛系主義與意大利近代文學》。均署名沈雁冰。

同日　發表《雜感》（文論），署名雁冰。載《文學》週報第一○○期，現

收《茅盾全集》第十八卷。

十七日　發表《雜感——讀代英的〈八股〉》（文論），署名雁冰。載《文學》第一〇一期。因讀惲代英《八股》一文而有感。認爲代英提出的新文學若「終不過如八股一樣無用，或者還要生些更壞的影響，我們正不必問它有什麼文學上的價值，我們應當像反對八股一樣的反對它」的觀點「痛快之至」。指出：「我們昔者所鰓鰓過慮的『更壞的影響』，幸未實現，現在國內的文學青年不過略微有點『唯美主義迷』」。呼籲青年文藝家「先得從空想的樓閣中跑出來，看看你周圍的現實狀況」。

三十一日　發表《「大轉變時期」何時來呢？》（文論），署名雁冰。載《文學》第一〇三期，初收《茅盾文藝雜論集》，現收《茅盾全集》第十八卷。表示對鄧中夏的《貢獻於新詩人之前》、《新詩人的棒喝》和蕭楚女的《詩的方式與方程式生活》等文觀點的支持。指出：「近年來論壇上對於那些吟風弄月的『醉罷美呀』的所謂唯美文學的攻擊，是物腐蟲生的自然的趨勢。這種攻擊的論調，並不單單是消極的；他們有他們的積極的主張：提倡激勵民氣的文藝」。主張「我們相信文學不僅是供給煩悶的人們去解悶，逃避現實的人們去陶醉；文學是有激勵人心的積極性的。尤其是在我們這時代，我們希望文學能夠擔當喚醒民眾而給他們力量的重大責任。」〔按：據茅盾自述：「我的這篇文章，在我的文學道路上，標誌著又跨出了新的一步，我在這裡宣告：『爲人生的藝術』，應該是積極的藝術，應該是能夠喚醒民眾、激勵人心、給他們以力量的藝術。」（《我走過的道路·文學與政治的交錯》）〕

同月　發表譯作《家庭與婚姻》（俄·考倫特著）由商務印書館出版，載《東方文庫》。

約同月　經陳獨秀致函胡適催領到蔡和森在商務印書館的稿費三百元，由譜主將稿費送交蔡和森。五十年後才獲悉，這筆稿費解決了蔡和森母親「葛建豪老人帶著蔡暢同志和李富春同志的剛滿一歲的女兒從法國回國的路費，以及他夫人向警予回湖南生第二個小孩所需的費用。」（《紀念蔡和森同志》）

本月

二十五日　陳獨秀以中央名義向全黨發佈第十三號「通告」，指示全黨同志要積極投入「復活國民黨」的工作。具體指示爲參加即將召開的國民黨第一次代表大會，各地方組織如何選派代表等事宜。

　　鄧中夏、惲代英、蕭楚女等共產黨人著文提倡新文學要「驚醒巳死的人心，抬高民族的地位，鼓勵人民奮鬥，使人民有爲國效死的精神」，反對「爲藝術而藝術」。

　　胡適、徐志摩、梁實秋等人參加組織新月社活動。

同年

　　仍在商務印書館編譯所工作，同時給化名「鍾英」的黨中央傳遞文件和刊物。弟弟沈澤民以共產黨員的身份，參加了上海國民黨執行部宣傳部的工作。和蔡和森有「較密切的工作聯繫」（《紀念蔡和森同志》）

一九二四年（二十九歲）

一月

一日　發表《給未識面的女青年》（隨感），署名玄珠。載《民國日報・婦女週刊》第二十期，現收《茅盾全集》第十五卷。

五日　發表《青年與戀愛》（隨感），署名沈雁冰。載《學生雜誌》第十一卷第一號，現收《茅盾全集》第十五卷。

十日　發表《現代世界文學者略傳（一）》（傳記），署名沈雁冰、鄭振鐸。載《小說月報》第十五卷第一期。介紹「現代的法國文學者：法郎士、拉夫丹、白利歐、伯桑、克羅但爾、波兒席、萊尼藹、雪里芬、梅列爾、福爾、戛姆、巴蘭」。

同日　《小說月報》第十五卷第一期載《海外文壇消息》計有：《〈一九三〉最近的兒童文學》、《〈一九四〉德國近訊》、《〈一九五〉考波洛斯的絕筆》、《〈一九六〉現代四個冰地作家》。均署名沈雁冰。

十三日　參加中共上海地方兼區執行委員會召開的上海黨員大會。此次會議改選執行委員會，選出沈雁冰等五人為執行委員，沈雁冰任秘書長兼會計。（翟同泰《茅盾在大革命前的社會和革命活動述略》，載《茅盾研究》第3期）

十四日　發表《雜感——美不美》（文論），署名雁冰。載《文學》第一〇五期。現收《茅盾全集》第十八卷。認為「文章的美不美，在乎他所含的創造的原素多不多。創造的原素愈多，便愈美。」「告誡」愛美的人們去愛「真美」，不要愛「假美」。

同月　為鄭譯作序的《灰色馬》作為文學研究會叢書由商務印書館出版。

本月

二十一日　「十月革命領袖」列寧逝世，終年五十四歲。

二十日　國民黨第一次全國代表大會在廣州召開。確立「聯俄、聯共、扶助農工」的新三民主義。

田漢創辦《南國》半月刊。

胡適、陳西瀅、徐志摩等在北京創辦《現代評論》週刊。

二月

一日　發表譯作《南美的婦女運動》（美國甲德夫人原著），署名沈雁冰。載《婦女雜誌》十卷二號。

十日　發表《莫泊桑逸事》（文論），署名雁冰。載《小說月報》第十五卷二期。

同日　發表《現代世界文學者略傳（二）》（傳記），署名沈雁冰、鄭振鐸。載《小說月報》第十五卷第二期。介紹「現代的法國文學者：羅曼・羅蘭、巴比塞、杜哈默德、魯意斯、梅脫靈、瑪倫」的生平及創作。

同日　《小說月報》第十五卷第二期載《海外文壇消息》計有：《〈一九七〉斯干底那維亞近訊》、《〈一九八〉三個德國小說家》，均署名沈雁冰。

十八日　發表《雜感》（文論），署名雁冰。載《文學》第一〇九期。

本月

上海戲劇社演出洪深編導的《少奶奶的扇子》、《好兒子》等劇。

三月

十日　發表《現代世界文學者略傳（三）》（傳記），署名沈雁冰、鄭振鐸。載《小說月報》第十五卷第三期。介紹「現代猶太文學者：賓斯奇、海雪屏、考白林、阿胥；現代匈牙利文學者：莫奈爾、海爾齊格」的生平及創作。

同日　《小說月報》第十五卷第三期載《海外文壇消息》計有：《〈一九九〉波蘭文壇近況》、《〈二〇〇〉奧國文壇近況》、《〈二〇一〉法國的得獎小說》，均署名沈雁冰。

十六日　據自述：「1924 年 3 月 16 日，我因邵力子拉我去編《民國日報》的副刊《社會寫眞》（後改名《杭育》），加之其他事情繁忙，向上海地方兼區執委會提出辭職。我的辭職被通過，但因補選在即，要我仍任執委會的秘書與會計，直到補選出新的執委爲止。」（《我走過的道路・文學與政治的交錯》）

二十八日　發表《參觀日艦的感想》（雜感），署名冰。載《民國日報・社會寫眞》。現收《茅盾全集》第十五卷。

二十九日　發表《有害的發展》（雜感），署名冰。載《民國日報・社會寫眞》。現收《茅盾全集》第十五卷。

三十一日　發表《討論婚姻問題的妙文》（雜感），署名冰。載《民國日報・社會寫眞》。現收《茅盾全集》第十五卷。

同月　發表《司各德重要著作解題》（文論），署名雁冰。收上海商務印書館版《撒克遜劫後英雄略》。（〔英〕司各特著，林紓、魏易譯，沈德鴻校注）

同月　發表《司各德著作編年表》（年表），署名沈德鴻。收上海商務印書館版《撒克遜劫後英雄略》。

同月　發表《〈司各德評傳〉──〈撒克遜劫後英雄略〉代序》（序跋），署名沈德鴻。載上海商務印書館版《撒克遜劫後英雄略》。

同月　獲悉《司各德評傳》（評傳），署名沈德鴻。收入上海商務印書館版《撒克遜劫後英雄略》。

四月

月初　接編《民國日報》副刊《社會寫眞》，至七月底。（按：詳見月底細目）據自述：「在這段時間裡，幾乎每天要寫一篇短文，少則二三百字，多則五六百字。內容五花八門，都是抨擊劣政、針砭時弊的雜文。」（《我走過的道路・文學與政治的交錯》）。

七日　發表《〈紅樓夢〉〈水滸〉〈儒林外史〉的奇辱！》（論文），署名沈雁冰。載《文學》週報第一一六期，現收《茅盾全集》第十八卷。有人說《紅樓夢》是「性慾小說」，《水滸》是「盜賊小說」，《儒林外史》是「科舉小說」，茅盾在該文中反駁了這些謬論。

十日　發表《拜倫百年紀念》（文論），署名沈雁冰。載《小說月報》第十五卷第四期。認爲「拜倫是一個富於反抗精神的詩人」，「中國現在正需要拜倫那樣的富有反抗精神的文學，以挽救垂死的人心。」

同日　發表《現代世界文學者略傳》（四）（傳記），署名沈雁冰、鄭振鐸。介紹柯蘇爾・科洛維奇（上爲南斯拉夫作家）、布爾比綏夫斯基、萊蒙脫、推忒瑪耶爾（以上爲波蘭作家）的生平及創作。

同日　《小說月報》第十五卷第四期載《海外文壇消息》計有：《（二○二）希臘新文學》、《（二○三）俄國的新寫實主義及其他》、《（二○四）意大利小說家亞伯泰開》。均署名沈雁冰。

十四日　發表《對於泰戈爾的希望》（文論），署名雁冰。載《民國日報·覺悟》、現收《茅盾全集》第十八卷。據自述：「對於泰戈爾訪問中國，我寫了兩篇短文。（指《對於泰戈爾的希望》和五月十六日發表的《泰戈爾的東方文化》——編者注）泰戈爾的訪華，使當時的一部分知識分子十分激動，也引起了共產黨的注意，中央認爲，需要在報刊上寫文章，表明我們對泰戈爾這次訪華的態度和希望。我的這兩篇文章，就是根據這個精神寫的。」《對於泰戈爾的希望》大意是：「當這位大詩人載著他的紅帽子、曳著他的黃長袍，踏上這十里洋場的帝國主義『樂園』上海時，歡迎聲像春雷似的爆發了。」「我們也是敬重泰戈爾的。」「我們希望泰戈爾認識到中國青年目前的弱點是正視現實的心情倦怠了，而想逃入虎穴，正想身坐塗炭而神遊靈境。……希望泰戈爾本其反對西方帝國主義的精神，本其愛國主義的精神，痛砭中國一部分人的這種弱點。」

二十八日　發表《匈牙利文學史略》（論文），署名玄珠。載《文學》週刊第一一九期，五月五日第一二〇期，五月十二日第一二一期。

同月　出版主編的《法國文學研究》，列爲《小說月報》第十五卷號外，署名沈雁冰主編，商務印書館發行。

同月　發表《法國文學對於歐州文學影響》（文論），署名鄭振鐸、沈雁冰。載《法國文學研究》（《小說月報》第十五卷號外）。

同月　發表《〈法國文學對於歐洲文學的影響〉申明》（按：此標題係編者所加），署名雁冰。載《法國文學研究》。「申明」此篇論文，「前半篇」由鄭振鐸作，後「因事中輟」，遂「由我續完」。

同月　發表《佛羅貝爾》（文論），署名雁冰。載《法國文學研究》（係《小說月報》第15卷號外）。

同月　在《民國日報·社會寫眞》發表的短文均署名冰。現均收《茅盾全集》第十五卷。計有：

《買賣》；2日，《哭與笑》；3日，《湘匪》；4日，《壽，病》；5日，《清明中的黑暗》；6日《〈嚴禁奇裝女生的懷疑〉按語》；7日，《綁票》；8日，《代表》；9日，《群豬種樹》；10日，《實事求是》；11日，《要不得》；12日，《擒，縱》；16日，《洋錢底說話》、《學校戒嚴》；17日，《名不符實》；19日，《太不

自然了》；20日，《教育界的人格》；22日，《皇會復活》；24日，《去留》；25日，《罪人與詩人》；26日，《孫鬍子的可憐語》；27日，《勤與惰》；29日，《歡迎兒子》；30日，《何妨遊美洲》。

本月

印度詩人泰戈爾來華，由徐志摩陪同先後在上海、南京、濟南、北京等地講學。

五月

三日 發表《讀〈智識〉一二期後所感——並答曹君慕管》（隨感），署名雁冰。載《民國日報・覺悟》。現收《茅盾全集》第十八卷。

四日 應洪深之約，看由洪深翻譯、導演，上海戲劇協社演出的話劇《少奶奶的扇子》。據自述：「我去一看，大開眼界。」「只有這一次演出《少奶奶的扇子》，才是中國第一次嚴格地按照歐美各國演出話劇的方式來演出的：有立體背景，有道具、有舞臺監督。我們也是頭一次聽到『導演』這個詞。」（《我走過的道路・文學與政治的交錯》）事後，茅盾應洪深之邀在明星影片公司電影演員訓練班作一次演講。

十日 發表《現代世界文學略傳（五）》（傳記），署名沈雁冰、鄭振鐸。載《小說月報》第十五卷第五號，介紹現代捷克文學者：白士洛支、白息那、斯拉梅克、馬哈、齊拉散克、沙伐、捷貝克的生平與創作。

十二日 發表《文學界的反動運動》（論文），署名雁冰。載《文學》第一二一期，現收《茅盾全集》第十八卷。駁斥「學衡派」反對白話文、主張言文不應合一的觀點。

十六日 發表《太戈爾與東方文化——讀太氏京滬兩次講演後的感想》（隨感），署名雁冰。載《民國日報・覺悟》。現收《茅盾全集》第十八卷。「這是就泰戈爾在杭州、上海、南京、北京的幾次講演，批評（現在是批評了）泰戈爾的『東方文明』的實質。」據自述：「我指出泰戈爾在上海的題爲《東方文化的危機》的講演，只是反覆警告中國人民不要捨棄了自己寶貴的文化去接受那無價值的醜惡的西方文化；……但是他既沒有說明東方文化是什麼，也沒有說明什麼是西方文化。」（《我走過的道路・文學與政治的交錯》）

十九日 發表《進一步退兩步》（文論），署名雁冰。載《文學》第一二

二期。原收《茅盾文藝雜論集》，現收《茅盾全集》第十八卷。指出：「新文學界在這兩三年裡，進了一步，卻退了兩步。」進一步是指大家都曾提倡白話文，做白話文。退兩步是指：一是「在白話文的勢力尚未十分鞏固的時候，忽然做白話文的朋友自己先謙遜起來，自己先懷疑白話文……」；二是「忽然多數做白話文的朋友跟了專家的腳跟，埋頭在故紙堆中，做他們的所謂『整理國故』」。

　　同日　發表《致〈文學週報〉讀者》（按：《茅盾全集》編者加標題為《梁俊青來信「按語」》，現收《茅盾全集》第十五卷。）（書信），署名雁冰。載《文學》第一二二期，收文化藝術出版社版《茅盾書信集》。就《文學週報》所登梁俊青先生一文中的德文排字和校對錯誤道歉。

　　同月　發表於《民國日報‧社會寫真》的短文，均署名冰。現均收《茅盾全集》第十五卷。計有：

　　1日，《不勞而獲》；4日，《今天的希望》；5日，《人肉饅頭》；6日，《吃飯問題》；7日，《保存〈四庫全書〉》；8日，《在家辦公》；9日，《「社會寫真」要改頭換面了》；10日，《國家主義》；11日，《豬仔與妓女》。

　　同月　發表於《民國日報‧杭育》的短文，均署名冰。現收《茅盾全集》第十五卷。計有：

　　《「杭育」的意義》；13日，《掛名公使罷》；14日，《辭職的性質》；15日，《顧全面子》；16日，《同鄉的意味》；17日，《特別綁票》；18日，《謠言如何挽回》；19日，《閱者自決》；20日，《恢復科舉罷》，21日，《送禮》；22日，《綁死票》，23日，《航空的比較》；24日，《歡迎會》；25日，《小學界的離奇案》；26日，《是否應映自殺影片》，28日，《中國的睡病》；29日，《根本之策》；30日，《溥儀的忠臣》；31日，《返老還童說》。

本月

　　黃埔軍校成立，蔣介石任校長，周恩來任政治部主任。

　　惲代英《文藝與革命》發表於《中國青年》第三十一期。

　　十二日　《文學》週刊發表梁俊青的《評郭沫若譯的〈少年維特之煩惱〉》，文中指出郭譯中的錯誤，從而又引起文學研究會與創造社之間的筆戰。

六月

二日　發表《有許多青年》（隨感），署名玄珠。載《文學》週報第一二四期。

同日　發表《雜感》（文論），署名玄珠。載《文學》週報第一二四期，現收《茅盾全集》第十五卷。

十日　《小說月報》第十五卷第六期載《海外文壇消息》計有：《〈二〇五〉匈牙利小說》、《〈二〇六〉加拿大文學》。（按：至此，《海外文壇消息》終止）均署名沈雁冰。

二十三日　發表《四面八方的反對白話聲》（雜感），署名玄珠。載《文學》第一二七期，現收《茅盾全集》第十五卷。

同月　發表於《民國日報・杭育》的短文，均署名冰。現均收《茅盾全集》第十五卷。計有：

1日，《防盜之方》；2日，《鄉民的精神》；3日，《皖女學生自殺》；四日，《北方的戲》；5日，《馮玉祥的撲蠅隊》；6日，《製毒費》；7日，《飛機進步》；8日，《空中自由》；10日，《山東的女匪》；11日，《易釵而弁》；12日，《請看半截人》；13日，《辦公與營私》；15日，《何妨時髦點》；16日《班樂衛的態度》；17日，《法國式的接吻》；19日，《孫王鬥法》；20日，《功狗變節》；21日，《二老中間的楊森》；22日，《風，雨》；24日，《小學校奇案之悲觀》；26日，《土皇帝的壽費》；28日，《一幅好影戲》；29日，《秀才之妻》；30日，《小學校奇案的裁判》。

本月

共產國際第五次代表大會在莫斯科召開，李大釗出席會議。

七月

九日　發表《〈婦女週報〉社評（四）》（評論），署名韋。載《婦女週報》第四十三號。現收《茅盾全集》第十五卷。

同日　發表《打破煩悶之網的利器》（雜感），署名韋。載《婦女週報》第四十三號，現收《茅盾全集》第十五卷。

十四日　發表《蘇維埃俄羅斯的革命詩人》（文論），署名玄珠。載《時

事新報・學燈》，同時載《文學》一三○期，題爲《蘇維埃俄羅斯的革命詩人——瑪霞考夫斯基》。

十六日　發表《〈婦女週報〉社評（五）》，署名章。載《民國日報・婦女週報》第四十四號，現收《茅盾全集》第十五卷。

二十一日　發表《答郭沫若》（書信）（按；此處署名編者，實爲譜主與鄭振鐸），載《文學》第一三一期。現收《茅盾全集》第十八卷。針對同期發表的《郭沫若致編輯諸君》文中的所謂「借刀殺人」、「濫招黨羽」等觀點進行了批評。（按：據譜主回憶）當時「郭沫若因《文學》週報登載了梁俊青對他譯的《少年維特之煩惱》譯文的批評，給《文學》週報編輯部寫了一封長信，指責我們『借刀殺人』等等。我和鄭振鐸以編者的名義作了答覆（見《文學》週報一三一期），批評學術界「只尋別人錯頭，忘記自己過失」的現象。指出：「郭君及成君等如以學理相質，我們自當執筆周旋，但若仍舊並無佐證漫罵快意，我們敬謝不敏，不用回答。」據回憶自述：「由於我們掛出了『免戰牌』，持續三年的文學研究會與創造社的論戰，也就結束了。」（《我走過的道路・1922 年的文學論戰》）

二十三日　發表《〈婦女週報〉社評（六）》，署名章。載《民國日報・婦女週報》第四十七號，現收《茅盾全集》第十五卷。

同月　發表在《民國日報・杭育》的短文，均署名冰。現均收《茅盾全集》第十五卷。計有：

1 日，《鬧鬼話》；2 日，《外交官與交際官》；3 日，《北京的兩母》；5 日，《冷熱》；6 日，《做夢》；7 日，《孫胡應該出洋》；8 日，《氣之分析》；9 日，《泌浴》；10 日，《求雨的笑話》；11 日，《防盜》；12 日，《康有爲頻送秋波》；13 日，《久不聞此聲了》；14 日，《秀才籌賑》；15 日，《倪嗣沖死了》；16 日，《成績卓著》；17 日，《顧夫人的威風》；18 日，《做官秘訣》；19 日，《黃鶴樓的火》；21 日，《黃包車缺乏》；22 日，《豬兔之爭》；23 日，《取締豬仔打架的我見》；24 日，《「社會寫眞」的來路》，25 日，《康聖人修孔廟》；26 日，《乞丐會議》；27 日，《審定的推測》；29 日，《萬牲園的新牲口》；30 日，《辦賑人才》。

當月

二十一日　郭沫若發表《致編輯諸君》，載《文學》第一三一期。

本月

蕭楚女發表《藝術與生活》，載《中國青年》三十八期。

葉聖陶遷居上海閘北香山路仁餘里二十八號，門外仍掛「文學研究會」牌子。

八月

四日　發表《歐戰十年紀念》（政論），署名雁冰。載《文學》第一三三期，現收《茅盾全集》第十八卷。

五日　發表《遠東與近東的婦女運動》（論文），署名沈雁冰。載《婦女雜誌》十卷八號，現收《茅盾全集》第十五卷。

十日　發表《歐州大戰與文學——爲歐戰十年紀念而作》（論文），署名沈雁冰。載《小說月報》第十五卷第八號。文章有如下幾部分：一、發端；二、文學家對於戰爭的態度——贊助者；三、文學家對於戰爭的態度——反對者；四、不談戰爭的青年文藝家；五、戰爭文學一瞥——小說；六、戰爭文學一瞥——詩歌；七、戰爭文學一瞥——戲曲。對第一次世界大戰後歐洲文學發展及衍變作了系統介紹及評論。

二十五日　發表《非戰文學雜談》（雜論），署名雁冰。載《文學》第一三六期、九月一日該刊第一三七期。

同日　發表於《民國日報·杭育》的短文，均署名冰。現收《茅盾全集》第十五卷。計有：

1日，《諂與媚》，2日，《奇》；3日，《故警之碑》；4日，《打破忌諱》；5日，《偶然的雨》；7日，《政客之行徑》；8日，《不值一顧》；11日，《救災》；12日，《褒獎倪嗣沖》；15日，《奇怪的稱呼》；16日，《昨天所見的事》；18日，《同是幻術》；19日，《空氣作用》；20日，《媚鬼》；21日，《秀才的新議論》；22日，《眞戰歟假戰歟》？23日，《殷鑒不遠》；24日，《「打」與「不打」的打》；27日，《忘了自己的地位》；28日，《拉夫與拉長》；29日，《避難》；31日，《移軍駐蘇》。

本月

二日　爲第一次世界大戰十週年紀念日。《小說月報》先後刊出《非戰文學號》，各類反戰題材文學作品四十九篇。

《洪水》週刊在上海創刊。

九月

七日　發表《少年國際運動》（文論），署名赤誠。載《民國日報·覺悟》。現收《茅盾全集》第十五卷。

十日　發表《現代世界文學者略傳（六）》（傳記），署名沈雁冰、鄭振鐸。載《小說月報》第十五卷第九號，介紹作家有烏拉圭：左列拉、馬丁、潘萊友、配蒂忒；秘魯：旭卡諾；墨西哥：甘波的生平及創作。

十七日　發表《〈婦女週報〉社評（七）》，署名韋。載《民國日報·婦女週刊》。現收《茅盾全集》第十五卷。

二十四日　發表《〈婦女週報〉社評（八）》，署名韋。載《民國日報·婦女週刊》。現收《茅盾全集》第十五卷。

二十九日　發表譯作《復歸故鄉》〔匈牙利〕拉茲古原著，署名玄譯。載《文學》第一四一～一五三期（十二月二十二日載完），後收入一九二八年開明書店出版的《雪人》集裡。現收《茅盾譯文選集》。

同月　至一九二五年一月在《兒童世界》發表希臘神話，均署名沈雁冰。現收《茅盾全集》第十卷。計有：《普洛米修士偷火的故事》（9 月 13日）、《何以這世界上有煩惱》（10 月 11 日）、《迷達斯的長耳朵》（11 月 8 日）、《洪水》（10 月 18 日）、《春的復歸》（10 月 25 日）、《番私和太陽神的車子》（11 月 10 日）、《卡特车司和毒龍》（11 月 15 日）、《勃萊洛封和他的神馬》（1925 年 1 月 10 日）、《驕傲的阿拉克納怎樣被罰》（1925 年 1 月 24 日）、《耶松與金羊毛》（1925 年 1 月 30 日）。

本月

皖系浙江督軍盧永祥與直系江蘇督軍齊燮元火拼，「江浙戰爭」爆發，下月，以盧永祥戰敗而告終。

十四日　曹錕下令討代張作霖，第二次直擊戰爭爆發。

本月　孫中山召開籌備北伐會議，國民黨發表《北伐宣言》。

十月

十日　發表《法郎士逝矣！》（散文），署名雁冰。載《小說月報》第十五卷第十期。

二十五日　發表《嗚呼，研究系之〈時事新報〉！》（雜文），署名赤城。載《民國日報・覺悟》。現收《茅盾全集》第十五卷。

本月

23日　直軍將領馮玉祥回兵北京，發動政變，推翻曹錕政權，將自己的部隊改稱爲「國民軍」。

曾琦等在上海創辦《醒獅》週報。

林紓逝世，終年七十二歲。

《語絲》週刊在北京創刊。

十一月

約同月　籌組數月之「桐鄉青年社」，因故渙散，活動停止，報刊停辦。

約同月　獲悉瞿秋白遷至閘北順泰里十二號，過往較密。

本月

四日　卡・柯立芝當選爲美國總統。

二十六日　蒙古人民共和國宣告成立。

魯迅等在北京發起成立《語絲》社。

十二月

十一日　作《中國神話的研究》（文論），署名沈雁冰。載《小說月報》第十六卷第一期。本書係譜主在閱讀了騰尼斯著《中國民俗學》和威納著《中國神話與傳說》等「幾本英文的講神話的書後」，發現「材料雖然豐富」，可惜「太蕪雜」，「議論太隔膜」，於是「動手搜羅些材料」運用橫向比較研究的方法，探討了「各文明民族」神話產生的原因，又從縱向比較研究的角度論述了「中國神話與古史的關係」等理論問題，引用大量材料，闡明了自己的觀點。是一篇系統研究中國神話理論的長篇文論。文章認爲「神話是一種流行於上古時代的民間故事，所敘述的是超乎人類能力以上的神們的故事，雖然荒唐無稽，可是古代人民互相傳達卻確信以爲是眞的。」同時把中國神話分類爲「天地開闢的神話」、「日月風雨及其他自然現象的神話」、「萬物來源的神話」、「記述神話」、「幽冥世界的神話」、「人物變形的神話」及記載神仙的古籍等。

本月

《京報副刊》創刊，孫伏園任主編。

13 日　《現代評論》週刊在北京創刊，主要撰稿人有胡適、徐志摩、陳西瀅等。

同年

約年底　陸續看到了鄧中夏的《貢獻於新詩人之前》（載 1923 年 11 月 22 日《中國青年》第十期）、惲代英的《文學與革命》（載 1924 年 5 月 17 日《中國青年》第三十一期），沈澤民的《文學與革命文學》（載 1924 年 11 月 6 日《民國日報‧覺悟》，萌發了撰寫有關論文的想法：「在 1924 年，鄧中夏、惲代英和沈澤民等提出了革命文學的口號，之後，我就考慮要寫一篇以蘇聯的文學為借鑒的論述無產階級革命文學的文章。我的目的，一則想對無產階級藝術的各個方面作一番探討；二則也有清理一番自己過去的文學藝術觀點的意思，以便用『為無產階級的藝術』來充實和修正『為人生的藝術』」（《我走過的道路‧五卅運動和商務印書館罷工》）

冬

冬　任「商務印書館的黨支部書記，支部會議常在我家開」，剛結婚的瞿秋白和楊之華住在閘北泰順里十二號，「我住在十一號」，所以「秋白代表黨中央常來出席」會議。「他常和我談論時局和黨內的問題。他很尊敬陳獨秀，但不滿陳的獨斷專行。他和我一樣對彭述之不滿，認為彭淺薄，作風不正，並對陳獨秀的信任彭述之有意見。」（《回憶秋白烈士》）

一九二五年（三十歲）

一月

月初　開始編選《淮南子》。選注了《淮南子》中的《俶眞》、《覽冥》等八篇。同時查閱古籍，逐一考證《淮南子》的內容。

五日　發表《波蘭的偉大農民小說家萊芒忒》（文論），署名雁冰。載《時事新報・學燈》。

同日　發表《新性道德的唯物史觀》（文論），署名雁冰。載《婦女雜誌》第十一卷一號，現收《茅盾全集》第十五卷。

十日　發表《現代德奧文學者略傳（一）》（傳記），署名沈雁冰。載《小說月報》第十六卷第一期。評介了霍德曼・蘇德曼。

十九日　發表《文學瞭望台》（短論），署名沈鴻。載《文學》第一五七期。

同日　發表《安德烈夫略傳——〈鄰人之愛〉代序》（序跋），署名沈德鴻。載商務印書館版《鄰人之愛》。（按：《鄰人之愛》安德烈夫原著，沈澤民譯，沈德鴻作《序》）。

同月　與鄭振鐸介紹顧仲起到廣東黃埔陸軍教導團參加北伐戰爭，顧仲起原係南通師範學校學生，因參與學生運動而被校方開除，繼而遭受家庭責難，遂到上海。曾當過碼頭工人及雜工，並給《小說月報》投稿。現與鄭振鐸商量後，寫了介紹信並資助路費，讓他投奔黃埔軍校。此人後來加入中國共產黨，革命低潮時期又感到「幻滅」。其經歷及個性後來成爲譜主的《幻滅》中強連長的創作原型。（陳福康：《鄭振鐸年譜》）

本月

中國共產黨第四次代表大會在上海舉行。

蔣光慈的第一部新詩集《新夢》出版。

二月

二日　發表《雜感》（文論），署名玄。載《文學》第一五八期。

九日　發表《文學瞭望台》（短論），署名沈鴻。載《文學》第一五九期。

十六日　發表《文學瞭望台》（短論），署名沈鴻。載《文學》第一六〇期。

二十三日　發表《最近法蘭西的戰爭文學》（文論），署名玄珠。載《文學》第一六一期。

二十八日　發表《喜芙的黃金頭髮——北歐神話之一》（神話），署名雁冰。載《兒童世界》第十三卷第九期。現收《茅盾全集》第十卷。

同月　支持妻子孔德沚與瞿秋白夫人楊之華、葉聖陶夫人胡墨林一起深入工廠做宣傳鼓動工作。

本月

日本人在上海開設的內外棉工廠工人罷工並取得勝利。

三月

七日　發表《菽耳的冒險——北歐神話之二》（神話）署名雁冰。載《兒童世界》第十三卷第十期，現收《茅盾全集》第十卷。

九日　發表《打彈弓》（民謠評論）署名玄珠。載《文學》第一六三期，現收《茅盾全集》第十八卷。對民謠戀歌《打彈弓》作了分析，認爲「民謠是民眾思想的結晶的表現，在民俗學上佔著極重要的地位。」

十日　發表《人物的研究——〈小說研究〉之一》（論文），署名沈雁冰。載《小說月報》第十六卷第三號，現收《茅盾全集》第十八卷。詳盡分析了中外小說中，人物形象塑造的方法及其流變。

十四日　發表《亞麻的發現——北歐神話之三》（神話），署名沈雁冰。載《兒童世界》第十三卷第十一期，現收《茅盾全集》第十卷。

十六日　發表《現成的希望》（文論），署名玄珠。載《文學》第一六四期，現收《茅盾全集》第十八卷。由曾經寫過小說的顧仲起當兵之事，聯想到親歷戰爭、有親身經驗的人創作戰爭題材的小說是一種「現成的希望」。

同日　發表《文學瞭望台》（五則短論），署名沈鴻。載《文學》第一六四期。

十七日　作《〈淮南子〉（選注本）緒言》（序跋），署名沈雁冰。初收1926

年 3 月商務印書館出版《淮南子》（學生國學叢書，沈雁冰選注）。現收《茅盾全集》第十九卷。

二十一日　發表《芬利思被擒——北歐神話之四》（神話），署名雁冰。載《兒童世界》第十三卷第十二期。現收《茅盾全集》第十卷。

二十三日　發表《一個青年的信札》（散文），署名玄珠。載《文學》第一六五期，現收《茅盾全集》第十一卷。

二十八日　發表《青春的蘋果——北歐神話之五》（神話），署名雁冰。載《兒童世界》第十三卷第十三期。現收《茅盾全集》第十卷。

三十日　收魯迅寄贈的《苦悶的象徵》。（魯迅 1925 年 3 月 28 日《日記》）

同月　校注的《俠隱記》（〔法〕大仲馬著、伍光健譯、沈雁冰校注）由商務印書館出版。

同月　發表《〈大仲馬評傳〉——〈俠隱記〉代序》（傳記），署名沈德鴻。載商務印書館版《俠隱記》。

本月

十二日　孫中山逝世，終年五十九歲。國民悲慟，各種哀悼活動，數日之久。

胡漢民代理大元帥職。

《民國日報》被段祺瑞政府查封。

四月

十一日　發表《爲何海水味鹹——北歐神話之六》（神話），署名沈雁冰。載《兒童世界》第十四卷第二期。現收《茅盾全集》第十卷。

二十七日　發表譯作《瑪魯森珈的婚禮》，署名玄珠。載《文學》第一七〇期。

本月

中共中央機關刊物《新青年》創刊。第一期出版「列寧專號」。

五月

二日　應邀爲上海藝術師範學校師生作報告，談及無產階級藝術的特

徵、無產階級藝術的形成和發展，以及蘇聯的文藝現狀。後來「適《文學》需稿，因舉所言筆之於篇」寫成《論無產階級藝術》第一節。(《〈論無產階級藝術〉附注》)

十日　發表《論無產階級藝術》(文論)，署名沈雁冰。連載於《文學》第一七二、一七三、一七五(文章前四節)，曾收《茅盾文藝雜論集》，現收《茅盾全集》第十八卷。「第一節探討無產階級藝術的歷史及形成」；「第二節論述了無產階級藝術產生的條件，提出了一個藝術產生的公式：『新而活的意象＋自己批評(即個人的選擇)＋社會的選擇藝術』」；「第三節探討了無產階級藝術的範疇」；「第四節就蘇聯的文藝現象討論無產階級藝術的內容」(《我走過的道路‧五卅運動和商務印書館罷工》)(按：後因發生五卅運動，「作者因事一擱」中斷了第五節的寫作。)

同日　作為《文學》週刊的編者之一，同意從本日起將《文學》週刊，改名為《文學週報》，脫離《時事新報》而獨立發行。是日編者刊出《今後的本刊》，表示「我們所要打破的是文學界的諸惡魔，是迷古的倒流的舊思想，所要走的是新鮮的活潑的生路」。

十四日　作《〈莊子〉(選注本)緒言》(序跋)，署名沈雁冰。初收一九二六年十月商務印書館《莊子》(學生國學叢書，沈雁冰校注)，現收《茅盾全集》第十九卷。考證了莊子所處的時代，《莊子》的內容，自晉以來對《莊子》的研究，以及莊子的基本思想。認為「如果據研究古代思想史的立點而言，則《莊子》一書本身的價值及其對於後代思想(例如晉代)的影響，都不容忽視；它(《莊子》)是我們古代思想史上極重要的一頁」，但因為「莊子的根本思想是懷疑到極端後否定一切的虛無主義；莊子的人生觀是一切達觀、超出乎形骸之外的出世主義」，「失了自己進取的地步，故只能逍遙物外，竟成了進步革命的障礙物」！，如果「思行莊子之道於今日之世，那就犯了『時代錯誤』的毛病了」。

二十四日　發表《軟性讀物與硬性讀物》(雜文)，署名沈雁冰。載《文學週報》第一七四期，現收《茅盾全集》第十五卷。

同日　發表譯作《花冠》(烏克蘭結婚歌)，署名雁冰。載《文學週報》第一七四期。

二十五日　夜，作《談談〈傀儡之家〉》(劇評)，署名沈雁冰。載六月七

日《文學週報》第一七六期。

三十日　前往南京路參加「五卅」示威遊行，與夫人德沚、瞿秋白的夫人楊之華同上海大學學生宣傳隊一起，沿路演講，遭巡捕驅趕，目睹了「五卅」慘案，義憤填膺：「『五卅』慘案使我突破了自設的禁忌，我覺得政論文已不足宣泄自己的情感和義憤。我共寫了八篇散文，其中就有七篇是與『五卅』有關的。這次的『試筆』，也許和我後來終於走上創作的道路不無關係。」（《我走過的道路·五卅運動與商務印書館罷工》）

同日　晚，作《五月三十日的下午》（散文），署名沈雁冰。載十四日《文學週報》第一七七期。現收《茅盾全集》第十一卷。記錄了帝國主義在南京路上槍殺示威群眾，製造五卅慘案的情景。譴責了帝國主義的暴行、謳歌工農學生的反抗精神，指出我們現在唯一的辦法是「以眼還眼，以牙還牙」。

三十一日　上午，得到「齊集南京路」的通知，遂與德沚、楊之華到南京路。大雨傾盆，德沚與楊之華加入演講隊，遭英國和印度巡捕威脅阻撓，仍堅持演講。下午三時，示威群眾被強行驅散，遂獨自回家。傍晚，德沚歸。獲悉她們的「戰績」，隨後到隔壁瞿秋白家，談論鬥爭形勢。

同月　與張聞天合譯西班牙《倍那文德戲曲集》出版。

本月

三十日　上海二千餘名學生上街遊行，聲討帝國主義槍殺罷工工人、共產黨員顧正紅、同時打傷工人的罪行，結果慘遭英國巡捕鎮壓、打死打傷多人，製造了「五卅」慘案。

北京女師大學生愛國風潮日益發展。

六月

二日　與鄭振鐸、胡愈之、葉聖陶等通宵撰編《公理日報》。

三日　《公理日報》創刊，與鄭振鐸、葉聖陶、王伯祥、徐調孚等任編輯，編輯部就設在寶山路寶興西里九號鄭振鐸家裡。該報名義上是上海學術團體對外聯合會主編，而實際的編輯工作都落在商務印書館編譯所中的文學研究會會員身上。《公理日報》開始揭露各報不敢報導的「五卅」慘案眞相。（茅盾《五卅運動與商務印書館罷工》，載《新文學史料》1980 年第 2 期）。

　　四日　與韓覺民、侯紹裘、沈聯璧、周越然、丁曉光、楊賢江、董亦湘、劉薰宇等三十餘人，發起上海教職員救國同志會，在立達中學開會，並發表宣言。教職員救國同志會還組織了講演團，沈雁冰的講題是《「五卅」事件的外交背景》。（翟同泰《茅盾在大革命前的社會和革命活動述略》，載《茅盾研究》第 3 輯）

　　六日　與籌備會楊賢江、侯紹裘發表談話，「內容是：江蘇省教育會所發起的上海各學校教職員聯合會專就補救學潮善後著想，且以學校爲單位，我們認爲它的主張太淺，範圍太狹，因而發起教職員救國同志會，以教職員個人爲單位，從事救國運動。」（《我走過的道路・五卅運動與商務印書館罷工》）

　　同日　發表《注意段政府的外交政策》（政論），署名玄珠。載《公理日報》第四號，現收《茅盾全集》第十五卷。

　　七日　下午，參加上海教職員救國會在立達中學召開的會議。此次會議決定「救國會」設總務、宣傳、外交三股，成立臨時執行部。（茅盾《五卅運動與商務印書館罷工》，載《新文學史料》1980 年第 2 期）

　　八日　發表《我們對美國的態度》（政論），署名玄珠。載《公理日報》。現收《茅盾全集》第十五卷。

　　九日　繼續參加上海教職員救國同志會籌備會議。會議決定由沈雁冰和沈聯璧負責起草宣言。（茅盾《五卅運動與商務印書館罷工》載《新文學史料》1980 年第 2 期）

　　十日　發表譯作《馬額的羽飾》（〔匈牙利〕莫爾奈著），署名沈雁冰譯。載《小說月報》第十六卷第六號。

　　十五日　負責起草的《上海教職員救國同志會宣言》，發表於《公理日報》，著重指出：「我輩負教育之責者，一方庶以國民資格，率先爲救國的活動，一方以教育者的資格，領導受我輩教育之青年，爲救國的活動，並培養救國之能力。」

　　十六日　教職員救國同志會組織講演團，茅盾爲演講團成員之一，具體分工講演《『五卅』事件的外交背景》。

　　十九日　爲中華職業學校師生作《『五卅』事件的外交背景》（講演）。指出近年來我國制定的「以夷制夷」之外交政策，成了帝國主義與軍閥勾結爲奸的工具和藉口。

中旬　爲「藝校」和「職校」師生作《五卅事年之負責者》講演。指出國人皆認定「五卅慘案」的「負責者」是英國政府，決不能放棄對日本政府的揭露。從策略上說，目前暫不宜同時對付美國政府。

二十一日　上午，參加商務印書館工會成立大會，會場借江路廣舞臺。該工會的成立爲商務印書館大罷工準備了條件。黨中央派徐梅坤在罷工委員會內組織臨時黨團，實際領導罷工鬥爭，譜主被指定爲臨時黨團成員，並與楊賢江負責商務印書館內黨的組織。經選舉又成罷工中央執行委員會委員。

同月　曾參與《公理日報》的編輯，該報停刊後，選注《楚辭》八篇。

同月　作《〈楚辭〉（選注本）緒言》（序跋），署名沈雁冰。收 1928 年 9 月商務印書館版《楚辭》（學生國文叢書，沈雁冰校注）。

同月　編《文學小辭典》，後因罷工而輟筆。

本月

上海「五卅」運動的影響很快波及全國。一日，中共中央決定，由上海總工會聯合全國學聯、上海學聯等，組成「上海工商學聯合會」，作爲反帝鬥爭的公開領導機關。六日，中共中央發表《爲反抗帝國主義野蠻殘暴的大屠殺告全國民眾書》。七日，上海工商學界二十餘萬人集會，提出十七個條件與帝國主義進行交涉。隨之北京、天津、漢口、廣州等幾十個城市發生「三罷」熱潮。十九日開始，省港大罷工開始，堅持達一年零四個月之久。

四日　中共中央出版《熱血日報》，瞿秋白任主編。

二十四日　因資金、人力等原因，《公理日報》停刊。

七月

五日　發表《「暴風雨」——五月三十一日》（散文），署名沈雁冰。載《文學週報》第一八〇期。現收《茅盾全集》第十一卷。速寫式地記述五月三十一日在南京路參加反帝示威鬥爭的場面，流露出因親歷這場「暴風雨」式的鬥爭而產生的興奮之情。

同日　發表《告有志研究文學者》（論文），署名沈雁冰。載《學生雜誌》第十二卷七號，現收《茅盾全集》第十八卷。全文分：「一、文學是什麼？」「二、文學能替人群做什事？」「三、是否人人可做文學家」「四、現代文學

家的責任」幾部分。文章最後提出：「描寫現代生活的缺點，搜求它的病根，然後努力攻擊那些缺點和病根，以求生活的改善：這便是現代文學家的責任！」

十日　發表《現代德奧文學者略傳（二）》（傳記），署名沈雁冰。載《小說月報》第十六卷七號，介紹法蘭生、維也貝、湯麥士漫的生平及創作。

十九日　發表《街角的一幕》（散文），署名沈雁冰。載《文學週報》第一八二期。現收《茅盾全集》第十一卷。主要通過 A 與 B 一九二五年六月裡的一日在街角的一席對話，辛辣諷刺 A 的「逆來順受」的哲學，並表明這種處世哲學在現實面前必然碰壁。

本月

　　廣東軍政府改組成國民政府，汪精衛爲主席。

　　章士釗在北京將《甲寅》復刊爲週刊。

八月

九日　發表譯作《烏克蘭結婚歌》二首，署名沈雁冰。載《文學週報》第一八五期。

十六日　發表譯作《文藝的新生命》（布蘭特斯《安徒生論》中的一節）署名沈雁冰。載《文學週報》第一八六期。

二十二日　商務印書館罷工開始，由發行所（由廖陳雲（即陳雲）、章郁庵負責）首先發動。下午，印刷所（由徐梅坤負責）接著發動。（茅盾《五卅運動與商務印書館罷工》，載《新文學史料》1980 年第 2 期；翟同泰《茅盾在大革命前的社會和革命活動述略》，載《茅盾研究》第 3 輯）

二十四日　商務印書館編譯所也宣布罷工，要求資方滿足增加工資、縮短工作時間等要求。下午，勞資雙方在總務處會客室進行談判，與鄭振鐸、丁曉先作爲編譯所的代表出席了談判，但並未談出結果。（茅盾《五卅運動與商務印書館罷工——回憶錄（七）》，載《新文學史料》1980 年第 2 期）

二十五日　罷工的代表在俱樂部彈子房開會，當場被推定爲罷工中央執行委員會的十三位委員之一。並決定：以後罷工消息由罷工中央執行委員會寫定後送各報館，拒絕各報記者採訪，由茅盾擔任撰稿和發佈消息的責任。（同上）

二十六日　印書館的勞資雙方繼續談判。談判中，忽有淞滬鎮守使派來的一個營長及幾個士兵闖進來，強令明日復工，使談判中斷。下午，部分罷工職工在彈子房開會，在會上以罷工中央執行委員會委員的資格，報告了上午發生的事，並說明勞資雙方條件的差距很大、較難接近。（同上）

二十七日　商務印書館資方突然讓步，雙方經過一整天的討價還價，終於在晚上九時達成協議。（同上）

二十八日　上午，商務印書館全體職工在東方圖書館前的廣場上召開大會。代表罷工中央執行委員會報告了談判的經過，解釋了協議的內容，指出復工條件的主要項目，如增加工資、承認工會有代表工人之權利、改良待遇、優待女工等，都有較有利的規定。到會職工一致歡呼。（茅盾《五卅運動與商務印書館罷工》，載《新文學史料》1980 年第 2 期）

本月

二十日　國民黨左派首領廖仲愷在廣州被暗殺，終年四十八歲。

九月

十三日　發表《文學者的新使命》（論文），署名沈雁冰。載《文學週報》第一九〇期。現收《茅盾全集》第十八卷。認為「文學是人生的真實的反映。」「這樣的文學，方足稱為能於如實地表現現實人生而外，更指示人生向美善的將來；這便是文學者的新使命。」「新鮮的無產階級精神將開闢一新時代，我們的文學者也應該認明了他們的新使命，好好的負荷起來。」

二十日　發表《疲倦》（散文），署名沈雁冰。載《文學週報》第一九一期，曾收《茅盾散文速寫集》，現收《茅盾全集》第十一卷。認為當時存在這樣一種社會現象：「熱情的高潮，已成為過去，在喘息的剎那間，便露出了疲容。」雖然「新勢力正在蓄，可是老民族的背脊裡，卻已十二分的疲乏」，「這是脊柱衰弱症」。因之呼籲「我們要從背柱裡取去乾枯的脊髓，換進紅潤多血的新脊髓！」文章還指出，一些因太多幻想、過分希望而弄得思想疲倦的現象，是「疲倦」的又一方式，治療法「就是少飲些自醉的酒。」

二十七日　發表《復活的土撥鼠》（散文），署名沈雁冰。載《文學週報》第一九二期，曾收《茅盾散文速寫集》，現收《茅盾全集》第十一卷。以土撥

鼠「被那過分強烈的陽光曬暈了」的故事，比喻一些青年在時代環境中的某些精神狀態：「她們在黑房間住得怪不耐煩，要求呼吸點自由空氣，——戀愛的空氣；但在外面的空氣裡，這一群住慣了冷冰冰地方的年青人，竟受不住。有的暈了過去，有的熱得瘋狂了，也有想縮退回原處去。

　　同月　與惲代英、張聞天、沈澤民、楊賢江、郭沫若等人聯合發起的中國濟難會在上海成立。總會設在上海，全國各重要城市設有分會，旨在保護和營救受迫害的革命者及革命烈士家族。

　　本月

　　　　創造社刊物《洪水》半月刊在上海創刊。

　　　　魯迅與韋素園、曹靖華、李霽野等組織未名社，並接編《未名叢刊》。

十月

　　四日　在上海作《大時代中的一個無名小卒的雜記》（散文），署名沈雁冰。載十一日《文學週報》第一九四期，現收《茅盾全集》第十一卷。

　　十六日　續作完《論無產階級藝術》第五節（文論），署名沈雁冰。載《文學週報》第一九六期。論及無產階級藝術的形式。

　　十八日　發表節譯《關於「烈夫」的〈通信〉》和《譯前言》，《譯後記》，署名沈雁冰，載《文學週報》第一九五期。

　　本月

　　　　一日　徐志摩主編的《晨報副刊》出版，成為現代評論派陣地。

　　　　陳翔鶴、楊晦、馮至等在北京組成沉鐘社。

十一月

　　七日　與夫人德沚一起出席了瞿秋白與楊之華的結婚儀式。（茅盾《五卅運動與商務印書館罷工》，載《新文學史料》1980年第2期）

　　十五日　發表譯作《古代埃及人〈幻異記〉》和《譯前言》（序跋），署名沈雁冰譯。載《文學週報》第一九九期。

　　二十九日　發表譯作《古代埃及——〈幻異記〉（續）》，署名沈雁冰譯。載《文學週報》第二〇一期。

本月

國民黨右派林森、鄒魯、謝持、居正等在北京西山碧雲寺開會，策劃另立國民黨中央，反對孫中山的三大政策。

十二月

十三日 發表譯作《戀愛——一個戀人的日記》〔丹麥〕維特原著和《譯後記》（序跋），署名沈雁冰譯。載《文學週報》第二○四期。

約二十日 獲悉上海總工會副委員長、中華全國總工會執行委員、五卅運動領導人之一劉華被反動軍閥孫傳芳秘密殺害，遂與鄭振鐸、胡愈之、葉聖陶等商量採取抗議行動。

三十一日 與孔德沚登上「醒獅」號輪，瀏覽、瞭解一番情況後，返回住所。

同月 發表《人權保障宣言》（宣言），與鄭振鐸等四十三人聯署。

同月 孫中山先生在北京逝世後，國民黨右派反對孫中山的三大政策，公開宣布開除已加入國民黨的共產黨員。因此，受黨中央指令、與惲代英一起組織兩黨合作的國民黨上海特別市黨部執行委員會。惲代英主任委員兼組織部長、茅盾任宣傳部長。（翟同泰《茅盾在大革命前的社會和革命活動述略》，載《茅盾研究》第3輯）

月底 在上海市黨員大會上，與惲代英、張廷灝、吳開先等五人被選為在廣州召開的國民黨第二次全國代表大會的代表。（茅盾《中山艦事件前後——回憶錄（八）》，載《新文學史料》1980年第3期）

本月

《沉鐘週刊》在北京出版。

日本無產階級文藝聯盟成立。

同年

獲悉並同意弟沈澤民作為英文翻譯隨同蔡和森赴蘇聯參加國聯職工大會，會後澤民留俄學習。（《紀念蔡和森同志》）

參加編譯《小說月報》叢刊，其中譯作《丹麥文學一臠》、《芬蘭文學一

孌》、《阿富汗的戀歌》、《新猶太文學一孌》、《新猶太小說集》由商務印書館
出版，均署名沈雁冰等譯。

與葉聖陶、鄭振鐸、陳望道、胡愈之、夏丏尊、劉大白、朱自清、朱光
潛、夏衍、許杰、周予同等。參加由匡互生、豐子愷創辦的「立達學會」，成
爲該會的會友。（潘文彥、胡治均、豐陳寶等《豐子愷傳》，載《新文學史料》
1980 年第 3 期）

本年

年末　毛澤東在廣州創辦《政治週報》。

《新女性》、《中國婦女》月刊創刊。

一九二六年（三十一歲）

一月

一日 發表《〈中國濟難會〉宣言》（宣言），與張聞天、惲代英、郭沫若等聯署。載《濟難》月刊創刊號。闡明該組織旨在保護和救濟受迫害的革命者及被難烈士家屬。

同日 晚，乘「醒獅」號輪前往廣州，出席國民黨第二次代表大會。（《中山艦事件前後》，載《新文學史料》1980 年第 3 期）

八日 於浙閩洋面之交，作《南行通信》（一）（散文），署名玄珠。載三十一日《文學週報》第二一〇期。現收《茅盾全集》第十一卷。

上旬、中旬 在廣州參加國民黨二大期間，按鄭振鐸囑託，約見了廣州文學研究會的劉思慕（嶺南大學學生）等。對方問及「現在文學研究會為什麼不提倡人生派藝術？現在文學研究會主張什麼？……我記得當時我的回話是這麼幾句：『文學研究會』這團體並未主張過什麼，但文學研究會會員個人卻主張過很多。」對方對此回答頗感驚訝。又問及「文學研究會這團體是代表什麼？」「代表了文學研究會叢書。我這樣回答」。（《關於「文學研究會」》）據劉思慕回憶當時情況：「第一次約晤是在雁冰的旅舍裡……後來釀資在惠愛東路文德路口一家小酒樓上請過他一次。他給我們的印象是：和藹而瀟灑，饒有風趣……他有的放矢地談論起當時文壇的流派、動向」，對思慕等文學青年以支持和獎掖。不久廣州文學研究會改名為「文學研究會廣州分會」，成了廣州一些文學青年走上創作道路的「引路人」（思慕：《羊城北望祭茅公》，載 1981 年 4 月 20 日《羊城晚報》）

上旬 與惲代英在出席會議期間訪問過廣東區委書記陳延年。（《中山艦事件前後》，載《新文學史料》1980 年第 3 期）

十九日 國民黨第二次全國代表大會閉幕。大會宣言重申了對外打倒帝國主義，對內打倒一切帝國主義的工具——軍閥、官僚、買辦及地主豪紳；指出中國的國民革命必須與蘇聯合作，必須和被壓迫民族共同奮鬥。會議結束後，即打點行裝，準備回上海。（《中山艦事件前後》，載《新文學史料》1980 年第 3 期）

下旬　正準備回上海，卻根據廣東區委書記陳延年的指示，留下來擔任國民黨中央宣傳部秘書，惲代英則被安排去黃埔軍校任政治教官。國民黨宣傳部長原來由汪精衛兼任，因爲忙不過來，現由毛澤東代理宣傳部長。隨後，被安排到東行廟前西街三十八號，與毛澤東、楊開慧夫婦同住一幢樓房。並與蕭楚女同住一室。

毛澤東因忙於籌備第六屆農民運動講習所，就將國民黨政治委員會的機關報《政治週報》的編輯任務，交給了茅盾。茅盾從第五期開始接手《政治週報》。(《中山艦事件前後》，載《新文學史料》1980年第3期)。

二十七日　發表《自殺案與環境》(雜文)，署名珠。載《民國日報‧婦女週報》。

同日　發表《南京路上》(雜文)，署名珠。載《民國日報‧婦女週報》。

同月　發表《各民族的開闢神話》(論文)，署名雁冰。載《民鐸》第七卷第一期。

同月　發表《蘇俄「十月革命紀念日」》(散文)，署名雁冰。載國民革命軍總司令部編印的《革命史上的幾個重要紀念日》一書，現收《茅盾全集》第十五卷。「講述十月革命對世界革命特別是中國革命的重要意義。」(《我走過的道路‧中山艦事件前後》)

本月

一日，國民黨第二次全國代表大會在廣州舉行開幕式，四日，大會正式開始。十九日閉幕。出席代表共二百五十六人，共產黨員約佔五分之三。大會一致通過「接受總理遺囑決議案」，通過「彈劾西山會議決議案」、「處分違犯本黨紀律黨員決議案」等。

蔣光赤的長篇小說《少年漂泊者》，由亞東圖書館出版。

二月

月初　到國民黨中央宣傳部辦公。根據代表部長毛澤東指示，與蕭楚女合作起草宣傳國民黨第二次全國代表大會精神的宣傳大綱。(《中山艦事件前後》，載《新文學史料》1980年第3期)

約中旬　應蕭楚女約請，爲政治講習班的學員講革命文學。

二十六日　中常委會議決定，在毛澤東因病請假（按：實際秘密往湘粵邊界去考察農民運動）的兩星期間，由沈雁冰代理宣傳部務。

同日　國民黨中央常務會議決定，與何香凝等五人審查婦女運動講習所擬定的章程草案。

約下旬　應汪精衛之邀去其家吃飯，出席便宴的還有繆斌、青年部長甘乃光等。席間汪精衛談了軍隊內的兩派要團結、共同北伐等問題。（《中山艦事件前後》，載《新文學史料》1980 年第 3 期）

同月　應陳其瑗的邀請，對廣州市的中學生作了一次演講。演講中稱孫中山就像希臘神話中的普羅米修斯，革命的三民主義就是火種。演講博得滿場掌聲，效果甚佳。（《中山艦事件前後》，載《新文學史料》1980 年第 3 期）

本月

蔣介石被廣州國民政府任命爲國民革命軍總監，準備北伐。

英帝國主義在中國策動大規模的「反赤運動」。

《良友畫報》創刊。

三月

七日　發表《國家主義者的「左排」與「右排」》（政論），署名雁冰。載《政治週報》第五期，現收《茅盾全集》第十五卷。

同日　發表《國家主義——帝國主義最新式的工具》（政論），署名雁冰。載《政治週報》第五期，現收《茅盾全集》第十五卷。

同日　發表《國家主義與假革命不革命》（政論），署名雁冰。載《政治週報》第五期，現收《茅盾全集》第十五卷。

十日　發表譯作《首領的威信》（〔西班牙〕巴列——因克蘭著，署名沈雁冰。載《小說月報》第十七卷第三期。

同日　發表《〈首領的威信〉後記》（序跋），署名沈雁冰。載《小說月報》第十七卷第三期。

十七日　獲悉從黃埔軍校傳來的謠言：「共產黨策動海軍局的中山艦密謀發動武裝政變」，遂與毛澤東談論此事，分析形勢可能發生的變化。

十九日 尚不知黃埔方面詳細情況，又與毛澤東談論廣州形勢，直至深夜。後有工友來報告關於「中山艦」事件，並告知街上已戒嚴。與毛澤東同去蘇聯軍事顧問團宿舍，瞭解情況。得知蔣介石逮捕了李之龍及第一軍中的共產黨員。至十二時半就寢，「卻輾轉不能熟睡」。（《中山艦事件前後》，載《新文學史料》1980 年第 3 期）

二十日 到宣傳部辦雜事、看文件。（同上）

二十二日 見陳延年。從陳延年處獲悉上海來電，讓沈雁冰回上海。晚，向毛澤東談及此事。毛澤東讓從上海來的張秋人接編《政治週報》。（同上）

二十三日 與鄧演達同乘鄧的小汽艇去黃埔軍校，看望惲代英，後返廣州。（同上）

二十四日 上午，向毛澤東辭行。毛澤東說：「到上海後趕緊設法辦個黨報。」上「醒獅」輪前，去看汪精衛。上船後，中央黨部書記長劉芬交一紙包，為秘密文件，讓帶回上海交黨中央。據自述：「輪船開船的時候，我站在甲板上，遙望江天，心中感慨萬端。」（《我走過的道路·中山艦事件前後》）

三十日 船航行六天後到上海，向陳獨秀交秘密文件。（同上）

三十一日 回滬後第二天，鄭振鐸來訪。獲悉自己離滬期間已被當局列入「赤化分子」的名單。反動軍閥已多次到商務印書館來追查。遂表示辭去商務印書館的職務，並託鄭代為辦理脫離商務印書館的一切手續。

同月 《淮南子》（選注本）由商務印書館出版。

本月

十八日 北京學生集會請願，反對日本干涉我國內政，遭段祺瑞政府鎮壓，是為「三·一八」慘案。

二十日 蔣介石製造「中山艦事件」，稱共產黨「陰謀暴動」。

創造社刊物《創造月刊》創刊。

四月

一日 收到由鄭振鐸帶來商務印書館支付的退職金和股票。（陳福康：《鄭振鐸年譜》）

月初 籌劃接辦《中華新報》為黨報的事宜，並致函毛澤東，商討辦報

經費等事宜。後因法租界當局干涉，此事告吹。

三日　參加國民黨上海特別市黨部舉行的代表大會，在會上作關於介紹國民黨第二次全國代表大會情況的報告。(《中山艦事件前後》，載《新文學史料》1980 年第 3 期)

四日　繼續參加會議。

六日　出席中共上海地方兼區執行委員會主席團會議，對市民運動、區委組織等問題進行了討論，同時擔任了地方政治委員會委員。出席這次會議的還有羅亦農、莊文恭、汪壽華（即何松林）和石××。(翟同泰《茅盾在大革命前的社會和革命活動述略》，載《茅盾研究》第 3 輯)

十二日　正式辭去商務印書館編譯職務，擔任國民黨上海交通局主任，從事革命宣傳工作。

同月　收到編輯國民運動叢書的通知。此叢書編輯為毛澤東未曾交卸代理宣傳部長時之計劃。通知任命沈雁冰為駐滬編纂幹事。「這部叢書是為對外宣傳、對內教育訓練及介紹國際政治經濟狀況用的。」(《我走過的道路·中山艦事件前後》)

同月　因惲代英留廣州，遂代表國民黨上海交通局局長至五月底，後被正式任命為局長。該局實為國民黨中宣部在上海的秘密機關，辦事人全為共產黨員。此間，還兼國民黨上海特別市黨部主任委員。

五月

本月

蔣介石在國民黨二屆二中全會提出「整理黨務案」，限制共產黨的活動。

郭沫若《革命與文學》發表於《創造月刊》第 3 卷第 1 期。

六月

本月

蔣介石任「國民革命軍總司令」職。

陳獨秀發表《給蔣介石的一封信》，以退讓求團結合作。

冰心的散文集《寄小讀者》由北新書局出版。

七月

　　五日　發表《光明運動與「中國濟難會」》（雜感），署名玄珠。載《光明》第三期，現收《茅盾全集》第十五卷。認爲「現代政制……包含著無數的黑暗悲劇」，呼喚「自由平等光明」的「未來社會」。

　　十八日　發表譯作《老牛》（〔保加利亞〕潘林著），署名雁冰。載《文學週報》第二三四期，現收《茅盾譯文選集》。

　　同日　發表《〈老牛〉後記》（序跋），署名雁冰。載《文學週報》二三四期。

　　同月　獲悉論文《讀〈吶喊〉》收入臺靜農選編的《關於魯迅及其著作》。（未名社印行）

　　本月

　　　　一日，廣東革命政府發表《北伐宣言》。

　　　　九日　國民革命軍正式出師北伐。

八月

　　一日　晨，作《怎樣求和平》（政論），署名玄珠。載《光明》第五期。現收《茅盾全集》第十五卷。

　　三十日　應鄭振鐸之邀，與二十九日晨抵滬的魯迅（經滬赴廈門）首次晤面。先在中洋茶樓飲茶，晚至消閒別墅夜飯，談笑甚歡。座中有魯迅、陳望道、夏丏尊、胡愈之、朱自清、葉聖陶、王伯祥、周予同、鄭振鐸、劉大白等。（魯迅 8 月 29 日、30 日《日記》；高君箴《魯迅與鄭振鐸》載《新文學史料》1980 年第 1 期）

　　本月

　　　　二十七日、三十日　葉挺獨立團接連攻克汀泗橋、賀勝橋，逼吳佩孚退守武昌。

　　　　章錫琛、章錫珊創辦開明書店。

　　　　魯迅的短篇小說集《彷徨》由北新書局出版。

秋

　　據自述：「這年秋天，我白天開會忙，晚上則閱希臘、北歐神話及中國

古典詩詞。」德沚「那時社會活動很多，在社會活動中，她結交了不少女朋友。……由於這些『新女性』的思想意識，聲音笑貌，各有特點，也可以說她們之間，同中有異，異中有同。我和她們處久了，就發生了描寫她們的意思。」後因「革命高潮正在迅速地發展，我也投入這洪流，什麼寫小說等等，只好暫時擱起來了。」（《我走過的道路‧中山艦事件前後》）

十月

十七日　發表《萬縣慘案週》（政論），署名玄珠。載《文學週報》第二四六期，現收《茅盾全集》第十五卷。

同日　發表《爭廢比約的面面觀》（雜文），署名玄。載《嚮導》第五卷第一七八期，現收《茅盾全集》第十五卷。

十六日　浙江省省長夏超宣布獨立，並通電聲討孫傳芳。黨中央曾計劃請沈鈞儒去杭州組織省政府，內定茅盾擔任省府秘書長。後因戰事發生變化，夏超被孫傳芳的援兵趕出了杭州。這件事就此作罷。（《1927 年大革命——回憶錄（九）》，載《新文學史料》1980 年第 4 期）

同月　《莊子（選注本）》由商務印書館出版。

本月

北伐軍向武昌發起總攻，葉挺獨立團首先突入武昌城，武漢三鎮全部克復。

二十四日　上海工人在中國共產黨領導下舉行第一次武裝起義，後失敗。

《莽原》半月刊在北京復刊。

十一月

二十一日　發表《中國文學不能健全發展之原因》（論文）署名雁冰。載《文學週報》第四卷第一期，曾收《茅盾文藝雜論集》，現收《茅盾全集》第十九卷。共五部分。認為，「一，沒有明確的文學觀與文學之不獨立；二，迷古非今；三，不曾清楚地認識文學須以表現人生為首務，須有個性，——此三者便是源遠流長的中國文學不能健全發展的根本原因。」

二十五日　發表《〈字林西報〉目中之「赤化」原是如此》（雜文），署

名玄。載《嚮導》第五卷第一七九期，現收《茅盾全集》第十五卷。

同日　發表《〈字林西報〉之於顧維鈞》（雜文），署名玄。載《嚮導》第五卷第一七九期，現收《茅盾全集》第十五卷。

同日　發表《靳雲鵬、國家主義、棒喝團！》（雜文），署名玄。載《嚮導》第五卷第一七九期，現收《茅盾全集》第十五卷。

本月

四日　北伐軍攻克九江。八日攻佔南昌。

本月　《中國青年》譯載列寧《黨的組織和黨的文學》。（又譯名爲《論黨的出版物與文學》）

十二月

上旬　被黨中央派到中央軍事政治學校武漢分校工作。（《1927 年大革命》，載《新文學史料》1980 年第 4 期）

中旬　與妻德沚已經決定動身時，接分校籌辦人包惠僧從漢口打來的電報，讓茅盾在上海負責招生，並寄來經費。遂通過黨的關係在上海報紙登招生廣告。報考者一千人左右，約請商務印書館編譯所同事閱卷。同時爲分校物色政治教官三人。（同上）

年底　與妻德沚乘英國輪船去武漢。（同上）

本月

郁達夫辭去中山大學教職，到上海任創造社出版部總務理事。

二十五日　日本嘉仁大正天皇去世，皇太子裕仁繼位，改年號爲昭和。